译文经典

荒原狼

Der Steppenwolf

Hermann Hesse

〔德〕赫尔曼·黑塞 著

赵登荣 倪诚恩 译

上海译文出版社

译本序

　　《荒原狼》是二十世纪著名瑞士籍德裔作家赫尔曼·黑塞(1877—1962)的名著之一，发表于一九二七年六月。小说问世后，先后被译成二十多种文字，在文学界和读者中引起强烈反响。

　　黑塞出生于德国西南部的小城卡尔夫的一个牧师家庭，是在具有浓厚宗教色彩和东方精神的环境中长大的。少年时期，黑塞不堪忍受僵化的经院式教育，中途辍学，先后当过工厂学徒、书店店员。他对文学怀有浓厚的兴趣，刻苦自学，并开始写作。二十世纪初，黑塞陆续发表了《彼得·卡门青特》、《在轮下》、《盖尔特鲁特》等长篇小说，成为知名作家。一九一一年，游历印度，翌年回国，迁居瑞士，一九二四年入瑞士籍。黑塞著作甚丰，其中重要的有长篇小说《德米昂》、《席特哈尔

塔》、《纳尔齐斯与歌尔德蒙》和《玻璃珠游戏》。一九四六年，黑塞获歌德奖金和诺贝尔文学奖。

黑塞的小说大多以青年为描写对象，反映他们的生活、苦闷、彷徨与探索。而《荒原狼》描写的则是中年艺术家的精神危机。小说主人公哈里·哈勒尔自称荒原狼，一只"迷了路来到我们城里，来到家畜群中的荒原狼"。哈勒尔年轻时曾想有所作为，做一番高尚而有永恒价值的事业，他富有正义感，具有人道主义思想。但是在现实生活中，他的理想破灭了。他反对互相残杀的战争，反对狭隘的民族沙文主义和军国主义，却招来一片诽谤与谩骂；他到处看到庸俗鄙陋之辈、追名逐利之徒，各党各派为私利而倾轧。他深感时代与世界、金钱与权力总是属于平庸而渺小的人，真正的人却一无所有。社会上道德沦丧、文化堕落，什么东西都发出一股腐朽的臭味。荒原狼与这个社会格格不入，在他看来，周围的一切都只不过是一场游戏。他感到非常痛苦孤独，他烦躁不安，无家可归，"啊，在我们的世界……要找到神灵的痕迹是多么困难啊！在这个世界，我没有一丝快乐，在这样的世界，我怎能不做一只荒原狼，一个潦倒的隐世者。"

哈勒尔的精神痛苦与危机并不是通过描写他与现实的直接矛盾冲突，而是通过自我解剖、通过灵魂的剖析，淋漓尽致地展现在读者面前。荒原狼"失去了职业，失去了家庭，失去了故乡，游离于所有社会集团之外……时时与公众舆论、公共道

德发生激烈冲突……宗教、祖国、家庭、国家都失去了价值……科学、行会、艺术故弄玄虚，装模作样"，使他感到厌恶。这是他与外部世界的矛盾。他的内心也充满矛盾：他既有人性，又有兽性，既有高尚光明的一面，又有庸俗阴暗的一面；他憎恨小市民，又习惯于小市民的生活；他憎恨秩序，又摆脱不了秩序。他在魔剧院中剖析了自己的灵魂，看见自己分裂为无数个自我，再次经历了青少年时的爱情生活。他发现驯兽者、部长、将军、疯子在他们的头脑中想得出来的思想也同样潜藏在他自己身上，也是那样可憎、野蛮、凶恶、粗野、愚蠢。于是他决心把邪恶忍受到底，再次游历自己的内心地狱，净化自己的灵魂，以求得心灵的和谐。他不再那么悲观了，他相信总有一天会学会笑。"莫扎特在等我。"

很清楚，荒原狼的精神危机和疾病并不是个别现象，而具有一定的典型性。正像作者借出版者的口所说的那样，"这是一个时代的记录……哈勒尔的心灵上的疾病并不是个别人的怪病，而是时代本身的弊病，是哈勒尔那整整一代人的精神病。"黑塞生活的时代，资本主义进入帝国主义阶段，各种社会矛盾进一步激化。黑塞预感到一个新时代正在到来，但他对这个新时代既没有明确的概念，也没有正确的认识，他既反对美国的典型的资本主义制度，又不赞同布尔什维克革命和苏维埃制度。他的主人公哈勒尔就是那种"处于两种时代交替时期的人，他们失去了安全感，不再感到清白无辜，他们的命运就是怀疑人生，把人生是否有意义这个问题作为个人的痛苦和劫数加以体验"。在那"技术与金钱的时代，战争与贪欲的时代"，人们追求的是赤裸裸的物质利益，精神道德不受重视，传统文化和人道思想遭到摧残。像哈勒尔这样的正直知识分子与严酷的现实发生冲突，他们既不愿同流合污，又看不到改造社会的出路，看不见群众的力量。他们惶惑、彷徨、苦闷。他们内心的痛苦与矛盾是他们与社会现实发生矛盾的反映。现代资本主义社会存在不断产生荒原狼的条件和土壤，尤其在社会发生动荡的危机时期，总有不少人陷入与荒原狼类似的境界与危机中，他们在《荒原狼》中能找到某种共鸣。这也许是《荒原狼》以及黑塞的其他作品在二十世纪六十年代后期和七十年代在欧美日本风行一时的一个原因吧。

黑塞从人道主义立场出发反对战争。他在小说中敏锐地指出，人们并没有从第一次世界大战中吸取教训，每天都有成千上万的人在热心地准备下一场战争，成千家报纸、杂志，成千次讲演、公开的或秘密的会议在宣扬虚假的爱国主义，煽动复仇情绪。黑塞通过小说警告人们，一场新的更可怕的战争正在酝酿。小说发表十二年后，希特勒发动第二次世界大战，再次把德国和世界推入痛苦的深渊。黑塞的警告可谓不幸而言中了。

在一九四一年《荒原狼》瑞士版后记中，黑塞写道："荒原狼的故事写的虽然是疾病和危机，但是它描写的并不是毁灭，不是通向死亡的危机，恰恰相反，它描写的是治疗。"那么，他的治疗药方是什么呢？小说里一再出现莫扎特和不朽者。他认为，人们必须用具有永恒价值的信仰去代替时代的偶像，而这信仰就是对莫扎特和不朽者的崇敬，对人性的执着追求。正像黑塞的作品中许多东西都是象征性的一样，这里，莫扎特和不朽者都具有象征意义，代表具有永恒价值的、美好的、人性的、神圣的、高尚的精神。他希望人们多一点爱，多一点信仰，用爱代替恨，用和解代替复仇，用真正的文化代替肤浅的、商品化的假文化。黑塞开的治疗药方对单个的人也许有一定的疗效。如果他们听从作家发自心灵的呼声，也许会转向自我，去克服身上卑下污浊的东西，提高自己的道德，陶冶自己的情操，追求内心的和谐与良心的安宁，在精神中求得一丝慰藉，在所谓变成一个真正的人的道路上前进一小步。但是，在一个污浊的社会里，这样做的结果也只能是洁身自好，独善其身。对整个现实社会来说，这终究不是什么有效的良药妙方，因为它不是引导人们去参加改变社会的实践活动，社会上的卑污龌龊不会自行消除，他们与现实世界的矛盾也将无法克服。

黑塞对荒原狼精神危机的分析、对他所生活的时代的精神文化日趋没落的描写，无疑是对资本主义社会的一种否定和抗议。从小说中可以看出，他追求抽象的自由，探索永恒的人生价值，希望人的个性得到充分发展。这些，对一个资产阶级人道主义作家来说，自然具有一定的进步意义；他的小说对我们了解资本主义社会，具有一定的认识价值。

正像黑塞的许多作品都带有明显的自传性质一样，《荒原狼》也是作家本人生活经历与精神危机的写照。"出版者"在序中说："我相信，他描写的内心活动也是以他确实经历过的一段生活为基础的。"黑塞写作《荒原狼》时，像他的主人公哈勒尔一样，正向五十岁迈进。第一次大战中的经历清晰地留在他的脑海里，还在折磨他。他与周围世界的许多价值观念、与变成自我目的的现代文明格格不入，他看到人的精神与灵魂随着现代文明的发展而受到损害。他感到脚下是燃烧的地狱，灾难与战争向人们逼近，加上家庭与个人生活的不幸——与第二个妻子离婚，疾病的折磨——他几乎面临崩溃的边缘。他内心混乱，情绪低沉，痛苦不已，简直无法忍受。他这位隐世者狂乱地走出书斋，喝酒跳舞，参加化装舞会，爱恋漂亮女人，满足原始本能的要求，以此麻醉自己。他在这一时期给朋友的信中多次提到，他几乎要自杀。而黑塞在创作时，常常把自己摆进去，写他自己体验过、感受过的东西。一九三七年，黑塞在回忆他的创作生涯时曾说："面对充满暴力与谎言的世界，我要向人的灵魂发出我作为诗人的呼吁，只能以我自己为例，描写我自己的存在与痛苦，从而希望得到志同道合者的理解，而被其他人蔑视。"可以毫不夸张地说，黑塞在小说中描写的是对自己无情的剖析。哈里·哈勒尔和赫尔曼·黑塞这两个名字的开头两个缩写字母都是 H，这不是偶然的巧合。

《荒原狼》没有曲折复杂的情节，没有众多关系错综的人物，而着重描写主人公哈勒尔的内心世界。哈勒尔的自述不啻一次"穿越混乱阴暗的心灵世界"的地狱之行。小说结构严谨，从三个不同层次把荒原狼的灵魂展现在读者面前。第一层，作者以出版者序的方式描写荒原狼的外表、生活方式和人格以及给他——普通市民——留下的印象；第二层是穿插在自述中的《论荒原狼——为狂人而作》的心理论文，论述了荒原狼的本质与特性；第三层是哈勒尔自述，这是小说的主要部分，用第一人称叙述哈里·哈勒尔在某小城逗留期间的经历与感受、矛盾与痛苦。作者运用了内心独白的技巧，穿插了很多联想、印象、回忆、梦境、幻觉，把现实与幻觉糅合在一起。在小说结尾的魔剧院一节，这种意识流的运用达到了顶点。德国著名作家托马斯·曼于一九三七年在一篇文章中就曾指出，黑塞的《荒原狼》在试验的大胆方面并不比乔伊斯的《尤利西斯》逊色。

　　《荒原狼》问世以来，批评界与读者褒贬不一，反应不同，对它的理解与看法悬殊很大。黑塞自己也说小说常常被人误解。《荒原狼》确实是一部不易理解的小说。但是，《荒原狼》是黑塞的代表作之一，是二十世纪世界文学中的重要作品之一，对这一点，看法是比较一致的。《荒原狼》和黑塞的其他作品至今仍是东西方研究者的题目，在二十世纪六七十年代欧美日本等许多国家的黑塞热中吸引了许多读者。黑塞的思想受过中国文化，尤其是老庄学说的影响，这一点在他的作品中也有所反映。他的早期作品《彼得·卡门青特》和《在轮下》及部分散文、短篇小说已译成中文出版。现在，我们把《荒原狼》译出，介绍给中国的文学界和读者，以期引起更多的读者和评论家对这位重要作家的兴趣与研究。

译者

出版者序

　　本书内容是一个我们称之为"荒原狼"的人留下的自述。他之所以有此雅号是因为他多次自称"荒原狼"。他的文稿是否需要加序，我们可以姑且不论；不过，我觉得需要在荒原狼的自述前稍加几笔，记下我对他的回忆。他的事儿我知道得很少；他过去的经历和出身我一概不知。可是，他的性格给我留下了强烈的印象，不管怎么说，我对他十分同情。

　　荒原狼年近五十。几年前的一天，他来到我姑母家，提出想租一间配有家具的房间。当时，他租下了上面的小阁楼和阁楼旁边的小卧室。过了几天，他带了两只箱子和一大木箱书籍来到姑母家，在我们这里住了十来个月。他独来独往，非常好静。只因我们两人的卧室紧紧挨着，有时会在楼梯上和走廊里相遇，所以才得以相识。此人不善交际，非常不合群，我还没有见过别的人像他这样不合群的。正像他自己有时说的那样，他的的确确是一只荒原狼，一只从另一个世界来的陌生、野蛮、却又非常胆小的生物。由于他的秉性和命运的缘故，他的生活到底是怎样孤独，他又如何自觉地把这种孤独看作他的命运，这些我当然是后来读他留下的自传时才知道的。但是，以前我跟他有些小小的接触，有过简短的交谈，对他这个人已经略知一二。我发现，我从他的自传中得到的印象和从以前亲身接触而获得的印象——自然是肤浅得多，不完备得多——基本上是一致的。

荒原狼第一次走进我们家向我姑母租房子时，凑巧我也在场。他是中午来的，桌上吃饭的碗碟还未收拾，离我去办公室上班的时间还有半小时。我一直没有忘记第一次相遇时他给我留下的那种性格不统一的奇特印象。他拉了拉门铃，走进玻璃门，我姑母在昏暗的过道里问他有何贵干。而他——荒原狼——却抬起头发剪得短短的脑袋，翘起鼻子，神经质地东闻西嗅，既不说明来意，也不通报姓名，只是说，"噢，这里气味不错。"他说着，微微一笑，我那好心的姑母也向他微微一笑。我却觉得用这种话问候致意未免太滑稽了，因此有点讨厌他。

"啊，对了，"他接着说，"您要出租房间，我来看看。"

我们三人一起上楼，到了阁楼上，我才得更仔细地打量他。他个子不是很高，但是他一抬手一举足都像是个大个子。

他穿着时髦舒适的冬大衣，服饰大方，但稍欠修整，胡子刮得光光的，头发剪得短短的，已经有些灰白。起初，他走路的姿势我一点不喜欢；他步履蹒跚，举步犹豫迟疑，和他那有棱角的脸型以及说话的声调与气派极不相称。后来我才注意到，而且也听说了，他有病，行走很困难。他奇怪地微笑着察看楼梯、墙壁、窗户以及楼梯间又旧又高的柜子。当时，看见他那样奇怪地笑，我觉得很不舒服。看样子，他很喜欢这一切，同时又觉得这些东西似乎都很可笑。总之，这个人给人一个印象，好像他来自另一个陌生的世界，来自某个异域之国，他觉得这里的一切都很漂亮，同时又有点可笑。我只能说，他很客气，很友好。他二话没说，立刻同意租我们的房间，同意我们提的房租和早餐费；可是，在他周围，我总觉得有一种陌生的、别扭的或者说敌视的气氛。他租了那间小阁楼，又租了卧室，请我姑母给他讲了取暖、用水、服侍诸方面的条件以及房客注意事项，他很友好地注意听着，一一表示同意，并马上预付了一部分房租；可是另一方面，他又像事事心不在焉，似乎觉得自己的举动十分可笑，没有把它当一回事儿，好像租房子、和别人说德语对他说来是一件非常希奇、非常新鲜的事儿，他内心深处似乎在想别的什么根本与此无关的事。这些是我当时对他的印象。如果他没有其他特性加以补充更正的话，我对他就不会有好印象。一见面，我就很喜欢他的脸；他的脸上虽然有陌生的表情，我还是很喜欢，他的脸也许有些奇特，显得悲伤，但又显得精神，充满思想、活力和睿智。虽然他似乎颇费了一番努力，才做到那样彬彬有礼、和善友好的举止，但是他决然没有傲慢的意思。恰恰相反，他的神态近乎恳求，几乎使人感动，这一点我后来才找到解释，不过当时我一下子就对他产生了一些好感。

还没有把两间房子看完，其他方面的交涉也尚未结束，我的午休时间就完了，我该去上班了。我向他告辞，让姑母继续接待他。晚上我下班回家，姑母告诉我，陌生人租了房间，这两天就搬进来，他只请求我们不要到警察局去申报户口，他说，他是个有病的人，在警察局填写各种表格，站着等候以及诸如此类的事受不了。现在我还记得很清楚，当时，他这要求使我吃了一惊，我警告姑母不要答应这个条件。在我看来，他怕警察这一点同他身上那种神秘的、陌生的东西正相吻合，他不想引起别人的怀疑。我劝姑母，无论如何不要答应素不相识的人这种奇怪的要求，满足了这种要求，有时会带来麻烦。可是说到这里我才知道，姑母已经答应满足他的愿望，而且完全被陌生人迷住了，她对房客从来都是以礼相待，非常亲切友好，总是像大娘那样，甚至像慈母那样对待他们。以前，这一点也曾经被某些房客利用过。头几个星期，我们对新房客的态度依然很不相同：我挑了他一些毛病，姑母却每次都热心地护着他。

不申报户口这件事我总觉得不对头，我想至少要了解一下姑母对这位陌生人的情况，对他的身世和来意知道些什么。果然，她已经知道了一些情况，而那天中午我走后，他并没有呆多长时间。他告诉她，他打算在我们城里住几个月，跑跑这里的图书馆，参观一下这里的古迹。他只租这么短短几个月，这原本不合我姑母的意；不过，他那些特别的举止，倒赢得了我姑母的心。总之，房子已经租出去了，我的反对成了马后炮。

我问姑母："为什么他要说，这里味道不错？"

我的姑母有时颇能猜测别人的心思。她回答说："这一点我很清楚。我们这里整齐干净，生活和善规矩，他很喜欢这种味道。你看他那神气，好像他许久以来已经不习惯于这种生活，而同时又需要这种生活。"

我心里想，那好吧，随他的便吧。"可是，"我对姑母说，"如果他已不习惯这种整齐规矩的生活，那该怎么办呢？要是他邋里邋遢，把什么都弄脏，晚上喝得醉醺醺地回家，你怎么办？"

她哈哈笑了一声，说："看看再说吧。"于是我也就没再说什么。

事实上，我的担心完全没有什么道理。这位房客虽然很任性，生活又没有规律，但是他并不令人讨厌，也不碍我们的事儿，到今天我们还牵记着他。不过在心灵上，他却常常使我们两人——姑母和我——不得安宁，坦率地说，直到现在，我一想起他，心里还总是无法平静。我有时候晚上睡觉时会梦见他；他在我的心里变得可爱起来，尽管如此，但只要想起他，想起有过他这样一个人，我就感到不安。

陌生人名叫哈里·哈勒尔。两天以后，一个车夫送来了他的东西。其中有一只皮箱很漂亮，给我的印象颇深；还有一只大箱子，分成好多格儿，看来，这只箱子已经游遍五大洲，因为箱子上贴满了许多国家，包括远隔重洋的许多国家的不同旅馆和运输公司的标签，标签已经退色发黄。

接着他自己也来了，我逐渐和这位奇人熟悉起来。开始，我并没有主动去接近他。一见面我就对哈勒尔很感兴趣，但在最初几个星期，我没有采取任何步骤主动与他接触，和他谈话。不过，我得承认，从一开始我就注意看他，有时趁他不在还进了他的房间，我完全出于好奇搞了一些间谍活动。

关于荒原狼的外表，我已经作过一些描写。第一眼他就给人一个这样的印象：仿佛他是一个举足轻重、不同寻常、才华非凡的人物，他眉宇之间闪耀着智慧的光芒，他那异常柔顺感人的神色反映了他内心生活非常有趣、极为动人，反映了他生性柔弱，多愁善感。每当人们和他谈话，他谈的事情超出常规俗套时，他便恢复他那奇异陌生的本性，自然而然地说起古怪的话来，我们这些人这时只好甘拜下风。他比其他人想得都多，谈起精神思想方面的事情时，非常冷静明达，显出一副深思熟虑、无所不晓的样子。说真的，只有那些真正才智出众而又不爱虚荣、不愿锋芒毕露或者说不愿教训别人、不愿自以为是的人才有这种气质。

我还清楚地记得，他在我们这里最后一段时间的一句格言，这句格言不是用嘴说的，而是从眼神中流露出来的。当时，一位全欧有名的历史哲学家、文化批评家到礼堂作报告，荒原狼本来无意去听，我好不容易把他说动，一起去听了这个报告。我们并排坐在礼堂里。报告人登上讲台，开始演讲；此人颇有卖弄风雅、装腔作势的风度，这使那些以为他是某种预言家的听众大失所望。他先说了几句讨好听众的话，对这么多人出席听讲表示感谢。这时，荒原狼向我看了一眼，这短短的一瞥是对那些奉承话的批评，是对报告人人格的批评，呵，这是不能忘却、非常可怕的一瞥，关于这一瞥的意义简直可以写一本书！这一瞥不光是批评了报告人，而且还以它那虽然温和然而却带有致命的讽刺色彩置这位名人于死地。不过，这还是这一瞥中最最微不足道的一点。他的眼光与其说是嘲讽的，毋宁说是悲伤的，而且可说是悲伤至极了；这一瞥露出了他不可言状的失望心情。在某种程度上，他坚信这种失望完全有理，失望成了他的习惯，他的内心世界的表现形式。这一瞥中包含的失望的光亮不仅把爱好虚荣的报告人的人格照得清清楚楚，而且还讽刺了此时此刻的情景，嘲弄了观众，使他们失望扫兴，嘲弄了演讲的颇为傲慢的题目；不，远远不止这些，荒原狼的这一瞥看穿了我们的整个时代，看穿了整个忙忙碌碌的生活，看透了那些逐鹿钻营、虚荣无知、自尊自负而又肤浅轻浮的人的精神世界的表面活动——啊，可惜还远远不止这些，这眼光还要深远得多，它不仅指出了我们的时代、思想与文化都是不完美的，毫无希望的，而且还击中了全部人性的要害，这一瞥在短暂的一秒钟内雄辩地说出了一位思想家，也许是一位先知先觉者对尊严，对人类生活的意义的怀疑。这眼光似乎在说："看，我们就是这样的傻瓜！看，人就是这个样子！"顷刻之间，什么名誉声望、聪明才智、精神成果，什么追求尊严、人性的伟大与永恒等等，等等，统统都崩溃倒塌，变成了一场把戏！

写到这里，我已经提前叙述了后面的事，而且违背了我原先的计划与意图，大体上已经把哈勒尔这个人的特点告诉了读者；原先我打算慢慢地叙述我们结识的过程，从而把他的全貌展示在读者面前。

我既然已经叙述了他本质的特点，那么现在继续讲述哈勒尔那神秘莫测的"异常性格"，详细报告我如何感觉并认识这种异常性格和这种无限而可怕的孤独的原因及意义，就纯属多余的了。在报道时，我自己尽量退居幕后。我不想阐发我的信仰，也不想讲故事或进行心理分析，只是想告诉大家我亲眼目睹的事，为大家认识这位给我们留下荒原狼文稿的古怪人的面目贡献一份力量。

当初他一进我姑母家的玻璃门，像鸟儿那样伸出脑袋，称赞房子里的气味很好时，我就注意到他身上有什么特别的东西，我本能的反应是厌恶。我感觉到（我姑母虽然与我不同，不是一个知识分子，但也与我同感）这个人有病，觉得他患有某种精神病，是思想或性格方面的毛病，我是个健康的人，本能地要防范抵御。随着时间的推移，我对他的防范抵御逐渐被同情所取代，看到这位时时感到痛楚的人处于无限的孤独之中，他的心灵正在走向死亡，我便对他产生一种深切的同情。在这段时间里，我越来越意识到，这位受苦者的病根并不在于他的天性有什么缺陷，恰恰相反，他的病根是在于他巨大的才能与力量达不到和谐的平衡。我认识到，哈勒尔是一位受苦的天才，按尼采的某些说法，他磨炼造就了受苦的天才能力，能够没完没了地忍受可怕的痛苦。我也认识到，他悲观的基础不是鄙视世界，而是鄙视自己，因为在他无情鞭笞、尖锐批评各种机构、各式人物时，从不把自己排除在外，他的箭头总是首先对准自己，他憎恨和否定的第一个人就是自己……

写到这里，我要从心理学的角度补充说明几句。我对荒原狼的经历所知不多，但我有充分的理由推测，他曾受过慈爱而严格虔诚的父母和老师的教育，他们认为教育的基础就是"摧毁学生的意志"。但是，这位学生坚韧倔强，骄傲而有才气，他们没有能够摧毁他的个性和意志。这种教育只教会他一件事：憎恨自己。整整一生，他都把全部想象的天才、全部思维能力用来反对自己，反对这个无辜而高尚的对象。不管怎样，他把辛辣的讽刺、尖刻的批评、一切仇恨与恶意首先向自己发泄；在这一点上，他完完全全是个基督徒，完完全全是个殉道者。对周围的人，他总是勇敢严肃地想办法去爱他们，公正地对待他们，不去伤害他们，因为对他说来，"爱人"①与恨己都已同样深深地扎根于他的心中。他的一生告诉我们，不能自爱就不能爱人，憎恨自己也必憎恨他人，最后也会像可恶的自私一样，使人变得极度孤独和悲观绝望。

不过，现在不是叙述我的想法的时候，我该讲讲实际情况了。我通过"间谍活动"以及姑母的介绍，知道了哈勒尔的一些初步情况，这些情况都与他的生活方式有关。很快就看出来，他爱思考，爱读书，没有什么切切实实的工作。早上他在床上迟迟不起，常常要到中午才起床，之后便穿着睡衣从卧室走到客厅里。客厅很大，很舒适，有两扇窗户；他搬进来没有几天，客厅就变了样子，和其他房客住的时候完全不同了。房子里的东西满满的，而且越来越多。墙的四周挂着许多图片，贴着许多素描；有的是从杂志上剪下来的，它们常常被更换。客厅里还挂着几张德国某小城的照片，颇有南方情调，这显然是哈勒尔的家乡；照片之间挂着一些水彩画，后来我们才听

---

① 作者所用的这个词出自《圣经·旧约全书，利未记》19章18节。

说，这些画都是他自己画的。另外还有一张一位漂亮的年轻妇女或年轻姑娘的照片。有一段时间，墙上还挂过一张泰国菩萨像，后来为一张米开朗琪罗①的《夜》的复制品所取代，再后来又换成一张圣雄甘地②的像。房间里到处是书籍，不仅大书橱装得满满的，而且桌子上、很精巧的旧式书桌上、长沙发上、椅子上以及地板上也全是书，许多书夹着书签，书签常常更换。书籍不断增多，因为他不仅从图书馆带回整包整包的书，还常常从邮局收到寄来的书。住在这种屋子里的人只能是个学者了。他烟抽得很厉害，这也符合学者的特点，房间里总是烟雾缭绕的，到处是烟头和烟灰碟。不过很大一部分书不是学术著作，而是各个时代各个国家的文学作品。有一段时间，在他常常整天整天躺着休息的长沙发上放着一套十八世纪末的作品，书名叫《索菲氏梅默尔——萨克森游记》，厚厚六大本。《歌德全集》和《让·保罗③全集》看来他是经常阅读的；还有诺瓦利斯④、莱辛、雅各比⑤和利希滕贝格⑥的作品，他也是经常读的。在几本陀思妥耶夫斯基作品里夹满写着字的卡片。在那张大一些的桌子上，凌乱地放着许多书籍和小册子，中间还时常有一束花，旁边摆着布满灰尘的画笔、颜料盒、烟灰碟，当然

① 米开朗琪罗（1475—1564），意大利文艺复兴时期伟大的雕塑家、画家和诗人。
② 甘地（1869—1948），印度民族运动领袖。
③ 让·保罗（1763—1825），德国作家。
④ 诺瓦利斯（1772—1801），德国浪漫派诗人，著有《夜的颂歌》等诗。
⑤ 雅各比（1743—1819），德国哲学家。
⑥ 利希滕贝格（1742—1799），德国作家，以写作格言著称。

还有各种各样装着饮料的瓶子。有一只瓶子外面套着草编的外壳，他常常用这只瓶子到附近一家小店打意大利红葡萄酒。有时也能看见屋里有勃艮第酒①、玛拉加酒②，还有一个大腹瓶，装着樱桃酒，没有几天工夫，我看见这瓶酒就差不多喝完了，剩下一点，他就把酒瓶放到角落里，再也没有喝，酒瓶上蒙着一层厚厚的灰尘。我不想为我的间谍行为辩护，而且也公开承认，在最初阶段，这位喜欢读书思考，又浪荡不羁的人的这种种迹象引起我的厌恶与怀疑。我不仅是个中产阶层的人，而且还是个规规矩矩、生活很有规律的人，习惯于日常具体事务，喜欢把时间安排得妥妥帖帖。我不喝酒，也不抽烟，因此哈勒尔屋里的那些酒瓶比那些凌乱的图画更使我讨厌。

这位陌生人不仅睡觉和工作毫无规律，就连吃饭喝酒也是随心所欲，很不正常。有时，他会几天足不出户，除了早上喝点咖啡外什么也不吃；我姑母发现，他偶然吃根香蕉就算一顿饭了。可是过了几天，他又到高级饭馆或郊区小酒馆大吃大喝。他的健康状况看来不佳，除了腿脚不便，上下楼梯十分吃力外，好像还有别的病状，有一次他顺便提到，多年来他吃不好睡不好。我想这主要是酗酒引起的。后来，我有时陪他去饭馆，亲眼看见他毫无节制地咕噜咕噜往肚子里灌酒。但是，不管是我还是别人，都没有看见他真正醉过。

①一种产于法国勃艮第地区的红色或白色的葡萄酒。
②一种产于西班牙玛拉加城的葡萄酒。

我永远忘不了第一次和他接触的情况。原先我们的关系像公寓里相邻而居的房客那样很淡漠。一天晚上，我从店里回家，看见哈勒尔先生坐在二楼通三楼的楼梯转弯处，觉得很惊讶。他坐在最上一级梯阶上，见我上楼，往旁边挪了挪身子，好让我过去。我问他是否不舒服，并且愿意陪他上去。

　　哈勒尔看着我，我发现，我把他从某种梦幻中唤醒了。他慢慢地微笑起来，他那漂亮而又凄苦的微笑常常使我心里非常难受；接着他请我在他身旁坐下。我道了谢，并对他说，我没有坐在人家房门前楼梯上的习惯。

　　他笑得更厉害了，说：“啊，对，对，您说得对。不过请您等一会儿，我要让您看看我为什么在这里稍事停留。”

　　他指了指二楼某寡妇住房前的过道。楼梯、窗户和玻璃门之间的空间镶着木头地板，靠墙放着一个高高的红木柜子，上面镀着锡，柜子前两只矮小的座儿上放着两个大花盆，一盆种着杜鹃，一盆种着南洋杉。两盆盆景非常漂亮，总是弄得干干净净、无可指摘的，这一点我以前就高兴地注意到了。

　　“您看，”哈勒尔接着说，“这小小的空间摆着南洋杉，清香扑鼻，走到这里，我常常得停一会儿舍不得离开。您姑母家里也有一种香味，也非常干净整齐，可还是比不上这里，这里是那样的一尘不染，擦洗得那么干净，看去好像在闪闪发光，使人舍不得用手去摸一下。我总要情不自禁地深深吸上一口这里的香味。您也闻了吗？地板蜡的香味、松节油的余味、红木的香味和冲洗过的树叶味混杂在一起，散发出一种香味，这香味就是小康人家的干净、周到、精确、小事上的责任感和忠诚。我不知道那里住的是谁，但在那玻璃门后面肯定是一个小康人家的天堂，干净清洁，井井有条，谨小慎微，热心于习以为常的事情和应尽的义务。"

看我没有插话，他又接着说："您别以为我在讽刺人！亲爱的先生，我压根儿不想嘲笑小康人家规规矩矩、井井有条的习惯。诚然，我生活在另一个世界，在这种摆着南洋杉的住宅里我也许一天也受不了。我虽然是个有些粗鲁的荒原老狼，但我终究也有母亲，我的母亲也是个普通妇女，她也种花扫地，尽力把房间、楼梯、家具、窗帘搞得干净整齐，把我们的家，把我们的生活安排得有条不紊。这松节油的气味和南洋杉使我想起我的母亲，我这里那里的坐一会儿，看着这安静、整齐的小花园，看到至今还有这类东西，心里感到很快活。"

他想站起来，但是显得非常吃力，我去搀扶他，他没有拒绝。我仍然没有说话，但是像以前姑母经历过的那样，我不能抵御这位奇特的人有时具有的某种魔力。我们慢慢地并排走上楼梯，到了他的房门前。他拿出钥匙，很友好地看了我一眼，说道："您从店里回来？是啊，做生意的事我一窍不通，您知道，我这个人不通世事，与世人没有多少往来。但我相信，您也喜欢读书什么的，您姑母曾对我说，您是高中毕业生，希腊文很好。今天早上我读到诺瓦利斯的一句话，我给您看看好吗？这一定会使您高兴的。"

他把我拉进他的房间，里面有一股呛人的烟草味。他从一堆书里抽出一本，翻找着。

他找到了一句，对我说："好，这句也很好，您听听：'人们应该为痛苦感到骄傲——任何痛苦都是我们达官贵人的回忆。'说得多妙！比尼采早八十年！但是这句话还不是我要说的那句格言，您等一会儿，——在这里，您听着：'大部分人在学会游泳之前都不想游泳。'这话听起来是否有点滑稽？当然他们不想游泳。他们是在陆地生活，不是水生动物。他们当然也不愿思考，上帝造人是叫他生活，不是叫他思考！因为，谁思考，谁把思考当作首要的大事，他固然能在思考方面有所建树，然而他却颠倒了陆地与水域的关系，所以他总有一天会被淹死。"

他的话把我吸引住了，使我很感兴趣，我在他那里呆了一会儿。从此，我们在楼梯或街上相遇时，也常常攀谈几句。起初，我总像那次在南洋杉前那样，有点觉得他在讽刺我。其实不然。他像尊重那棵南洋杉样地尊重我，他意识到自己非常孤独，深信自己是在水中游泳挣扎，深信自己是无本之木、无源之水，因此，有时看见世人的某个很平常的行为，比如我总是准时去办公室，或者仆人、电车司机说了一句什么话，他都会真的兴奋一阵，丝毫不带一点嘲弄人的意思。起先我觉得这种君子加浪子的情调，这种玩世不恭的性情未免太可笑太过分了。但后来，我越来越清楚地看到，他从他那真空的空间，从他那荒原狼似的离群索居的角度出发确实赞赏并热爱我们这个小市民世界，他把这个世人的小天地看作某种稳定的生活，看作是他无法达到的理想，看作故乡与和平，凡此种种，对他说来都是可望而不可即的。我们的女仆是一个诚实的妇女，他每次见到她总是真诚地脱帽致敬；每当我姑母和他稍许谈几句话，或者告诉他衣服该补了，大衣扣子掉了时，他都异常认真地倾听着，似乎在作巨大而无望的努力，想通过一条缝隙钻入一个小小的和平世界，在那里定居下来，哪怕只住一个小时也行。

还是在南洋杉前第一次谈话时，他就自称荒原狼，这使我感到有些惊讶，心里有些不自在。这是些什么话啊？！但后来听惯了，不仅觉得这个词还可以，连我自己在脑子里也渐渐称他为荒原狼了，而且除了荒原狼，从来没有称过他什么别的名字，直到今天我也不知道还有没有别的名字更适合这个人的性格特点了。一只迷了路来到我们城里，来到家畜群中的荒原狼——用这样的形象来概括他的特性是再恰当不过了，他胆怯孤独，粗野豪放，急躁不安，思念家乡，无家可归，这一切他全都暴露无遗。

有一次我有机会观察了他整整一个晚上。那是在一个交响音乐会上，我没有想到他正坐在我附近，我能看见他，而他看不到我。先演奏的是亨德尔[①]的曲子，音乐非常高雅优美，但荒

---

① 亨德尔（1685—1759），德国伟大作曲家，创作了 30 多部清唱剧，40 余部歌剧及许多其他音乐作品。

原狼却沉浸在自己的思想里，既没有听音乐，也没有去注意周围的人。他冷冰冰地坐在那里，孤独而又拘谨，冷静而充满忧虑的脸垂在胸前。接着奏起另一首乐曲，是弗里得曼·巴赫[①]的一首短小的交响乐。这时我非常惊愕地看到，刚演奏了几个节拍，他脸上就露出一丝笑意，完全被音乐所陶醉，他的样子非常安详幸福，好像沉浸在美好的梦幻之中，这样持续了约莫十分钟，使我只顾看他，忘了好好听音乐。那首曲子演奏完毕，他才苏醒过来，坐直身子，做出要站起来的姿势，似乎想离席而去；但是他仍坐着未动，直至结束。最后一曲是雷格尔[②]的变奏曲，这种音乐不少人觉得有些冗长沉闷。荒原狼开始时还很注意很高兴地听着，后来他也不听了，把手插在裤袋里，沉思起来，可这次没有刚才那种幸福、梦幻般的表情，反而显得很悲伤，甚至还生起气来。他脸色发灰，心不在焉，没有一点热情，看上去显得苍老多病，内心充满了不满。

音乐会散场了，我在街上又看见了他，我跟在他后面走着；他闷闷不乐，疲惫不堪，把身子蜷缩在大衣里，向我们住的地方走去。在一家老式小饭馆前，他停住脚步，迟疑地看了一下表走了进去。我一时冲动，跟了进去。他坐在一张比较雅致的桌子旁，老板娘和女堂倌欢迎他这个老顾客，我打了招呼，坐到他身旁。我们在那里坐了一个钟头，我喝了两杯矿泉

① 弗里得曼·巴赫（1710—1784），德国作曲家，约翰·塞巴斯蒂安·巴赫之子。
② 雷格尔（1873—1916），德国作曲家。

水，他先要了半升红葡萄酒，后来又要了四分之一升。我说，我也听了音乐会，他却不接这个茬。他看了看矿泉水瓶上的商标，问我想不想喝酒，他请客。我告诉他，我从来不喝酒，他听了这话，脸上显出无可奈何的表情，说："呵，对，您做得对。我也很简朴地生活了许多年，节衣缩食了很长时间，可现在宝瓶星座高照，我酒不离口了，宝瓶星座是阴暗的标记。"

我接过他的话茬，开玩笑似地谈起这个比喻，暗示说，他也相信星相学，我觉得真是难以置信。他听了我的话，又用那常常刺痛我的心的过分客气的语调说："完全正确，可惜，连这门科学我也不能相信。"

我起身告辞，他却到了深夜才回家。他的脚步跟往常一样，而且也没有立即上床睡觉（我住在他隔壁，听得清清楚楚），他在客厅里点了灯，大约又呆了一个钟头。

还有一个晚上我也没有忘记。那天姑母出去了，我一个人待在家里，大门上的铃响了，我开了门，门外站着一位非常漂亮的年轻女子，她要找哈勒尔先生。我一看，原来是他房间里照片上的那一位。我向她指指他的门就回房了，她在上面呆了一会儿，接着我就听见他们一起走下楼梯，两人谈笑风生，十分高兴地走了出去。这位隐居的单身汉居然有一位情人，而且这么年轻，这么漂亮，这么时髦，我感到非常惊讶。我对他，对他的生活本来有种种推测，现在我又觉得这些推测没有多少把握了。但是，不到一个小时，他又一个人回来了。他愁容满面，拖着沉重的脚步走上楼梯，如同笼子里的狼来回走动那样，在客厅里轻轻地来回踱步，走了好几个小时，他房间里的灯彻夜未熄。

关于他们的关系，我一无所知，我只想补充一点：后来我在街上又看到过一次他和那个女人在一起。他们手挽手走着，他显得很幸福，我又一次觉得十分惊讶，他那张孤苦的脸有时也会多么的可爱、天真啊！我了解那个女人了，我也了解我姑母为什么对他那样同情关心了。但是那天晚上，他回家时心情也是那样悲伤痛苦。我和他在门口相遇，见他腋下夹着一瓶意大利葡萄酒。结果他在楼上荒凉的屋子里喝了半宿，这种情况以往已经有过几次。我真为他难过，他过的是什么生活哟，毫无慰藉，毫无希望，毫无抵御能力！

好，闲话少说。上述介绍足以说明，荒原狼过的是自杀生活，这无须花费更多笔墨了。但是我并不相信，他离开我们时真的自杀了。当时有一天，他结账以后突然不辞而别，离开了我们的城市。从此，他就杳无消息，他走后收到的几封信一直由我们保管着。除了一份文稿，他什么也没有留下。这份稿子是他在我们这里住时写成的，他留下几句话，说文稿给我，由我全权处理。

哈勒尔文稿中讲述的种种经历是否确有其事，我无法调查。我并不怀疑，这些事大部分是虚构的，这里的所谓虚构并不是随意杜撰的意思，而是一种探索，一种企图借助看得见摸得着的事件作为外衣来描述心底深处经历过的内心活动。哈勒尔作品中这些半梦幻式的内心活动估计发生在他住在我们这里的最后一段时间里。我相信，他描写的内心活动也是以他确实经历过的一段生活为基础的。在那段时间里，我们这位房客外貌举动都与以往不同，常常外出，有时整夜整夜地不回家，很长时间连那些书也没有摸过。那时我遇见他的次数不多，有几次他显得非常活泼，好像变年轻了，有几次可以说非常高兴。可是打那不久，他的情绪又一落千丈，整天整天地躺在床上，不思饮食；这当儿，他的情人又来看过他，他们俩发疯似地大吵了一顿，闹得四邻也很不安。第二天，哈勒尔为此还向我姑母表示了歉意。

我坚信，他没有自杀。他还活着，住在什么地方，在哪幢楼里，拖着疲惫的脚步上下楼梯；在什么地方，两眼无神地凝视着擦得铮亮的地板和被人精心料理的南洋杉；白天他坐在图书馆里，晚上他在酒馆消磨时光，或者躺在租来的沙发上，在窗户后面倾听着世界和他人怎样生活；他知道自己孑然一身，不属于这个世界，但是他不会自杀，因为他残留的一点信仰告诉他，他必须把这种苦难，心中邪恶的苦难，忍受到生命终结，他只能受苦而死。我常常想念他，他没有使我的生活变得更轻松一些，他没有那种才能促进我发挥我性格中坚强快乐的一面，恰恰相反！但我不是他，我有我自己的生活方式，我过的是平平常常、规规矩矩，然而又是有保障的、充满义务的生活。所以，我们——我和姑母——可以怀着一种平静友好的心情怀念他，我姑母知道他的事情比我多，但是她把它深深地埋在她善良的心里，没有向我透露。

关于哈勒尔的自传，我在这里要说几句。他描写的东西是些非常奇异的幻想，有的是病态的，有的是优美的和具有丰富的思想内容。如果这些文稿偶然落入我的手中，我也不认识作者，那么我肯定会怒气冲冲地把它扔掉。但是我认识哈勒尔，因此他写的东西我能看懂一些，可以说能表示赞同。如果我把他的自述只看作是某个可怜的孤立的精神病患者的病态幻觉，那么我就要考虑是否有必要公之于众。然而，我看到了更多的东西，这是一个时代的记录，我今天才明白，哈勒尔心灵上的疾病并不是个别人的怪病，而是时代本身的弊病，是哈勒尔那整整一代人的精神病，染上这种毛病的远非只是那些软弱的、微不足道的人，而是那些坚强的、最聪明最有天赋的人，他们反而首当其冲。

不管哈勒尔的自传以多少实际经历为依据，它总是一种尝试，一种企图不用回避和美化的方法去克服时代痼疾，而是把这种疾病作为描写对象的尝试。记载自传真可说是一次地狱之行，作者时而惧怕、时而勇敢地穿越混乱阴暗的心灵世界，他立志要力排混乱，横越地狱，奉陪邪恶到底。

哈勒尔的一段话给我启发，使我懂得了这一点。有一次我们谈了所谓中世纪的种种残暴现象之后，他对我说："这些残暴行为实际上并不残酷。我们今天的生活方式，中世纪的人会非常厌恶，会感到比残酷、可怕、野蛮还更难忍受！每个时代，每种文化，每个习俗，每项传统都有自己的风格，都各有温柔与严峻，甜美与残暴两个方面，各自都认为某些苦难是理所当然的事，各自都容忍某些恶习。只有在两个时代交替，两种文化、两种宗教交错的时期，生活才真正成了苦难，成了地狱。如果一个古希腊罗马人不得不在中世纪生活，那他就会痛苦地憋死；同样，一个野蛮人生活在文明时代，也肯定会窒息而死。历史上有这样的时期，整整一代人陷入截然不同的两个时代、两种生活方式之中，对他们来说，任何天然之理，任何道德，任何安全清白感都丧失殆尽。当然不是每个人都会这样强烈地感受到这一点。尼采这样的天才早在三十年前就不得不忍受今天的痛苦——他当时孤零零一个人忍受着苦痛而不被人理解，今天已有成千上万人在忍受这种苦痛。"

我在阅读哈勒尔的自传时，时常想起这一段话。哈勒尔就是那种正处于两种时代交替时期的人，他们失去了安全感，不再感到清白无辜，他们的命运就是怀疑人生，把人生是否还有意义这个问题作为个人的痛苦和劫数加以体验。

在我看来，这就是他的自传可能具有的对我们大家的启发。所以我决定将它公之于世。顺便提一句，我对这份自述既不袒护也不指摘，任凭读者根据自己的良心褒贬。

哈里·哈勒尔自传

为狂人而作

　　日子如流水，一天又过去了。我浑浑噩噩度过了一天，以我那种特有的简朴和胆怯的生活艺术，安详地度过了一天。我工作了几个小时，翻阅了几本旧书，像许多上了年纪的人那样疼痛了两个小时，我吃了药，把疼痛给蒙骗了，我很高兴；我洗了个热水澡，躺在热水中非常舒服；我收到三个邮件，浏览了一遍这些多余的信件和印刷品，然后做了运气练习，但今天贪图舒服，就免了思维操练，随后我散步一小时，发现薄纱似的云彩绚丽多彩，像珍贵的绘画柔和地画在天幕上。这真是太美了，如同阅读古书，如同躺在热水中洗澡一样。但是总的来说，这一天并不迷人，并不灿烂，不是什么欢乐幸福的日子，对我来说，这是平平常常、早已过惯了的日子：一位上了年纪而对生活又不满意的人过的不好不坏、不冷不热、尚能忍受和凑合的日子，没有特别的病痛，没有特殊的忧虑，没有实在的苦恼，没有绝望，在这些日子里我既不激动，也不惧怕，只是心境平静地考虑下述问题：是否时辰已到，该学习阿达贝尔特·斯蒂夫脱①的榜样，用刮脸刀结束自己的生命？

　　谁尝过另外一种充满险恶的日子的滋味，尝过痛风病的苦痛，尝过激烈的头疼，这种疼痛的部位在眼球后面，它把眼睛和耳朵的每一个活动都从快乐变成痛苦；谁经历过灵魂死亡的日子，内心空虚和绝望的凶险日子——在这些日子里，在被破坏、被股份公司吸干的地球上，人类世界以及所谓的文化在那虚伪、卑鄙、喧闹、变幻交错的光彩中，像一个小丑似的向你狞笑，寸步不离地跟着你，盯着你，在有病的自"我"中把我们弄得无法继续忍受——谁如果尝过这种地狱似的生活，那么他对今天这样普普通通、好坏参半的日子就会相当满意，就会非常感激地坐在暖洋洋的火炉旁，阅读晨报，非常感激地断定，今天又没有爆发战争，没有建立新的独裁政权，政界和经济界都没有揭发出什么大丑闻，他会拿起落满灰尘的七弦琴，激动地弹起一首感谢上帝的赞美诗，曲子感情适度，稍带愉快喜悦，他用这首曲子让他那安静温和、略带麻醉、百事如意、

---

① 斯蒂夫脱（1805—1868），德国作家、画家，重要作品有小说《晚夏》等。

对事情不置可否的神感到无聊，在这令人满足而又无聊沉闷的空气中，在这非常有益的无病状态中，他们两个——空虚的、频频点头的、对事情不置可否的神和鬓发斑白的、唱着低沉的赞美诗的庸人——像孪生兄弟一样相像。

满足，没有痛苦，过一种平淡无奇的日子，这可是件美好的事情；在这平淡无奇的日子里，痛苦和欢乐都不敢大声叫喊，大家都是低声细语，踮着脚尖走路。可惜我与众不同，正是这种满足我不太能够忍受，用不了很长时间我就憎恨它，厌恶它，我就变得非常绝望，我的感受不得不逃向别的地方，尽可能逃向喜悦的途径，不过必要时也逃向痛苦的途径。当我既无喜悦也无痛苦地度过了片刻的时光，在那所谓好日子的不冷不热、平淡无奇的气氛中呼吸时，我幼稚的心灵就感到非常痛苦和难受，以致我把那生锈的、奏出单调的表示感谢歌声的七弦琴对准困倦的满足之神的满意的脸扔过去，我不喜欢这不冷不热的室温，宁可让那天大的痛苦烧灼我的心。不一会儿，我心里就燃起一股要求强烈感情、要求刺激的欲望，对这种平庸刻板、四平八稳、没有生气的生活怒火满腔，心里发狂似地要去打碎什么东西，要去砸商店，砸教堂，甚至把自己打个鼻青脸肿。我很想去胡闹一番，摘下受人膜拜的偶像上的假发，送几张去汉堡的火车票给几个不听话的小学生，这是他们渴望已久的事，去引诱一个小姑娘，或者去破坏正常的社会秩序。因为我最痛恨、最厌恶的首先正是这些：市民的满足，健康、舒适、精心培养的乐观态度，悉心培育的、平庸不堪的芸芸众生的活动。

傍晚，我怀着这种心情结束了这碌碌无为、极其平常的一天。但是，我没有像一个身患病痛的人那样舒舒服服地钻进铺好的、放着热水袋的被窝，我对白天所做的那一点儿事感到很不满足，很厌恶，我闷闷不乐地穿上鞋，裹上大衣，在黑暗的夜雾中向城里走去，想到"钢盔"酒馆喝一杯通常被贪杯的人按照老习惯称之为"酒"的东西。

我住的公寓非常体面，住着三家人。我的住所在顶楼上。楼梯非常普通，但干净而又雅致。我从顶楼走下，就觉得这异乡的楼梯难以攀登。我不知道这是怎么回事，但是不管怎么说，我这个无家可归的荒原狼、小市民阶层的孤独的憎恨者，却始终住在名副其实的小市民的房子里：这是我的一种感伤的老话了。我住的既不是富丽堂皇的宫殿，也不是贫民窟，我一直都住在小市民的安乐窝中，他们的安乐窝非常体面，又极端无聊，收拾得倒也干干净净，散发着松节油的香味和肥皂味。若有谁把门关得山响或穿着肮脏的鞋走进房子，人们就会大吃一惊，我喜欢这种环境，这无疑是从小养成的习惯。我藏在心底的诸如对故乡之类的怀念，一再引导我走上这愚蠢的老路，这点我无法抗拒。我是一个孤独、冷酷、忙忙碌碌、不修边幅的人，我生活在家庭中，生活在小市民的环境中；是的，我喜欢这样，喜欢在楼梯上呼吸那种安静、井然、干净的气息，喜欢人与人之间有礼貌，温顺的气氛，我虽然憎恨小市民，但他们那种气质却有使我感动的成分，我喜欢他们，喜欢他们跨过我房间的门槛，进入我的住房，因为这里与楼梯上的情形大相径庭，书籍、酒瓶杂乱无间，烟蒂狼藉满地，屋子里乱七八糟，肮脏不堪，书籍、文稿、思想，一切的一切都浸透了孤独人的苦痛和人生的坎坷，充满了想要赋予人生以新意的渴望；人生已经变得毫无意义。

　　接着，我从南洋杉旁走过。在这幢房子的二楼，楼梯经过一套住宅前的狭小的过道，这套住宅无疑要比其他人家的住宅更干净、更整齐、更无懈可击。在这小小的过道里，我们看到这户人家异乎寻常地爱干净，这块狭小的地方可说是一个小小的秩序之神的光辉灿烂的厅堂。在那干净得几乎不忍踩上去的地板上放着两只精致的小凳，每只凳子上放着一个大花盆，一盆种着杜鹃，一盆种着南洋杉，那南洋杉相当茂盛，这是一棵非常完美、健康、挺拔的幼树，每一根针叶都非常鲜嫩翠绿。有时，当我知道没有人注意我的时候，我就把这个地方当作神圣的厅堂，在南洋杉上面的一级梯阶上坐下，休息片刻，两手相握，虔敬地看着下面这小小的秩序乐园，它姿态动人，显得孤独有趣，深深地打动了我的心。我推测，这扇门后面的住宅——在南洋杉的圣洁的遮荫下——肯定摆满闪光的红木家具，住宅的主人结实健康，诚实规矩，他们每天早起，忠于职守，欢庆有节制，星期天上教堂做礼拜，晚上早早就寝。

我做出高兴的样子，快步走过大街小巷，街道的沥青路面泛着潮气，昏黄的街灯像模糊的泪眼在湿冷的夜色里闪着寒光，照到潮湿的路面上，又把街面上微弱的反光吸回去。我又想起我那遗忘了的青年时代，当初我是多么热爱深秋和冬天的昏暗夜晚啊！那时，当我身裹大衣，半宿半宿地迎着风雨在充满敌意的、树木凋谢的自然中匆匆行走时，我是多么的孤独和伤感啊，我贪婪、陶醉地呼吸着大自然的空气，尽管我感到孤独，但是伴随孤独的是享受和诗兴，于是我回到房间，坐在床边，就着烛光把这些诗句写下来。现在这一切都已一去不返，美酒已经喝尽，没有人再为我斟酒了。难道不遗憾吗？我并不遗憾。不必为过去的事感到遗憾。遗憾的是现在和今天，是所有这些我失去的不可计数的日日夜夜，这些日子给我带来的既非厚礼也非震惊，而是痛苦。但是，赞美上帝，也有例外，偶尔也有过别的时光，这些时光给我带来震惊，带来礼物，震塌四壁，把我这个迷途浪子带回到生机勃勃的世界之中。我悲伤地，然而内心又是兴奋地尽力回忆最后一次的这种经历。那是一次音乐会，演奏的是一首美妙而古老的乐曲，由木管演奏一首钢琴曲，奏到两个节拍之间时，我突然觉得通向天国的门开了，我飞过天空，看见上帝正在工作，我感觉到一阵极乐的疼痛，尘世间的一切东西我再也不反抗、不害怕了，我肯定人生的一切，我对什么事都倾心相爱。这种感觉只延续了一会儿，也许一刻钟，但是那天夜里我又梦见了一次，从此，在我凄凉的一生中，这种感觉时常悄悄重现，有时，我清清楚楚地看见它像一条金黄色的、神圣的轨迹通过我的生活，达几分钟之久，这轨迹几乎总是蒙着污垢灰尘，同时又闪耀着金色的火花，好像永远不会丢失，然而又很快消失得无影无踪。一天夜里，我醒着躺在床上，突然吟起一首诗，这诗句太美太奇妙了，当时竟没有想到把它写下来，第二天早晨却怎么也想不起来了，然而那诗又像包在破碎的老壳中的坚硬的核仁一样，长期埋藏在我的心中。另一次，在读一位诗人的诗作时，在思考笛卡儿①、帕斯卡②的某个思想时，我又有过这种感觉。还有一次，当我和我的情人在一起时，这种感觉又一次在我面前出现闪光，飞向天空，留下金色的痕迹。啊，在我们的生活中，在这心满意足的、市民气的、精神空虚贫乏的时代，面对这种建筑形式、这种营业方式、这种政治、这种人，要找到神灵的痕迹是多么困难啊！这个世界的目的我不能苟同，在这个世界我没有一丝快乐，在这样的世界我怎能不做一只荒原狼，一个潦倒的隐世者！不管在剧场还是在影院，我都待不长，我几乎不能看报，也很少读现代书籍。我不能理解人们在拥挤不堪的

---

① 笛卡儿（1596—1650），法国哲学家、数学家、物理学家、生理学家。解析几何的创始人。主要著作有《方法谈》、《形而上学的沉思》、《哲学原理》等。
② 帕斯卡（1623—1662），法国数学家、哲学家、物理学家、散文家；提出圆锥曲线内接六边形其三对边的交点为共线的定理（帕斯卡定理）。

火车和旅馆里，在顾客盈门、音乐声嘈杂吵闹的咖啡馆里，在繁华城市的小酒馆小戏院里寻找的究竟是什么乐趣；我不能理解人们在国际博览会，在节日游行中，在为渴望受教育的人作的报告中，在大体育场上寻找的究竟是什么乐趣。千百万人正在为得到这些乐趣而奔走钻营，我也可以得到这种乐趣，但我不能理解它，不能和他们同乐。相反，能够给我欢乐的为数不多的几件事儿，我认为是人间至乐的事儿，不同凡响的事儿，令人欣喜若狂的事儿，世上的人最多只在文学作品中见过、寻觅过、喜爱过，在现实生活中他们认为这都是些荒诞不经的事。实际上，如果说这些世人的看法是对的，如果说这咖啡馆的音乐，这些大众娱乐活动，这些满足于些微小事的美国式的人们的追求确实是对的，那么我就是错的，我就是疯子、狂人，我就确实像我自称的那样是只荒原狼，误入到它不能理解的陌生世界的兽类中间，它再也找不到自己的家，自己的空气和食物。

　　我一边思考着这些久已萦回于脑际的问题，一边在潮湿的街道上继续前行，我穿过本城一个最安静、最古老的城区。对面，在街道的那面，一堵古老的灰色石墙耸立在黑暗中，我一向很喜欢看这堵墙。那石墙在一座小教堂和一座古老的医院之间，总是那样苍老而无忧无虑。白天，我的目光常常停留在那粗糙的墙面上，在内城，这样安静、美好、默默无闻的墙面并不多，这里，到处都是商店、律师事务所、发明家、医生、理发师、鸡眼病医士的牌号在朝你高喊，没有半平方米的空间。现在我又看见那古老的墙安详地耸立在我面前，可是墙上发生了一点什么变化，我看见石墙中央有一座漂亮的小门，门拱呈尖形，我糊涂起来，再也记不清这座门是原来就有的还是后来才开的。这座门看去很古老，年代非常悠久，这是毫无疑问的；也许这紧闭的小门（木头门板已经发黑）几百年前就已经是一家无人问津的修道院的入口，现在虽然修道院已经不复存在，但是这座门依旧是荒芜古园的入口。这座门我也许已经见过上百次，只是没有细看，也许因为它新上了油漆，才引起我的注意。不管怎样，我停住脚步，十分注意地朝那边看，可是我没有走过去，中间的街道非常潮湿，路面泥泞不堪。我站在人行道上向那边看，一切都笼罩在夜色中，那门柱上好像编织了一个花环，或者装饰着别的什么彩色的东西。我睁大眼睛细看，看见门上挂着一块明亮的牌子，我觉得牌子上似乎写着字。我使劲看也看不清，于是便不顾污泥脏水走了过去。我看见门楣上端灰绿色旧墙上有一块地方闪着微光，彩色的字母闪烁不定，忽隐忽现。我想，现在他们连这一堵古老完好的墙也用来做霓虹灯广告了。我看出了几个瞬息即逝的词，这些词很难认，只好连猜带蒙。各个字母出现的间歇长短不等，淡而无力，片刻之间就又熄灭了。用这种广告做生意的人算不上精明强干，他只能算是个荒原狼，可怜虫；为什么要在这老城最黑暗的街道的墙上拿字母做游戏，而且偏偏选中夜深人静、冷风凄雨、无人过往的时刻？为什么这些字母这样匆忙、短暂、喜怒无常、不易辨认？好了，现在我终于拼出了几个词：

　　魔剧院
　　——普通人不得入内

　　我去开门，使劲扭也没有扭动那又重又旧的门把。突然，字母游戏结束了，非常伤心地停止了，好像懂得了这种游戏徒劳无益。我后退了几步，踩得满脚都是泥，字母不见了，熄灭了，我在污泥中站了许久，等待字母重新闪亮起来，然而却是枉然。

　　我死了心，不再等候。我走上人行道，这时我前面水泱泱的沥青路面上忽然映出几个彩色的灯光字母。

　　我读道：

　　专一为一狂一人一而一设！

　　我的脚湿漉漉的，冻得好冷，但我还在那儿站着等了好一会儿。灯光字母再也没有重现。我伫立在那里，心里想道，这柔和的、色彩斑斓的、像鬼影似的在潮湿的墙上和黑暗的沥青路面上闪烁不定的字母谜灯有多好看啊。这时，以前的一个想法——关于金色的闪光的痕迹的比喻——忽然跃入我的脑海，这痕迹忽然变得那样遥远，无处寻觅。

我觉得很冷，继续往前走去，我想着那条轨迹，满心渴望着那专为狂人开设的魔剧院的大门。走着走着，我到了市场，这里，各种宵夜娱乐活动应有尽有，三步一张招贴画，五步一块牌子，竞相招徕顾客，上面写着：女子乐队，游艺，电影院，舞会。但这都不是我去的地方，这是"普通人"的娱乐，正常人的消遣，我所到之处都见人们成群结队地涌进各个娱乐场所的大门。尽管如此，我的哀愁仍然有增无减，因为刚才那几个闪耀的彩色字母，那来自另一世界的致意，仍在触动着我，它们映进了我的灵魂，搅乱了我埋藏心底的音符，使内心一丝金色痕迹的微光再次隐约闪现。

我去光顾古色古香的小酒馆。我第一次来到这个城市，大约是在二十五年前，从那时以来小酒馆没有一点变化。老板娘还是当时的老板娘，现在的有些顾客二十五年前就常到这里喝酒小憩，今天他们坐的仍是老位置，用的仍是原来那样的杯子。我走进这简朴的酒馆，这里是我避世的场所。固然，这种避世与静坐在南洋杉旁的楼梯上遁世相差无几，我在这里也找不到我的故乡和知己，我找到的只是一席安静之地，可以在一个舞台前观看与我异样的人表演的陌生的节目。不过，这块安静的地方也有它的可贵之处：这里没有拥挤的人群，没有喧闹,没有音乐,只有几个安详的市民坐在不加修饰的木头桌旁(桌子没有铺大理石面,没有镶珐琅面,没有铺丝绒台布,也没有黄铜装饰!),每人面前放着一杯味醇的好酒宵夜。这几个常客我都面熟,他们也许都是些货真价实的庸人,在家里,在他们那庸俗的住宅里都放着呆板笨拙的家用祭坛,祭坛后面是那可笑的知足常乐的庸俗偶像;他们也许和我一样,是些孤独失常的人,理想破灭了,成了借酒浇愁的酒鬼,他们也是荒原狼、穷光蛋;他们到底都是干什么的,我不知道。乡恋、失望、寻求精神补偿的需要驱使他们每个人来到这里,结了婚的人到这里寻找独身时光的气氛,年迈的官员到这里寻找自己学生时代的岁月,他们大家都相当沉默,喜欢喝酒,像我一样宁可慢慢地独斟独饮半升阿尔萨斯酒,也不愿坐在女子乐队前面看她们表演。我在这里坐下,在这里可以呆一小时,两小时也行。我刚喝了一口阿尔萨斯酒,就忽地想起,今天我除了早上吃了点面包外还没有吃过什么东西呢。

真奇怪,人什么都能往下吞!大约十分钟前我看了一份报纸,把一个不负责任的人的思想通过眼睛映入我的脑海,把别人的话在嘴里加进唾液,大口咀嚼,不能消化的又吐了出来。我就这么吃着,结果整整"吃"了一栏报纸。接着,我吃了一大块牛肝,这牛肝是人们从一头被打死的小牛身上取下来的。真奇怪!最好喝的是阿尔萨斯酒。我不喜欢烈性酒,至少平常日子不喜欢喝,这种烈性酒香气四溢,都有一股特殊味道,而且因此闻名。我最喜欢的是纯正温和、便宜无名的土酿葡萄酒，这种酒不醉人，味道很好，有一股泥土、蓝天和树木的气味。一杯阿尔萨斯酒加一块面包，这就是一顿美肴。可现在，我已经一块牛肝落了肚，对我这样一个很少吃肉的人来说这是很不寻常的享受，我又斟满了第二杯酒。说来也怪，不知哪个绿色山谷里的健壮老实的人种植葡萄，酿成葡萄酒，然后让那世界各地远离他们的某些失望的、默默喝酒的市民和一筹莫展的荒原狼从酒杯中汲取一点勇气，获得一点暂时的欢快。

管他奇怪不奇怪的！反正喝酒还真不错，对稳定情绪有帮助。对报纸上那篇无稽文章，我事后轻松地笑了一阵，忽然，刚才听后已经遗忘了的、用木管演奏的钢琴曲的旋律在我耳边响起。这旋律像一个小小的反光的肥皂泡，闪着光亮，五光十色地映照出整个世界，然后又轻轻破灭。假如这美妙绝伦的小旋律能暗暗地在我灵魂中扎根，日后又会让那五彩缤纷的花朵在我心中开放，那我怎么能算完全垮了呢？即便我是迷途的动物，不理解周围的世界，但是我能听到那优美的旋律，所以我愚蠢的生活仍然有它的意义，我身上有什么东西能答复疑难，接收来自天国的呼唤，我脑子里储存着千百张图画。

这是乔托①画在帕多瓦小教堂蓝色拱顶上的一群天使，在天使旁走路的是哈姆雷特和戴着花环的莪菲丽亚，世界上一切

---

① 乔托（1267—1302），意大利杰出的画家、建筑师。

悲哀和误会的美好比喻，那一张画的是站在燃烧的气球中的基亚诺索①在吹号角，那面，亚提亚·施默尔茨勒②手里拿着他的新帽子，婆罗浮屠③把他成堆的雕塑吹到空中。尽管这许多优美的形象也活在千千万万其他人的心中，然而还有上万种其他不知名的图画和音响印在我的脑海中，它们的故乡，它们的耳目都只活在我的内心。那古老的医院院墙呈灰绿色，由于长期风雨侵蚀，墙上斑斑点点，显得十分破旧，那一条条缝隙、一块块污斑中似乎有千百幅壁画——有谁理会它，有谁把它摄入自己的灵魂？谁爱它，能感受到它那慢慢减退的颜色的魅力？教士们的带有精致插图的古老册籍，被人们遗忘了的一两百年前的德国作家的作品，所有那些磨损发霉的书籍，老音乐家的书籍和手稿，记载着旋律的幻想的又硬又黄的乐谱，这些书里的声音，妙语如珠的也好，荒诞不经的也好，怀古思旧的也好，今天有谁在倾听这些声音？有谁心中充满这些书中的精神和魔力来到与这些书籍精神完全不同的另一个世界？谁还会想起古比奥④的山上那棵顽强的小柏树？这棵柏树被山上滚下的一块大石头砸成两半，但仍然保住了性命，又长出了新的小小的树冠。谁还能对那位住在二楼的勤劳

---

① 基亚诺索，德国作家让·保罗（1763—1825）的短篇小说《飞船手基亚诺索航行志》中的主角。
② 施默尔茨勒，让·保罗短篇小说《施默尔茨勒弗雷茨游记》中的主角。
③ 婆罗浮屠，印度尼西亚爪哇岛上极其雄伟壮观的佛教庙宇。
④ 古比奥，意大利中部城市。

的家庭主妇和她的南洋杉正眼相视？谁会在夜晚透过浮动的浓雾辨认莱茵河上空白云组成的字母？只有荒原狼。有谁在他那生活的废墟上寻找支离破碎的人生意义，忍受似乎是荒唐的事情，过着似乎是疯子的生活，暗中却在最后的迷惑的混乱中希望能接近上帝，得到上帝的启示？

老板娘还想给我斟酒，我紧紧捂着我的杯子，站起身来。我不要酒。那金色的痕迹又闪亮了，提醒我想起永生，想起莫扎特，想起群星。我又能呼吸一个小时了，又能生活一个小时了，又能活在世上而不用忍受什么痛苦，不必担惊受怕，不必感到羞耻。

我走出酒馆，来到静寂的街上；街上冷风飕飕，雨点被风吹打到街灯上，发出清脆的响声，射出一闪一闪的微光。现在上哪儿去？如果此刻我会什么魔术的话，我就让它给我变出一个漂亮的路易·赛泽式①的小客厅，几位音乐高手为我演奏两三首亨德尔和莫扎特的曲子。我会很有兴致地去欣赏音乐，像上帝喝醇酒那样把那清淡高雅的音乐喝下去。噢，要是我现在有一位朋友，他住在一间阁楼里，屋里放着小提琴，点着蜡烛，他坐在桌旁冥思苦想，那该多好！要是有这样一位朋友，我就会在万籁俱寂的夜晚潜进他的房子，悄悄地走上东弯西拐的楼梯，给他一个措手不及，我们会兴高采烈地交谈，听音乐，度

---

① 路易·赛泽式，路易十六（1774—1792 在位）时期流行于法国的艺术风格，为洛可可到古典主义的过渡形式。其特点为静谧、清晰、细腻、柔和。

过这夜深人静中的几小时超脱尘世的时光。以往，在那已经消逝的年月，我曾多次享受过这种幸福，但是随着岁月的流逝，这种感觉已淡漠了，离我而去了，在此时此地与彼时彼地之间横亘着黯淡的岁月。

我犹豫了一会儿，便登上归途。我高高地翻起大衣领子，手杖敲在潮湿的路面上发出嗒嗒的响声。我哪怕走得再慢，也用不了多少时间就能到家，很快我又会坐在我的小阁楼里——我那小小的所谓故乡，我不喜欢它，但是我又少不了它，因为我已不能像过去那样在野外游荡，度过那冬天寒冷的雨夜。这样的日子已经过去了。嗯，好吧，我不愿让那风雨、南洋杉、风湿病痛败坏我夜晚的雅兴，虽然找不到演奏室内乐的乐队、找不到演奏小提琴的孤独的朋友，然而那高尚纯洁的音乐仍在我心中回响，随着有节奏的呼吸，我轻轻地哼着，为我自己表演。我一边想着一边向前走。不，没有室内乐，没有朋友也行，无可奈何地苦苦寻求温暖岂不可笑。孤独就是无求于人，我渴望得到孤独，天长日久，我总算获得了它。孤独是冰冷的，噢，是啊，它又是那样的恬静，那样的广阔无垠，像那又冷又静、群星回旋的宇宙空间一样。

我走过一家舞厅，迎面传来一种强烈的爵士乐的声响，活像一种生肉蒸发的气味，令人感到又热又难闻。我驻足停留了一会儿；我非常讨厌这类音乐，但是它又总是悄悄地吸引我。虽然爵士乐与我格格不入，但比起当代所有学究式的音乐来，我却十倍地喜爱爵士乐，因为它能以粗犷欢乐的节奏深深刺激我的感官，激起我一股质朴而直言不讳的情欲。

我站在那儿闻了一会儿，嗅了嗅那带有血腥味的刺耳的音乐，恼怒而又贪婪地闻了闻大厅里的气味。抒情的那一半音乐忧郁而又悦耳，非常伤感；另一半则非常粗犷，变化无常而节奏强烈；然而这两部分又天真烂漫、和谐地融成一体。这是没落的音乐，最后几个皇帝统治罗马时肯定有过类似的音乐。和巴赫、莫扎特以及真正的音乐相比，这种音乐简直是胡闹；但是只要一加比较，就知道这一切就是我们的艺术、我们的思想、我们的所谓文化。这种音乐有个优点：它非常坦率、纯朴、诚实、天真、愉快。在这种音乐里包含有黑人味、美国味，对我们欧洲人来说，黑人和美国人那样强壮，显得非常有生气，非常天真。欧洲是否也会变成这样？是否已经在变化之中？难道我们这些了解并崇敬昔日的欧洲、昔日的真正的音乐、昔日的真正的文学的人只不过是明天就被人遗忘、被人嘲笑的少数愚蠢的、复杂的神经官能症患者？难道我们称为"文化"，称为精神、灵魂、优美、神圣的东西只不过是一个早已死亡的幽灵，只有我们几个傻瓜才以为那是真的、活的？难道就从来不曾有过真正的、生机盎然的文化？难道我们这些傻瓜梦寐以求的只是一个幻影？

老城区把我融进了它的怀抱，在灰色的夜幕中影影绰绰露出小教堂的轮廓。忽然，我又想起今天傍晚经历的事情，想起那神秘莫测的尖拱门，想起上面那神秘莫测的灯光广告牌，想起那嘲弄似的一闪一灭的字母。那字母拼成的是哪几个字？"普通人不得入内。"还有一句："专为狂人而设。"我向古老的石墙望去，仔仔细细地瞧着它，心中暗自希望魔术再次出现，希望灯光拼出字来向我这个疯子发出邀请，希望小门放我进去。也许那里有我追求的东西？也许那里在演奏我喜爱的音乐？

四周一片黑暗，黑乎乎的石墙仿佛沉浸在梦幻之中，在冷冷地看着我。石墙那儿没有门，也没有尖顶拱门，连个洞都没有。我微笑着继续往前走，朝那堵墙友好地点头致意。"睡吧，墙，我不唤醒你。随着时间的流逝，他们会把你拆除，或者贪婪的公司在你身上贴上各种广告，但是，现在你还挺立在这里，现在你还那么优美、雅静、可爱。"

当我走到一条黑暗的胡同前时，冷不防从那里走出一个人，吓我一跳。他是个孤独的夜归者，步履沉重。他头戴帽子，身穿蓝色衬衣，肩上扛根杆子，杆子上挂一张广告，像集市上的商人那样，肚子前的腰带上挂一个敞开的小盒子。他非常疲劳，在我面前无力地走着，没有回过头看我一眼，要不然我就会向他打招呼，送他一支烟。当他走到下一盏路灯下时，我想看看那挂在杆子上端的红纸上写的是什么字，可惜那张纸晃来晃去，我无法看清。于是我就向他喊了一声，请他让我看看那张广告。他停下脚步，把杆子拿正，这时我才看清那跳跃晃动的字母组成的字是：

无政府主义者的晚间娱乐！

魔剧院！

普通人不得……

我欢呼起来："我找的就是它！您的晚间娱乐是什么？在什么地点、什么时候举行？"

他挪动脚步，又走起路来。

"普通人不得入内，"他无精打采地冷冷回答了一句，就跑开了。他已经烦了，他要回家。

我跟着跑过去，对他喊道："站住！您的小盒子里装的什么？我想买一点。"

那人不肯停步，一边走一边机械地从小盒子里拿出一本小书递给我。我慌忙接过书，放进口袋。我在那里解大衣的扣子掏钱时，他已经拐进旁边的一扇大门，关上门不见了。我听见他那沉重的脚步走过院子里的石头路面，走上一道木梯，然后就什么也听不见了。突然，我也感到非常疲劳，朦胧地感到夜已很深，该回家了。我加快脚步，迅速穿过两旁都是高墙的沉睡的郊外小巷，来到我住的那个地段。这一带住的是官员和收入低微的退休老人，干干净净的小公寓前有小块的草地，墙上爬着常春藤。我走过常春藤和草地，走过一棵小枞树，来到楼门前，我找到钥匙眼，按了灯钮，轻手轻脚地走进玻璃门，经过擦得锃亮的柜子和盆栽小树，开开我的房门——我的小小的所谓故乡。我房间里，靠椅、炉子、墨水瓶、画盒、诺瓦利斯、陀思妥耶夫斯基正等着我归来，就像母亲或妻子、孩子、使女和狗、猫等着别的、正常的人回家一样。

我脱潮湿的大衣时，手不由得又碰到了那本小书。我拿出书。这是一本很薄的小书，像那些市场上出售的廉价小册子如《正月出生的人》或《返老还童妙法》一样，纸张低劣，印刷粗糙。

我在靠椅上坐下，戴上眼镜，读着这本市场小册子封面上的书名，心中觉得诧异，忽然产生了同病相怜之感。那本书叫《荒原狼——非为常人而作》。

我一口气读完这篇文章，越读越觉有趣，现将文章抄录于下：

论荒原狼
——为狂人而作

从前有个人名叫哈里，又称荒原狼。他用两条腿行走，穿着衣服，是个人，可是实际上他又是一只荒原狼。智力发达的人能学会的东西他学到了不少，他是个相当聪明的人。但是有一点他不曾学会：对自己、对生活感到满足。他可没有这种本事，他是个从不满足的人。这也许是因为他在内心深处随时随刻都知道(或以为知道)他根本不是人，而是从荒原来的一只狼。他是否真的是狼，抑或他出生之前就已经被人用魔术把他从狼变成了人，抑或他生下时是人，却有荒原狼的灵魂天性，抑或他自以为是狼这个想法本身只是他的幻觉或疾病等等，等等，聪明之士尽可争论。譬如说也可能是这样的：这个人在童年时也许很野，很不听话，毫无约束，他的教育者企图彻底克服他身上的兽性，他们这样做却反而使他产生了幻想，以为自己确实是一只野兽，只是披着一层薄薄的教育与人性的外衣罢了。关于这一点，人们可以长期争论不休，甚至写几本书；但是这对荒原狼却毫无用处，因为他认为，狼只是他灵魂的一种幻觉也罢，还是被魔术一变钻进了他的身体也罢，或者由于严师训斥鞭打而得了狼性也罢，这都无关紧要。不管别人怎么想，也不管他自己怎么想，都不可能把狼从他身上拉出来。

荒原狼有两种本性：人性和兽性，这就是他的命运，也许这种命运并不特殊，也不罕见。听说，已经有过不少人，他们的性格有很多地方像狗、像狐、像鱼或者像蛇，但他们并不因此而有什么特别的难处。在这些人身上，人和狐、人和鱼和平共处，相安无事，他们甚至互相帮助，有些人有了出息，被人羡慕，他们得以成功更应归功于他们身上的狐性或者猴性，而不是归功于人性。这是尽人皆知的事情。哈里却与众不同，在他身上，人和狼不是相安无事，互助互济，而是势不两立，专门互相作对。一个人灵魂躯体里的两个方面互为死敌，这种生活是非常痛苦的。唉，各人有各人的命，人生不易啊！

我们的荒原狼情况如何呢？在感情上，他和一切混杂生物一样，忽而为狼，忽而为人。但有一点与他人不同，当他是狼的时候，他身上的人总是在那里观察，辨别，决断，伺机进攻；反过来，当他是人的时候，狼也是如此。比如，当作为人的哈里有一个美好的想法，产生高尚纯洁的感情，所谓做了好事时，他身上的狼就露出牙齿，狞笑，带着血腥的嘲弄口吻告诉他，这场高尚的虚情假意与荒原狼的嘴脸是多么不相称，显得多么可笑，因为狼心里总是清清楚楚，他感到惬意的是什么——孤独地在荒原上奔驰，喝血，追逐母狼；从狼的角度看，任何一个人性的行为都是非常滑稽愚蠢和不伦不类的。反之也一样，当哈里狼性大发，在别人面前龇牙咧嘴，对所有的人以及他们虚伪的、变态的举止和习俗深恶痛绝时，他身上的人就潜伏一边，观察狼，称他为野兽、畜生，败坏他的情绪，使他无法享受简单朴素、健康粗野的狼性之乐。

这就是荒原狼的特性。可以想象，哈里的生活并不舒服，并不幸福。然而，这不等于说他就特别的不幸（虽然他自己确有此感，因为人总把自己的不幸看作是天下最大的痛苦）。其实，对任何人都不能说这种话。即使有人身上没有狼性，也不能因此庆幸。哪怕最不幸的人生也会有阳光明媚的时光，也会在砂砾石缝中长出小小的幸福之花。荒原狼也是这样。大多数情况下他是很不幸的，这一点谁也不能否认，他爱人或被人爱时，也能使别人不幸。因为那些爱他的人往往只看到他的一个方面。有的人把他看作一个文雅聪明的怪人而爱他，一旦发现他身上的狼性，就惊异万分，大失所望。这是不可避免的，因为如同每个造物一样，哈里希望别人把他当作整体爱他，在爱他的人面前——他非常看重他们的爱情——他不能说谎，掩饰隐瞒他狼性的一面。有的人爱的正是他身上的狼性，爱他放荡不羁、桀骜不驯、粗犷有力、令人生畏的一面。当他们发现，野蛮凶恶的狼同时又是人，这个人也渴望自己身上有善良温顺的性格，也听莫扎特的音乐，也朗读诗歌，也希冀具有人的情操理想时，他们又感到万分失望，万分痛苦了。大多数情况下，正是这些人尤其失望，尤其恼怒，荒原狼就这样把自己的两重性和两面性带进他接触的其他人身上。

但是，谁以为这就完全了解荒原狼，完全能想象他简陋而支离破碎的生活，那他就错了，他远没有深知其人。他不知道，像一切规则都有例外，在特定情况下一个罪人比九十九个好人更使上帝喜欢一样，哈里也有例外和幸福的时刻。有时他顺顺当当地作为狼，有时顺顺当当地作为人而生存、思想和感觉，有时他们两方和平相处，互敬互爱，他们不是一方睡觉，一方清醒，而是互相鼓励，互相加强。在他的生活中，有时，一切合乎常规、人所共知的东西之所以存在，似乎只有一个目的：不时地作短暂的休息，被异常的奇迹、上天的恩宠突破，让位给它们。世界上到处都是如此。这些短暂罕见的幸福时刻是否抵消或冲淡了荒原狼的厄运，从而使幸福和痛苦得以保持平衡，或者那几个小时强烈的幸福是否能把全部痛苦吸收抵消而留有余地，这个问题让悠闲自在的人去随意思考吧。狼也常常思考这个问题，那是无所事事的日子，毫无益处的日子。

这里尚需提及的是，类似哈里这样的人还为数不少，许多艺术家就是这种类型的人。这些人都有两个灵魂，两种本性，他们身上既有圣洁美好的东西，又有凶残可恶的东西，既有母性的气质，又有父性的气质，既能感受幸福，又能感受痛苦，两者既互相敌视，又盘根错节互相并存，犹如哈里身上的狼和人一样。这些人生活极不安宁，有时在他那不多的感到幸福的瞬间，他会体验到强烈无比、美妙异常的东西，这瞬间幸福的波涛高高涌起，有如滔天白浪，冲出苦海，这昙花一现似的幸福光彩照人，使他人感动销魂。许多文艺作品描写某个受苦的人在短暂的瞬间忽然升华，成了自己命运的主人，他的幸福像天上的星斗光彩夺目，弄得凡是看见它的人都觉得那是永恒不变的东西，都以为这正是他们自己的幸福的梦想。所有这些文艺作品都是这样产生的，都是苦海之上宝贵的然而又是瞬息即逝的幸福之花。这些人的行为和作品尽管名字各不相同，但是他们实际上都没有生命，就是说，他们的生命不是存在，没有外形，他们不是通常意义上的英雄、艺术家或思想家，就像其他三百六十行一样。他们的生命是一种永恒的、充满痛苦的运动，犹如汹涌的波涛拍击海岸，永无休止，他们的生活是不幸的，割裂的，可怕的，而且一旦人们不愿在那罕见的、超越于这混乱的生活而闪闪发光的经历、行为、思想和作品中去探寻生活的意义的话，他们的生活是毫无意义的。于是这类人中产生了危险而可怕的想法：整个人类生活也许是个大错，是人类之母夏娃的怪胎，是大自然粗野的、没有成功的尝试。他们中也会有另外一个想法：人也许不仅是稍有理性的动物，而且还是天之骄子，是不朽的。

每种类型的人都各有不同的特征标记，都各有自己独特的德性和恶习，自己的弥天大罪。荒原狼的特性之一就是他是个夜游神。对他来说，早晨是最糟糕的时光，他害怕早晨，早晨从来没有给他带来过什么好处。在他一生中，他从来没有在早晨真正高兴过，从来没有在中午前做过什么称心的事，有过什么好的想法，在上午他既不能使自己愉快，也不能让别人高兴。只有到了下午，他才慢慢地暖和过来，活跃起来，只有快到傍晚的时候，才是他的好时光，他才富有生气，才能做成一点事儿，有时还满面春风，喜形于色。这与他需要孤独、追求自立有关。从来没有一个人像他那样，对自主之权追求得如此深切和狂热。他年轻时很穷，费尽力气才不致挨饿受冻，那时他就宁可节衣缩食，以此来拯救一点能够自行其是的权力。他从来没有为金钱和舒服日子出卖过自己，从来没有把自己出卖给女人和有钱有势的人，为了维持他的自由，他不知多少次抛弃和拒绝世人眼里会带来好处和幸福的东西。他觉得最可恨最可怕的是担任一官半职，循规蹈矩，受命于人。他对办公室、秘书处、公事房恨得要死，最可怕的恶梦是梦见自己被囚在兵营里。凡此种种可厌的情况他都有办法逃避，当然常常要付出很大的代价。这就是他的超人之处，他的长处，在这种事上他是不屈不挠的，不可通融的。他的这种性格是坚定的、一贯的。他的痛苦和命运又恰恰和他的长处紧紧相连。他的情况和大家一样：他得到了他为本性所使而苦苦追求的东西，但是得之太多反受其害了。开始，这是他的梦想和幸福，后来就变成了他痛苦的命运。追求权力的人毁于权力，追求金钱的人毁于金钱，低声下气的人毁于卑躬屈膝，追求享乐的人毁于行乐。正是同样的道理，荒原狼毁于我行我素。他达到了目的，他越来越随心所欲，没有人能给他发号施令，他不用看别人的眼色行事，他的一言一行都由他自己自由决定。因为每个意志坚强的人都能得到他真正的内心冲动驱使他追求的东西。哈里得到了他的自由，但是他突然发现，他的自由就是死亡，他现在非常孤独，外界谁也不来打扰他，这使他觉得非常可怕，各式人等都和他毫不相干，连他自己也和自己没有什么关系，他在越来越稀薄的与人无关的孤独的空气中慢慢窒息而死。现在的情况是，孤独和绝对自主已经不再是他的愿望和目的，而是他的厄运，是对他的判决了，用魔术呼唤出来的东西再也收不回去了。现在，当他充满渴望、怀着良好的意愿，伸开双臂准备接受约束，准备和他人共同生活时，已经无济于事了，现在谁也不来理会他了。其实，并不是人们憎恨他，讨厌他。相反，他有许多朋友。许多人喜欢他。但是他得到的始终只是同情和友好的态度。人们请他作客，赠礼给他，给他写亲切的书信，但没有人真正接近他，他和其他人没有任何亲近感，没有人愿意并能够和他一起生活。包围他的是孤独的空气和宁静的气氛，周围的一切都从他身边溜走，他没有能力建立各种关系，意志和渴望都不能帮助他克服这种无能。这是他生活的重要特征之一。

另一个特征是他属于自杀者之列。这里必须说明，只把那些真正自尽的人称为自杀者是错误的。这类人中不少是由于偶然的原因才成为自杀者的，自杀并不一定是他们的本性。在这些没有个性、没有明显的特点、没有经历命运折磨的普普通通的人中，有些人用自杀了却一生，但就他们的本性与特点来说，他们并不属于自杀者的类型；相反，那些按本质属于自杀者的人中却有许多人——也许是大部分人——从不曾损伤过自己的一根毫毛。哈里是一个"自杀者"，自杀者并非一定有强烈的求死欲望，有的人有这种欲望，但他并非自杀者。自杀者的特点是：他觉得他自己——不管有无道理——是大自然的一个特别危险、特别不可靠而又受了危害的嫩芽，他始终觉得自己受到危害，毫无保护，似乎站在窄而又窄的崖尖上，只要外力轻轻一推，或者稍一昏眩，就会掉下万丈深渊。这类人有一个特征，即对他们来说，命中注定自杀是他们最为可能的死亡方式，至少他们自己是这样想象的。这种情绪总是在少年时期就表现出来，而且伴随他们整整一生，其前提却并不是他们的生命力不旺盛。相反，在自杀者中间常常发现有些人非常坚韧，非常勇敢，生活的欲望非常强烈。世界上有的人身染小恙就会发烧，同样，我们称作自杀者的人往往天生多愁善感，稍受刺激就会一心想自杀。假如我们有一门科学敢于面对人生，研究人生，而不是仅仅研究生命的机制，假如我们有类似人种学，类似心理学的科学，那么，上述事实早就尽人皆知了。

我们在这里对自杀者所发的种种议论自然只是些表面现象，这是心理学，也可以说是一点物理学。从玄学的观点看，事情就完全不同而且清楚多了，因为从这个角度观察，我们看到的"自杀者"是些因发展个性而深感内疚的人，他们的生活目的似乎不再是自我完成，自我发展，而是自我解体，回归母体，回归上苍，回归宇宙中。这类人中许多人完全没有能力进行真正的自杀，因为他们深知自杀是罪孽。但在我们看来，他们是自杀者，因为他们的救世主不是生，而是死，他们自暴自弃，随波逐流，熄灭生命的火花，回归本原。

正像强者能变成弱者一样（特定情况下必定如此），反过来，典型的自杀者常常能把他的明显的弱点变成力量和支柱，事实上他也经常这样做。荒原狼哈里就是这样。和成千上万的同类一样，在他的想象中，通向死亡的路随时都为他敞开着。因而，他多愁善感，充满幻想，不仅如此，他还从上述思想中吸取安慰，以此作为安身立命的立足点。和所有同类人一样，任何失望、痛苦、恶劣的生活境遇都会马上唤醒潜伏在他身上以一死而求解脱的愿望。久而久之，他却把这种倾向，发展成一套有益于生的哲学。他想，那扇太平门始终为他敞开着，这种想法给他力量，使他好奇，去饱尝各种痛苦和劣境，在他遭遇不幸的时候，有时他会有一种类似幸灾乐祸的感觉，他想："我倒要看看，一个人到底能忍受多少苦难！一旦到了忍无可忍的地步，我把太平门一开就摆脱了劫数。"许多自杀者就是因为有这样的想法而获得巨大的力量。

另一方面，所有自杀者都熟悉如何抵制自杀的诱惑。他们每个人在灵魂的某个角落清楚地知道，自杀虽然是一条出路，然而却是一条不太体面的、不太合法的紧急出路，从根本上说，让生命来战胜自己、摆布自己，比用自己的手结束生命高尚得多，美好得多。这种认识，这种亏心感（它和那些所谓的自满自足者的凶恶良心同出一源）促进大部分自杀者持久地和各种诱惑作斗争。他们苦斗着，如同惯窃和他的恶习斗争一样。荒原狼也熟悉这场斗争，他曾经变换过各种武器进行斗争。后来，到了四十七岁那年，他忽然灵机一动，产生了一个侥幸的、不无幽默的妙想，这个妙想常常使他高兴。他把五十岁的生日定为他可以自杀的日子。他和自己谈妥，在这一天，他可以根据当天的情绪决定是否利用太平门。不管他还会遇到什么情况，生病也好，赤贫如洗也好，经历各种痛苦和辛酸也好，所有这一切都不再遥遥无期了，这一切最多也只有几年、几月、几天之久了，过一天少一天，过一年少一年！真的，现在有些烦恼不幸，他比过去容易忍受得多了。要是在过去，这些苦恼不幸会折磨得他坐卧不安，使他的心灵受到震撼。当他由于某种原因感到特别不适，除了生活日益寂寞、潦倒、粗野外，还遭遇其他种种特殊的痛苦和损失的时候，他就对痛苦说："你等着吧，再过两年，我就能主宰你们了！"然后，他就满心喜悦地去想象：他五十岁生日那天早晨，他拿起刮脸刀，辞别一切痛苦，走出太平门，随手把门关上时，信件和贺词像雪片一样向他飞来。那时，痛风、忧郁、头疼、胃痛就都只好认输了。

现在尚需对荒原狼性格的各个现象，尤其是他对市民性的特殊关系进行解释。这些现象都与他们的基本原则有关。我们就以他对市民精神的关系为出发点来观察吧。

根据他自己的看法，荒原狼完全置身于市民世界之外，他既没有家庭生活，也没有功名心。他觉得自己完全是与世隔绝的个人，时而觉得自己与众不同，颇有天资，是个出类拔萃的人。他有意识地蔑视资产者，因为自己不是资产者而感到骄傲。然而在某些方面，他的生活完全像个资产者，他在银行里有存款，他资助贫穷的亲戚，他对穿着虽然不在意，但是他的衣服却也得体，并不破烂，他力求和警察局、税务局以及诸如此类的权力机构和平相处。此外，一种强烈的、埋藏在心底的渴望常常把他引向小康人家的小世界，使他向往庭院洁净、楼梯间擦得锃亮的雅静住房，在这些房子里充满整齐与舒适的气氛。他身上坏毛病不少，他放肆浪荡，觉得自己不是普通人，而是个怪人或天才，对此他也颇为得意。但另一方面，他从来不曾在市民精神已经消失的地方居住生活过。他既不曾在权力在握、具有非凡才能的特殊人物的环境中安过家，也不曾在罪犯或被剥夺权利的人那里住过。他一向在小康人家寄宿，他同他们的生活水平和环境始终是非常适应的，即使他和他们处在对立和反叛的关系之中。此外，他是在小资产阶级的教育下长大的，从那里接受了许多概念和模式。理论上，他一点不反对娼妓，但他本人却没有能力认真对待一个妓女，他也不能真正地把她们看作是自己的同类。对被国家和社会唾弃的政治犯、革命家或思想方面的教唆犯，他能够爱如手足，而对小偷、盗贼、强奸杀人犯，他只能保持有产者的尊严，绝不同流合污。

这样，他的知识与行为也分成两半，其中一半所认可和肯定的始终是另一半所反对和否定的。他是在一个有教养的有产者家庭中长大的，那里有固定的形式和道德风尚，所以他的一部分灵魂始终不能摆脱这个世界的秩序，虽然他个性化的程度早已超越普通市民许可的尺度，但他早已不受普通市民的理想和信仰的内容所约束。

作为永恒人性的"市民精神"，无非是企求折中，在无数的极端和对立面之中寻求中庸之道。我们从这些对立面中任意取出一对为例，例如圣者与纵欲者的对立，我们的比喻就很容易理解了。一个人有可能献身于精神，献身于向圣洁靠拢的尝试，献身于圣贤的理想。反过来，他也有可能完全沉溺于欲望中，一味追求私欲，他的全部活动都是为了获得暂时的欢乐。一条路通往圣人，通往献身于精神，把自己奉献给上帝。另一条路通往纵欲者，通往沉湎于欲望，通往自我堕落。而普通市民则企图调和，在两者之间生活。他从不自暴自弃，既不纵欲过度，也不禁欲苦行，他永远不会当殉道者，也永远不会赞同自我毁灭，相反，他们的理想不是牺牲自我，而是保持自我，他们努力追求的既不是高尚的德行，当个圣人，也不是它的对立面，他们最不能忍受的是不达目的决不罢休的精神，他虽然侍奉上帝，但又想满足自己的欲望。他虽然愿意做个仁人君子，但又想在人世间过舒适安逸的日子。总而言之，他们企图在两个极端的中间，在没有狂风暴雨的温和舒适的地带安居乐业，他们成功地做到了这一点，不过放弃了某些东西：他们的生活和感情缺乏那种走极端、不达目的不罢休的人所具有的紧张与强度。只有牺牲自我才能积极地生活。而普通市民最看重的是"自我"（当然只是发育不良的自我）。他牺牲了强度而得到了自我的保持与安全，他收获的不是对上帝的狂热，而是良心的安宁，不是喜悦而是满足，不是自由而是舒服，不是致命的炽热而是适宜的温度。因此，就其本质来说，市民的生活进取心很弱，他们左顾右盼，生怕触犯自己的利益，他们是很容易被统治的。因此，他们以多数代替权力，以法律代替暴力，以表决程序代替责任。

很清楚，这种软弱而胆怯的人尽管数量很多，却不能自立自卫。基于他们的这种特点，他们在这个世界上只能扮演狼群中的羔羊的角色。但是我们也看到，虽然铁腕人物统治时期市民立刻被排挤，他们的才能得不到发挥，但是他们从未衰亡，有时似乎还在统治世界。这怎么可能呢？他们的人数、他们的道德、他们的知识水平和组织能力都不足以拯救他们免于衰亡沉沦。一个人如果生来就没有旺盛的生命力，那么世界上就没有任何药物能维持他的生命。但是市民阶层却依然存在，而且在不断地发展强大。这是什么原因呢？

答案是：原因在于荒原狼。实际上，市民阶层的生命力并不在于它的正常成员的品性，而在于数目众多的非正常成员的品性。市民阶层的理想界限模糊，可伸可缩，因而能够把这些非正常成员包罗进自己的行列。市民阶层中向来有许多坚强而粗野的人。我们的荒原狼哈里就是典型一例。虽然他远远越出市民礼仪的极限，发展成为一个特殊的个体，他既懂得吾省吾身的喜悦，能享受仇恨与自恨的蒙眬欢乐，他蔑视法律、道德和常识，然而他依然是市民的囚徒，并不能摆脱它的羁绊。就这样，围绕着真正的市民阶层的核心群众的是人类的广泛的阶层，成千上万充满生命力和智慧的人，他们每个人都超越了市民的生活准则，他们感到他们的使命是过一种誓必达到目的的紧张生活；他们每个人都有某种幼稚的感情，觉得自己是依附于市民阶层的，他们每个人都受了感染，削弱了生活的紧张程度，但是他们依然留在市民阶层中，隶属于它，承担义务，为它服务。因为大人物的原则可以反其意用于市民阶层：不反对我就是赞成我！

如果我们进一步剖析荒原狼的灵魂，我们就会发现，他那异常发展的个性使他成了一个非市民，因为物极必反，个性过分强烈，就转过来反对自我，破坏自我。我们看到，在他身上既有一种强大的力量把他推向圣贤，又有促使他堕落的强烈本能。然而，由于某种弱点或惯性，他不能腾起身来进入完全自由混沌的太空，他仍然为市民阶层，这个生育他的、吸引力强大的星球所羁绊。这就是他在宇宙这个空间中的地位，他所受到的制约。绝大部分知识分子，大部分艺术家都属于这种类型。他们中只有那些最强的人才突破市民阶层这个地球的大气层，进入宇宙空间，其他人或垂头丧气，或屈从妥协，他们一方面蔑视市民阶层，另一方面又是市民阶层的一员。为了生存下去，他们最终不得不肯定市民阶层，从而美化了它，给了它力量。对这些不计其数的人说来，市民阶层并不足以成为他们的悲剧，而只是一个非常大的不幸和厄运，他们的才能在这不幸与厄运之地狱中被煮熟，变得富有成果。少数挣脱羁绊的人进入绝对境地，可歌可泣地走向毁灭，他们是悲剧人物，这种人是为数不多的。而那些仍然受市民思想制约的人——对他们的才能，市民阶层常常给予极大的荣誉——在他们面前有一个第三王国敞开着，这是虚幻而有主权的世界：幽默。那些不能宁静片刻的荒原狼，那些无时无刻不在忍受可怕苦难的人们，他们缺乏必要的冲力向悲剧发展，缺乏冲破引力进入星空的力量。他们深感自己是属于绝对境地的，然而又没有能力在绝对境地中生活。如果他们的精神在受苦受难中能够变得坚强灵活，那么，他们就会在幽默中找到妥协的出路。幽默始终是市民特有的东西，虽然真正的市民并不能理解它。在虚幻飘渺的幽默气氛中，所有荒原狼的错综复杂、杂乱无章的理想得以实现了：在幽默中不仅能同时肯定圣贤和堕落的人，把社会的两极弯曲使之靠拢，而且还能把市民也包括到被肯定者的行列。这位狂热信仰上帝的人也许有可能对罪犯采取肯定的态度，反过来，他也可能对圣徒采取肯定的态度。然而罪犯和圣徒两者以及所有其他走极端的人都不可能对中立温和的中间道路即市民的东西加以肯定。唯有幽默才完成这种不可能的事情，用它的棱镜的光照射了人生的一切领域，把它们合为一体，而这种幽默是那些完成伟大业绩的使命受到阻碍的人的美妙发明，这种幽默也许是人类最典型、最天才的功绩。我们所生活的这个世界似乎并非是我们的世界，尊重法律又超越于法律之上，占有财产而又似乎"一无所有"，放弃一切又似乎并未放弃，所有这些深得人心，而且不断予以表述的人生高度智慧的要求，唯有幽默才能实现。

荒原狼并不缺乏实现这些要求的天赋和条件。如果他能够在他那闷热难耐、杂乱无章的地狱里把这魔酒烧干排干的话，也许就得救了。可是他还有许多欠缺。然而得救的可能性是存在的，希望尚未熄灭。热爱他的人，同情他的人尽可以祝愿他得到拯救。这样，他也许会永远弥留于市民之中，但是另一方面，他的痛苦就会变得容易忍受，会有所收益。他与市民世界的关系——他既爱它又恨它——就会失去伤感的情调，他属于市民世界的感觉就不再会把他当作污点，经常不断地折磨他。

为了达到这一点，或者说为了有朝一日敢于飞身跃入太空，荒原狼必须正视自己，必须察看自己灵魂深处的混乱，必须有充分的自我意识。那时，他就会看到，他那疑窦百出的生活完全不可更改，而且他再也不可能一次又一次地从欲望的地狱逃到伤感而又富有哲理的慰藉之中，再从这自我安慰逃进对狼性的盲目陶醉之中。那时，人和狼就会被迫不戴感情的假面具互相认识，互相直视对方。然后，他们不是突然爆发，永远分手，从而不再有荒原狼，就是在幽默的灵光中出于理智而结成姻缘。

也许有朝一日，哈里会同这最后的可能性邂逅相遇。有一天，他也许会认识自己，不管他是得到我们的一面小镜子也好，还是遇见永垂不朽的人也好，抑或在我们的某个魔剧院找到他解救荒芜的灵魂所需要的东西也好。千百种这样的可能性在等待他，他的命运吸引着这种可能性，所有市民阶层的非正式成员都生活在这种奇异的魔术般的可能性的气氛中。一个"万物皆空"的观念足以使他们认识自己，闪电打中了。

这一切，荒原狼大概都十分清楚，尽管他对自己一生的内心的概况从未作过了解。他感觉到他在世界这座大厦中的地位，他感觉并认识永垂不朽的人，他感觉并害怕自我相遇的可能性，他知道有那么一面镜子，用那面镜子来照照自己，他既是迫切需要又是异常害怕。

在本文结尾还需要澄清最后一点不符合实际之处，一个原则性的错觉。所有的"解释"，所有的心理学，所有的探讨都需要辅助手段，需要理论、神话、谎言；一个正直的作者应该在他论述的结尾尽量澄清这些谎言。假如我说有"上""下"之分，那么这就是一种观点，要求进一步得到解释，因为只有在思想中，在抽象概念中才有上下之分。世界本身并没有上下。

简而言之，"荒原狼"也同于此理，只是一种幻觉。如果说哈里觉得自己是一个狼人，自认为是由互相敌视的、对立的两种性格组成的，那么，这只是一种简化的神话。哈里根本不是狼人，假如我们表面上似乎不假思索地接受了他的谎言，接受了他自己虚构并信以为真的谎言，真的把他看作双重性格的人，看作荒原狼，并且据此加以解释的话，那么，我们是因为希望容易为人理解的缘故利用了一种错觉，这种错觉现在应该得到纠正。

哈里企图通过把自己分裂为狼与人、欲望与精神的办法来更好地理解他的命运。殊不知，这种两分法太简单化了，是对"真实"的歪曲。哈里发现身上存在许多矛盾，他觉得这些矛盾是他痛苦的根源。然而他对这些矛盾的解释虽然明白易懂，却是错误的。哈里发现自己身上有一个"人"，这是思想、感情、文化、温顺而崇高的性格的世界，他发现自己身上与之并列的还有一只

"狼"，这是充满欲望、粗野、残酷、低下的粗鄙性格的黑暗世界。哈里把他的性格分为互相敌视的两个方面，似乎泾渭分明，可是他却一次又一次地看到，有时狼和人能和睦相处，非常幸福。如果哈里企图断定在他生命的每时每刻，在每个行动、每个感觉中人占多少比例，狼占多大比重，他马上就会陷入困境，他的全部狼人妙论就会完全破产。因为没有一个人，包括最原始的黑人和傻瓜，会如此简单，他的性格会如此单纯，只是两三种主要因素的总和；而把哈里这样异常复杂的人简单地分为狼和人是无比愚蠢的行动。哈里的本质远不是只有两个因素，而是上百个、上千个因素构成的。他的生活（如同每个人的生活）不是只在两个极——欲望和精神，或者圣人和浪子——之间摆动，而是在千百对，在不计其数的极之间摆动。

像哈里这样一个知识广博的聪明人会把自己看成荒原狼，相信能够用如此简朴、如此残忍、如此原始的公式表达他那丰富而复杂的生活，对于这一点我们不应该感到惊奇。人并没有高度的思维能力。即使最聪慧、最有教养的人也是经常通过非常天真幼稚的、简化的、充满谎言的公式的有色眼镜观察世界和自己，尤其在观察自己时更是如此！因为从表面看，所有的人似乎都具有一种天生的、必然的需要，把自我想象为一个整体。这种狂热尽管会经常地受到巨大的冲击而动摇，但它每次都能复原如旧。坐在杀人犯面前的法官直盯着他的眼睛，在某一瞬间，他听见杀人犯用他（法官）的声音说话，他在自己的内心深处也发现有杀人犯的感情、能力和可能性，但他很快又变成了一个整体，又成了法官，转身回到想象中的自我的躯壳中，行使他的职责，判处杀人犯死刑。如果那些才智超群、感情细腻的人蒙眬地意识到自己是多重性格，如果他们如同每个天才那样摆脱单一性格的幻觉，感觉到自己是由许多个自我组成，那么，只要他们把这种意识和感觉告诉人们，多数派就会把他们关起来，他们就会求助于科学，把他们确诊为患有精神分裂症，不让人类从这些不幸者的口中听到真理的呼喊。有许多事情，每个有头脑有思想的人认为是不言而喻需要知道的，然而社会风气却不让人们去谈论。在这种情况下，为什么还要浪费唇舌，把这些事情诉诸公众呢？要是一个人正在把想象中的单一的自我分解为两个，那么就可以说，他近乎天才了，至少也是一个罕见的、有趣的例外。实际上，没有一个人是纯粹的单体，连最天真幼稚的人也不是，每个"我"都是一个非常复杂的世界，一个小小的星空，是由无数杂乱无章的形式、阶段和状况、遗传性和可能性组成的混沌王国。每个人都力求把这混沌的王国看成单一的整体，谈起自我时的语气给人一种印象，似乎这是简单的、固定不变的、轮廓清晰的现象，这种每个人（包括至圣至贤在内）都避免不了的错觉似乎是必然的，就像呼吸和吃饭那样是生存的要求。

这种错觉建立在某种简单的比喻之上。一个人的肉体是统一的整体，而灵魂从来不是统一的。文学创作，即使是最精粹的文学创作，始终习惯于把人写成似乎是完整的、统一的。在迄今为止的文学创作中，专家们最推崇的是戏剧，这样做是完全有道理的。因为戏剧提供了最大的可能来描写"自我"的多样性——剧中的每一个人物都免不了由独一无二的、统一的、完整的躯体加以表现。对于这种现象只作粗枝大叶的观察，就会得到剧中人都是统一体的错误印象。所以这种观察并不能推翻戏剧表现自我多样性的论断。即便是最原始的美学也极为赞赏所谓的性格戏剧；在这类性格戏剧中，每个人物都是单一的整体，性格十分鲜明，绝不含混。只有纵观前后，某些人才逐渐模模糊糊地感到这一切也许只是一种廉价肤浅的美学，如果我们把那些并不是我们生而有之的，而是从古典时代因袭而来的堂而皇之的美的概念用到我们伟大的戏剧家身上，我们就错了，这些概念都是"自我"与人物的幻觉，都是人从有形的躯体出发而发明的。在古代印度的文学作品中，没有这个概念，印度史诗的英雄并不是人，而是人的群体，人的一系列轮回。我们这个现代世界有许多文学作品试图透过人物和性格的表演描写错综复杂、丰富多彩的内心世界，而作者对此也许毫无意识。谁要认识这一点，谁就下决心把这种作品中的人物看做是高一级的统一体（不妨叫做诗人之灵魂）的各个部分、各个方面、各个不同的侧面，他不能把这些人物看成单个的人。用这种方法观察浮士德的人就会觉得浮士德、靡菲斯特、瓦格纳以及所有其他人物构成一个单一体，合成一个超人。这高一级的超人才暗示了某些灵魂的真正本质，而单个的人物却不能做到这一点。浮士德说过一句教师们十分熟悉、庸人们非常赞赏的名言："啊，在我的胸膛里有两个灵魂并存！"然而他却忘了他的胸中还有靡菲斯特，还有许许多多别的灵魂。我们的荒原狼也以为在他的胸膛里有两个灵魂（狼和人），他觉得他的胸膛已经因此而拥挤不堪。一个人的胸膛、躯体向来只有一个，而里面的灵魂却不止两个、五个，而是无数个；一个人是由千百层皮组成的葱头，由无数线条组成的织物。古代亚洲人已经认识这一点，并且了解得十分详尽，佛教的瑜伽还发明了精确的办法，来揭露人性中的妄念。人类的游戏真是有趣得很，花样多得很：印度人千百年来致力于揭露这种妄念，而西方人却花了同样的力气来支持并加强这种妄念。

我们从这种观点出发来观察荒原狼，就会明白他那可笑的双重性格为什么使他那么痛苦。他和浮士德一样，以为一个胸膛容不下两个灵魂，两个灵魂在一个胸膛里肯定会把胸膛撕裂。实际上正好相反，两个灵魂是太少了，哈里用如此简单的模式去理解他的灵魂，这就大大歪曲了真相，曲解了他的灵魂。哈里是个天资很高的人，但他却像只能数一和二的野人那样简单。他把自己的一半叫做人，另一半叫做狼，就以为到了尽头，把自己理解透了。他把身上所有富有智慧的、高尚的、文明的东西归到"人"一边，把一切本能的、野蛮的、杂乱无章的东西归到狼一边。然而，实际生活却比我们的上述想法复杂得多，比我们可怜的傻瓜语言细腻得多，哈里使用如此简单的狼的方法，那是在双倍地欺骗自己。我们担心，哈里把他灵魂中还远远不属于人的因素统统归到人身上，把他性格中早已超出狼性的部分归到狼一边。

如同所有其他人一样，哈里自以为非常清楚人为何物。其实他一点不懂，虽然他在梦中，在其他无法检验的下意识中经常感觉到人为何物。但愿他永远记住这种蒙眬的感觉，把它变为自己的血肉！可以说，人并不是一个固定的、永远不变的形象，这种固定的、永远不变的形象是古典时代的理想，尽管古代的先知有过相反的感觉；相反，人是一种试验和过渡，人只不过是自然与精神之间的一座又狭窄又危险的桥梁。他内心深处不可抗拒的力量驱使他走向精神、走向上帝；他最诚挚的渴望又吸引他回归自然、回归母体，他的生活就在这两种力量之间颤巍巍地摇摆。人们对"人"这个概念的理解始终只不过是短暂的市民协议而已。这种习惯势力拒绝并禁止某些最原始、最粗野的欲望，要求人们有一点意识，有一点道德修养，有一点文明，不仅允许、而且鼓励人们有一点点精神。具有这种习惯的"人"如同每个市民的理想一样，都是妥协的产物，是谨小慎微而又巧妙的尝试，不仅企图蒙骗凶恶的母亲——肉体，而且还蒙骗可恶的父亲——精神，使他们放弃缓和他们激烈的要求，以便在他们之间的缓冲地带居住。于是，市民允许并容忍他称为"人性"的东西，而同时又把人性出卖给"国家"这个凶神恶煞，任其摆布，经常在两者之间煽风点火。于是，市民们今天把某个人判为异端烧死，判为罪人绞死，而过了两天又为他造纪念碑。

荒原狼也隐隐约约感觉到，人还不是完美的造物，而是一种精神要求的产物，是一种遥远的、既令人神往又令人害怕的具有可能性的东西；正是那些今天被送上断头台，明天又为他们建造纪念碑的少数人时而历尽千辛万苦，时而狂欢大喜，在通向完人的道路上一小步一小步向前迈进。但是，他在自己身上与"狼"相对、称为"人"的东西，大部分不外乎是那个市民传统概念中的平庸之"人"。哈里能清楚地感觉到通向完人的道路，通向不朽者的道路，有时也在这条路上像小脚女人那样向前迈出小小的一步，并且为此而付出巨大的代价：他异常孤独，要忍受各种痛苦。然而他在灵魂深处却又不敢肯定和追求那最高要求，那种真正的、被精神寻找的修身之道，他害怕去走那唯一通向永恒不朽的羊肠小道。因为他很清楚地感到，这样做会使他受更大的苦，使他挨骂受辱，被迫放弃人生的一切希望，也许还会把他送上断头台；即使在这条路的尽头等待他的是永生不灭，他也不愿去忍受这一切痛苦，去尝试各种不同的死亡。尽管他对修身的目的比市民们意识得更为清楚，但他还是双目紧闭，不愿知道：绝望的自我钟爱，挣扎着不愿去死，肯定引人走向永恒的死亡，相反，能够视死如归、能够脱胎换骨，热心于自我转变，就能到达不朽的境界。如果说，他在不朽者中对他喜爱的人顶礼膜拜，比如莫扎特，那么归根到底他也是用小市民的眼光去看待他的，而且往往像学校老师那样，说莫扎特有无比的天赋，以此来解释他的至善至美，他没有看到他伟大的献身精神，他的巨大热情，他对小市民的理想的漠然态度，他对极度孤独气氛的容忍态度，这种孤独气使受苦人、修身人周围的市民气氛变得十分稀薄，成了冰冷的宇宙以太，这是客西马尼花园①式的孤独。

我们的荒原狼至少已经发现自己身上有浮士德式的两重性，他已经发觉他的躯体是统一的，但是灵魂并不统一，他顶多只是

---

① 客西马尼花园，耶路撒冷附近的花园，系耶稣基督被囚之处。

处在通向这种和谐统一的理想的漫长朝圣路上。他既不想克服身上的狼性，变成一个全人，也不愿放弃人性，做一只狼，从而至少能度过统一的、不是支离破碎的一生。也许他从未仔细观察过真正的狼；如果他仔细观察过，他就会看到，即便是动物也没有统一的灵魂，在它们健美的躯体里潜伏着各种各样的追求和各种不同的东西，连狼身上也有众多危机，狼也在受苦。遵循"回归自然"的口号，这是不行的，人类走的是一条充满痛苦的无望歧途。哈里再也不能完全变成狼了，即使他回复成了狼，那他也会看到，狼也已不再是非常简单的原本之物，而是非常复杂的东西。狼在它的胸膛里也有两个或两个以上的灵魂，谁渴望成为一只狼，那他同样犯了健忘症。过去有人曾高唱："噢，童年不逝多么幸福！"这位高唱儿童幸福之歌的人很有同情心，很伤感，他也想回到自然中去，回到无辜中去，回到原始中去，但他完全忘记了孩子们也绝不是幸福的，他们也能够经历各种冲突，经受种种分裂和痛苦。

压根儿没有什么回头路，既不能回到豺狼，也不能回到儿童。万物之始并不就是圣洁单纯；万事万物，即便是那些表面看来最简单的东西，一旦造就，那它们就已经有罪，就已经是多重性格的，就已经被抛进了肮脏的变异之河，它再也不能逆流而上。通向无辜，通向本原，通向上帝的道路不是引我们向后走，而是向前走，既不通向狼，也不通向儿童，而是不断向前，通向罪恶，引导我们修身。可怜的荒原狼，你即便自杀也绝无好处，你肯定得走一条更长更难、荆棘丛生的修身之道，你将会经常不断地将你的双重性格翻番加倍，使你本已非常复杂的性格更加复杂。你不会缩小你的世界，不会简化你的灵魂，相反，你将把越来越多的世界、乃至整个世界装进你痛苦地扩大了的灵魂中，然后也许就此终止，永远安息。这是释迦牟尼定过的路，每个伟大的人物只要他冒险成功都走过这条路，只是有人自觉有人不自觉罢了。每个孩子出世就意味着脱离宇宙，从上帝那里游离出来，意味着痛苦的新的生命之路。要回到宇宙，停止痛苦的个性化，修身成神就必须敞开胸怀，扩大灵魂以使灵魂又能容下整个宇宙。

这里所说的人并不是学校、国民经济、统计资料所熟悉的人，也不是成千上万在街上游荡的人，他们是芸芸众生，只不过是海边的沙粒，波涛撞击海岸激起的水星。这种人多几百万少几百万毫无关系，他们只是材料而已。我们这里说的是高级意义上的人，是人生这条漫长路程的目的，我们说的是神圣的人，是不朽的人。天才并不像我们以为的那样罕见，当然也不像文学史、世界史或报纸所说的那样多。在我们看来，荒原狼哈里似乎有足够的天才，去作一次修身成人的冒险尝试，而大可不必一遇困难就为自己愚蠢的荒原狼感到痛苦而大喊大叫。

具有这种可能性的人用荒原狼和"啊，两个灵魂！"来解救自己，就像他们胆怯地喜爱世人的东西一样，既使人感到惊奇，又使人迷惑不解。一个能够理解释迦牟尼的人，对人的优劣两面略有所知的人，不应生活在常识、民主、资产者的教育占统治地位的世界里。他只是由于怯弱才生活在这个世界之中，每逢他觉得他的容积过于狭小，世人的空间过于拥挤，这时，他就归咎于"狼"，他不愿知道，有时狼是他身上最好的部分。他把身上一切粗野的东西称作狼，他觉得这些东西既可恶又危险，使人害怕；他自以为是艺术家，感觉敏锐细腻，但是他却看不见在他身上除了狼，在狼的身后，还有许多其他兽性。他看不见并非所有咬人吃人的都是狼，他看不见在他身上还有狐狸、龙、老虎、猴子和极乐鸟。他也看不见这整个世界，这整个天堂乐园——这里住满各种造物，有可爱的也有可怕的，有大的也有小的，有强壮的也有娇小的——全为狼的童话所窒息囚禁，而他身上真正的人同样也为假人、小市民所窒息囚禁。

请设想某个花园里长满了不计其数的树木、花卉、果树、野草。如果园丁除了能区分"食用植物"与"野草"以外毫无其他植物知识，那么他就不知道该如何处理园中十分之九的植物，就会拔掉最迷人的花卉，砍去最贵重的树木，或者他至少会憎恶它们，看轻它们。荒原狼对待他灵魂中的千百种花卉也是这样的。凡是不能归到"人"或"狼"这两类的东西，他一概视而不见。你看他归到"人"下的都是什么东西！一切懦弱的、无知的、愚蠢的、卑下的东西，只要够不上称为狼性，他都一概归到"人"一边；同样，一切强大的、高贵的东西，只要他不能驾驭，他都一概归为狼性。

现在我们告别哈里；让他独自继续走他的路。如果他已经跻身于不朽者的行列，已经到达他梦寐以求的地方，他会以怎样惊异的目光回顾他走过的曲折复杂、摇摆不定的生活途径，他会如何对这只荒原狼投以鼓励的、责备的、同情的、快乐的微笑!

我读完论文，忽然想起，几个星期以前的一天夜里，我曾经写过一首关于荒原狼的怪诗。我在堆满书籍的书桌上从纸堆里找到这首诗，朗诵起来：

> 周围的世界白雪皑皑，
> 我荒原狼奔走在荒野，
> 群群乌鸦从桦树上惊起，
> 兔子麋鹿却不知何在。
> 我若看到一只小鹿，
> 就对它非常钟爱，
> 我若能把它撕碎解馋，
> 啊，这是天底下最大的美事。
> 我对情人赤诚相爱，
> 我咬着她细嫩的腿，
> 饮她殷红的鲜血，
> 然后我独自嚎叫彻夜不停。
> 没有麋鹿，兔子也能替代，
> 热乎乎的兔肉多甜美。
> 啊，难道生活中的乐趣
> 都已从我身边离去?
> 我尾巴上的毛发已灰白，

我双眼模糊无神采，

可爱的娇妻早逝已几载。

现在我独自奔走，心想麋鹿，

现在我心想小兔，独自奔走。

我听见狂风呼啸在冬夜，

我喉干似灼饮雪水，

带着可怜的灵魂见魔鬼。

现在我手头有了两张我的画像，一张是诗歌形式的自画像，画像与我本人一样哀伤胆怯；另一张画得非常冷静，似乎非常客观，出自一位旁观者之手，居高临下从外部进行观察，画家对我知之更深，然而又远远不如我自己。这两张画像——我伤感的诗和未署名作者的妙文都使我怅惘痛苦，两张画都画得惟妙惟肖，都毫无掩饰地画出了我那绝望的生活，清楚地反映出我的处境再也不能忍受、不能持久了。这个荒原狼该死，他肯定会用自己的手结束他那可恨的余生，或者肯定会在重新自我认识的炼狱之火中熔化，脱胎换骨，撕掉假面具，获得新生。啊，这种新生的事我并不觉得新鲜陌生，我熟悉这种事，我已经多次亲身经历过，每次都是在极度绝望的时刻。每次，当我有这种搅动心弦的经历时，我的"自我"都被摔得粉碎；每次，心灵深处的力量都把它翻个个儿，把它摧毁；每次，我生活中总有特别可爱的一部分背叛，从我身上消失了。比如有一次，我丧失了市民的声誉和财产，过去对我恭恭敬敬的人不再尊敬我。另一次，一夜间，我的家庭生活崩溃了；我那得了精神病的妻子把我赶出家门，爱情与信任突然变成了仇恨和殊死的斗争，邻居们向我投过同情和轻视的目光。从那时起，我就开始孤独起来。后来，我极度孤独，尽力克制自己，逐渐建立起新的、苦行的追求精神和美好的生活理想，生活又有了某种宁静和高度，我潜心进行抽象思维操练和十分有规则的打坐默想，经过若干辛酸痛楚的年月，这样一种生活又崩溃了，突然失去它那崇高的意义；一种莫名的东西驱使我重新到处游荡，疲惫不堪地四处奔走，新的痛苦、新的罪责接踵而来。每次撕掉一层假面具之前，每当一个理想破灭之前，总感到这种可怕的空虚和平静，感到致命的窒息、寂寞、孤独，掉进空荡荒凉的无爱之狱、绝望之狱，现在我又一次不得不在这空荡荒凉的地狱中跋涉。

无可否认，我的生活每受一次这样的震撼，我最后总有些微小收获，我获得了一点自由，有了一点精神，认识更深了一点，但同时，也增加了一点孤独，更不被人理解，感冒更重了一点。从市民角度看，我的生活这样一而再、再而三地受打击，这是不断地在走下坡路，越来越偏离正常的、合理的、健康的生活。在这些岁月中，我失去了职业，失去了家庭，失去了故乡，游离于所有社会集团之外，孑然一身，没有人爱我，却有许多人对我颇为猜疑，我时时与公众舆论、公共道德发生激烈冲突，纵然我依旧生活在市民圈中，然而我的感情和思想与他们格格不入，我在这个世界上始终是个陌生人。对我来说，宗教、祖国、家庭、国家都失去了价值，都跟我无关，科学、行会、艺术故弄玄虚，装模作样，使我感到厌恶；我是个颇有才气的人，一度被人喜爱，我的观点、我的爱好、我的整个思想曾一度放射出光芒。现在，所有这些都凋敝了，荒芜了，常常使人觉得可疑。纵然，我在这个痛苦的转变过程中也获得了某些模糊的、不可捉摸的东西，我却付出了昂贵的代价，我的生活变得愈加艰难困苦，愈加孤独，受到的危害更大了。说真的，我没有理由希望继续走这条路，这条路好像尼采的秋之歌中写的烟带，把我带进越来越稀薄的空气中。

啊，我很熟悉这些经历，这些转变，这是命运给它的令人担忧的挑剔的孩子们决定的，我太熟悉这些经历、这些转变了。我对它们的认识，如同爱虚荣而一无所获的猎手熟悉狩猎的每一步骤，如同交易所老手熟悉投机倒把、获取利润，继而变得没有把握，以致最后破产的每一阶段一样。这一切，难道我现在真的还要再经受一遍？难道真的还要再经受一次所有这些痛苦、所有这些困惑的烦恼，了解自我的卑微低贱的痛楚、所有毙命前的恐怖、临死前的惧怕？预防重蹈覆辙，避免再次忍受这些痛苦，逃之夭夭，不是更加聪明简单吗？毫无疑问，这样做聪明得多，简单得多。不管荒原狼小册子中谈到"自杀者"的有关看法究竟是否正确，谁也不能夺走我借助煤气、刮脸刀或手枪避免重复这个过程的快乐，这个过程的甘苦我真的已经尝够了。不行，万万不行，世上没有什么力量能要求我再经受一次充满恐惧的自我剖析，再经受一次新生，再次投胎下凡。这新生的目的和结局并不是和平安宁，而永远是新的自我毁灭，新的自我改造。尽管自杀是愚蠢的、胆怯的、卑鄙的，是不光彩的、可耻的、不得已的办法，但我还是热切希望有一条逃离这痛苦旋涡的出路，哪怕是最卑鄙的出路。这里无需再演充满高尚情操和英雄气概的戏，这里我只面临一个简单的抉择：是选择一瞬间的小痛苦还是选择无法想象的灼人的、无边无际的痛苦？我的生活如此艰难，如此疯狂，但我以往常常是高尚的堂吉诃德，在荣誉与舒适、英雄气概与理智之间我总是选择前者。现在可够了，该结束了！

我终于上了床，这时东方已经发白，早晨打着哈欠透进窗户，天阴沉沉的，令人讨厌。这是冬季阴雨连绵的天气。我带着我的决心上了床。但是，在我就要入睡的瞬间，我还有一星半点意识，荒原狼小册子中那奇特的段落突然在我眼前闪了一下。这一段讲的是"不朽者"的事。接着我又回忆起，我有几次感到自己离不朽者很近很近，前不久就有过一次，在古老音乐的节奏中欣赏了不朽者的全部智慧，那沁人心脾、开朗、严酷的微笑的智慧。这些回忆在我脑际出现、闪光、熄灭，后来我便沉入梦乡了。

快到中午时分我醒了，立刻发现我的思想又已清楚。那本小册子以及我的诗都在床头柜上放着，我的决心从我最近一个时期的生活经历构成的乱麻中探出头来，正友善地冷眼瞧着我。睡了一夜，我的决心变得清晰坚定了。不必急，我求死的决心不是灵机一动的想法，它是成熟的、能够久存的果实，它慢慢地长大，慢慢地变得沉重，命运之风把它轻轻摇晃，然后猛地一击把它吹落。

我为旅行准备的小药箱里有一种很好的止痛药，这是一种特别强烈的鸦片剂，不过我很少服用它，常常几个月不去问津，只有肉体的痛苦实在无法忍受时，我才用这种强烈的麻醉剂。可惜它不能致死，不适合用来自杀，几年前我已经试过一次。当时我又一次陷入绝望之中，我服用了大量的这种麻醉剂，按说这么大的剂量能杀死六个人，可是并没有使我丧命。我睡着了，好几个小时完全没有知觉，可是后来令我非常失望的是，我的胃抽搐起来，而且非常厉害，我难受得醒过来，迷迷糊糊地把全部毒汁吐出来，然后又沉沉入睡。到第二天中午醒过来时，我感到清醒得可怕，脑子好像烧毁了，空洞洞，几乎没有一点记忆力。除了有一段时期失眠胃痛使人难受外，毒药没有留下任何不良影响。

所以不可能用这种麻醉剂。我要采用另一种形式实现我的决心：一旦我又进入那种处境，不得不服用鸦片麻醉剂时，我将不再喝这种只能使我暂时解脱的药剂，而要服用能使我长期解脱的药剂：死，而且用可靠的手段如手枪或刮脸刀去死。这样，情况就清楚了，只是按照荒原狼小册子中开的有趣的方子，我得等到我五十岁生日那天，可是到那时还有两年之久，我觉得时间太长了。但是，不管是一年还是一个月，哪怕是明天，大门总是敞开的。

我不能说，这个"决心"大大地改变了我的生活。它只是使我遇到痛苦时更无所谓了，在喝酒和服用鸦片剂时更无忧无虑，对能忍受的极限稍许好奇了一点，除此以外，别无其他感觉。那天晚上别的经历引起的影响要比这强烈得多。我又通读了几遍荒原狼的论文，有时是怀着感激的心情非常专注，仿佛知道有一种看不见的魔力很正确地指引着我的命运；有时又对论文的冷静清醒持嘲弄与蔑视的态度，这篇论文似乎根本不理解我的生活所具有的特殊情调和矛盾。论文中论及荒原狼和自杀者的话尽管很好，很有道理，但那是针对整整一类人的，针对某种类型的人的，是隽永的抽象；而我这个人，我的真正的灵魂，我自己的与众不同的命运，我觉得很难用这样稀疏的网把它网住。

可是，比这一切使我更加难以忘怀的是教堂墙壁上的幻影或幻觉，那跳跃闪动的霓虹灯字母组成的充满希望的告示。这预示和论文的暗示不谋而合。它使我满怀希望，那个陌生世界的声音强烈地刺激了我的好奇心，我常常一连几个钟头思考着它，把其他的事全部抛在脑后。那广告上的警告越来越清晰地对我说："普通人不得入内！""专为狂人而设！"我听见了那声音，那些世界能跟我说话，这说明我肯定是疯了，同"普通人"已经大为悬殊了。我的天啊，难道我不是早已远离了普通人的生活，远离了正常人的生活和思想？难道我不是早已游离出来，成了狂人？可是我在内心深处还能很好地听见并理解那呼唤，那呼唤要求我做一个疯子，要求我抛弃理智、拘谨、市民性，献身于汹涌澎湃的、毫无法规的灵魂世界、幻想世界。

一天，当我又一次走遍街道广场，寻找那个身背广告牌的人，多次经过那有一扇看不见的大门的墙壁，倾听里面的动静而一无所获后，我在郊外的马丁区遇见了一队出殡队伍。送葬的人悲伤痛苦，跟着灵车缓步前进。我一边观看他们的脸，一边想：在这个城市、这个世界上，谁死了对我是个损失？这个人住在哪里？这个人也许是埃利卡，我的情人；可是，长期以来，我们之间若即若离，我们很少见面，不争不吵。眼下，我连她的住处也不知道。有时她到我这里来，有时我去找她，我们两人都是孤独的人，不合群，很难相处。在我们的灵魂里，在心病方面，我们有相同的地方，尽管有种种问题，但我们之间还有某种联系。不过，如果她听见我死了，难道不会松一口气，感到如释重负？我不知道自己的感觉是否可靠，也无法知道。人只有根据常情猜测，才能了解一点此类事情。

我信步走过去，加入出殡队伍，跟着那些送葬的人走向墓地。那是一座现代化的水泥墓地，有设备齐全的火葬场。我们的死者没有火化，棺材在一个简单的墓穴前放下，我看着牧师和其他老滑头——殡仪馆的职工——一项一项地履行他们的职责，他们竭力使他们的活动显得庄严悲哀，他们那样逢场作戏，矫揉造作，显得十分卖力气的样子，不免流于滑稽。我看着他们身上的黑制服如何飘垂，看着他们怎样想方设法诱发送葬的人产生哀痛之情，迫使他们在死神的威严前下跪。可这一切都劳而无功，谁也没有哭，似乎大家都觉得死者是多余的人。谁也没有听从劝说产生虔诚之心，牧师一再称呼送葬的人为"亲爱的基督徒兄弟姊妹们"，可是这些商人、面包师以及他们的妻子都是一脸的商人气，一个个沉默不语，非常严肃地低着头，难堪做作，他们只求这使人难堪的仪式立刻结束。仪式总算结束了，站在最前面的两个基督徒兄弟姊妹和演说人握手，在最近一块草地的镶边石上蹭去沾在鞋上的湿泥。他们刚把死者放进湿泥墓穴里，他们的脸就恢复了常态。突然，我看见有一个似乎曾经认识的人，对了，我仿佛觉得那个人就是当时背广告牌的，塞给我那本小册子的就是他。

我觉得我确实认出了他，正在这时他却转过身，弯下腰，摆弄起他的黑裤子，只见他笨拙地卷起垂在鞋上的裤腿，然后夹着雨伞，急匆匆地跑了。我赶紧跟着跑上去，赶上了他，并向他点头示意，然而他却露出一副认不出我的样子。

"今天没有消遣活动？"我问道，试图做得随便些，就像一些秘密的知情人互相示意那样，一边还向他眨眼睛。可是，自从我熟悉了这种面部表情，由于我的生活方式有所改变，我几乎已经很久不会说话了。我自己都感觉到，我只是做了一个愚蠢的鬼脸。

"晚间消遣？"那人嘟哝了一句，莫名其妙地看着我。"如果您需要的话，就到黑老鹰酒家去吧，老兄。"

说真的，这一来，他是否就是那个人，我倒没有把握了。我很失望，继续走我的路。我不知道上哪里去，漫无目的，没有追求，没有义务。生活有一股苦味，我觉得，许久以来厌世的感觉日益厉害，达到了顶峰，生活把我推开并抛弃了。我发疯似的在灰色城市里乱跑，我觉得，什么东西都有一股潮湿的泥土味，有一股坟墓的味道。可不能让这些秃鹰站在我的墓旁，这些穿袈裟发一通伤感议论的秃鹰！啊，不管我往哪里看，往哪里想，等待我的没有一丝欢乐，没有一声呼唤，哪里也感受不到一点诱人的东西，一切的一切都发出一股损耗的腐朽的臭味，发出腐烂的、似乎满意又不满意的臭气，一切都陈旧、枯黄、发灰、松弛、耗竭了。亲爱的上帝，怎么会这样的呢？我原先本是一个虎虎有生气的青年、诗人、艺术之友、漫游世界的人、热情洋溢的理想主义者，怎么会落到这个地步？我麻木了，我恨自己，恨所有的人，一切感觉都迟钝了，我感到一种使人恼火的深深的厌恶，我陷进了心胸空虚和绝望的泥坑，然而这一切是怎样慢慢地、悄悄地来到我身上的呢？

我经过图书馆时，遇见一位年轻的教授。以前，我曾经和他谈过几次话，我几年前最后一次在这个城市逗留时，还曾多次到他的住宅拜访，和他讨论东方神话。当时我在这一带忙得很。这位学者腰杆挺得直直地向我走来，他眼睛有点近视，我正要从他身旁走过去，他才认出我。他非常热情地朝我迎过来，我当时心境不佳，对他此举并不怎样感激。他很高兴，一下子变得活跃起来，让我回忆我们当时几次谈话的细节。他还向我表示，他有很多地方要归功于我的启发，他常常想念我；说，从那以后，他和同事们的讨论，还从来没有得到过那么多的启发，那么多的收获。他问我在这个城市待了多久了（我撒谎说：才几天），我为什么不去拜访他。我看着这位文质彬彬的男子，看着他那张聪慧善良的脸，觉得这场戏未免可笑，但是我却像一条饿狗那样享受这一小块地方的温暖，这一点儿爱，这小小的赞许。荒原狼哈里感动地撇嘴一笑，他干渴的喉咙里渗出了唾液，伤感违背他的意志征服了他。于是，我忙着撒起谎来，我对他说，我只是为了研究暂时在这里，而且身感不适，否则我早就去看他了。他恳切邀请我今晚到他家去，我很感激地接受了邀请，并请他向他夫人致意。我说话微笑时，感到两颊疼痛，我的脸颊已经不习惯这样紧张的活动了。正当我——哈里·哈勒尔——站在街上，对这意外的相遇感到惊讶，受到别人的奉承心里美滋滋的很有礼貌、很热心地看着那位和蔼可亲的男子，看着他那近视的眼睛、和善的脸时，仿佛另一个哈里就站在旁边，同样狞笑着站在那里，心里想，我这个兄弟多么奇怪、多么糊涂、多么会说谎，两分钟以前，他还痛恨这个可恶已极的世界，还龇牙咧嘴地向它挥拳头呢。而现在，一位可尊敬的老实人叫了他一声，很平常地向他打了个招呼，他就感激涕零，欣然领受，高兴得像一只满地打滚的小猪崽似的，陶醉在那一点点善意、尊重与亲切之中。两个哈里——两个一点不讨人喜爱的人——站在文质彬彬的教授前面，他们俩互相嘲讽，互相观察，互相吐唾沫，像以往在这种情况时那样，他们都在想：这也许是人的愚蠢和弱点之处，是一个普通人的命运，抑或是一种伤感的个人主义，是没有个性没有主见、感情的污秽和分裂的特性，它们只是他个人的、荒原狼式的特性。如果这种卑鄙龌龊的事是每个人都有的，那么我就可以蔑视世界，重新向这些坏事大力冲击；如果这只是我个人的弱点，那我就有理由放纵地蔑视自己。

两个哈里一吵，教授就几乎给忘了；突然，我讨厌他了，我赶忙摆脱开他。我久久地看他怎样迈着一个理想主义者、一个信徒的善良而有些可笑的步伐，沿着光秃的大道逐渐远去。我的内心掀起了一场大战，我机械地反复屈伸僵硬的手指，与暗地里使人疼痛的痛风病搏斗着，我不得不承认，我受骗上当了，我已经接受了七点半去吃饭的邀请，这样，就把这次邀请连同一切客套的繁文缛节、科学的闲谈、对他人家庭幸福的观察全都承担了下来。我恼火地回到家里，把白兰地和水掺和到一起，就着水酒吃下镇痛药，然后躺到长沙发上看书。我终于读了一会儿《索菲氏梅默尔——萨克森游记》，这是一本十八世纪的图书，写得十分动人，突然我又想起教授的邀请，我还没有刮脸，还得穿衣服。天晓得，我为什么这样跟自己过不去！哈里，起来吧，放下书本，抹上肥皂，把下巴刮得血淋淋的，穿上衣服，去享受与人打交道的乐趣吧！我一边擦肥皂，一边想起墓地上的那个肮脏的土穴，今天，那位不认识的死者被放进这个墓穴。我也想起那些基督徒兄弟姊妹感到无聊而紧皱着的脸，可是我却笑不出来。那里，在那肮脏的黏土墓穴里，在牧师发表愚蠢而令人难堪的演说时，在送葬人又笨又窘的表情里，在所有这些铁皮、大理石的十字架和墓碑构成的不能给人以慰藉的景象里，在所有那些铁丝或玻璃做的假花里，我觉得，不仅那位陌生人在那里结束了他的一生，不仅我明后天会在那里结束我的一生，在送葬人的窘态和谎言中我会被草草埋进土穴里；世上的一切都会这样结束，我们的全部追求，我们的全部文化，我们的全部信仰，我们的全部生活乐趣，所有这一切都已病入膏肓，很快就会被埋葬到那里。墓地就是我们的全部文化，在那里，耶稣基督和苏格拉底，莫扎特和海顿，但丁和歌德都只不过是刻在锈迹斑斑的铁板上的黯然失色的名字，四周站着那些窘态百出、说谎骗人的致哀人，如果他们还能相信这些一度非常神圣的铁板，他们一定会付出很高的代价，如果他们对这已经灭亡的世界哪怕能认真地说一句公平话，表示哀悼和绝望，那么他们一定会付出很高的代价，可是他们唯一能做的就是不知所措地奸笑着，在墓旁站立。我恼火地搔破下巴上那块老伤口，并用盐水烧灼了一会儿，接着又把戴了不久的干净领子换下。其实，我根本不知道，我为什么要这样做，我对赴约没有一丝一毫的兴趣。但是，哈里身上的某一小部分又逢场作戏起来，称教授为可亲可爱的人，渴望闻到一点人的气味，渴望与人往来，一起谈天说地，回忆起教授的漂亮夫人，认为到友好的人家消磨一个晚上的想法从根本上说是振奋人心的。凡此种种促使我在下巴上贴了一张药膏，促使我穿上衣服，结上一条雅致的领带，我对自己好言相劝，打消了留在家里的愿望。同时我想，我违心地穿上衣服，出门拜访一位教授，跟他互换或多或少是骗人的假殷勤，我想，大多数人也都像我一样，年复一年，日复一日地被迫违心做事，违心生活，违心行动，他们探亲访友，聊天交谈，到机关上班办公，做所有这些事情都是被迫的、机械的、不是心甘情愿的，这些事情也可以由机器做，也可以根本不做；正是这种永远运转不休的机械妨碍他们——如同妨碍我一样——批判地看待自己的生活，妨碍他们看清并感觉这种生活的愚蠢、浅薄、可疑、毫无希望的悲哀和空虚。噢，他们是对的，这些人完全正确，他们就这样生活，演戏，追名逐利，而不像我这种脱离正常轨道的人那样反抗那套使人愁闷的机械，绝望地凝视虚空。即使我在这短短几页自述中有看不起人、嘲弄人的地方，但不要以为我要把责任转嫁给他们，我要指控他们，要让他们为我个人的困苦负责。但是，我现在已经沦落到这个地步，我已经滑到生活的边缘，再迈一步就会掉进黑暗的无底深渊，如果这时我还企图自欺欺人，还说生活机械在为我运转，我还是永远运转的天真可爱的世界的一页，那么我就是在说谎，在做坏事。

那个晚上天气挺不错。我在熟人的楼前停了片刻，仰视着窗户。我心里想，他就住在这里，年复一年地做他的工作。看书，写文章，探索西亚和印度神话之间的联系，他在做这些事情时觉得其乐无穷，因为他相信他的工作的价值，相信科学（他是科学的奴仆），相信纯知识的价值和知识积累的价值，因为他相信进步，相信发展。他没有经历过战争，没有经历过爱因斯坦给迄今为止的思想基础带来的巨大震动（他想，这只跟数学家有关），他看不见在他周围一场新的战争正在孕育中，他认为犹太人和共产党人都该憎恨，他是个善良、没有头脑的、快乐、自大的孩子，这真使人羡慕。我振作了一下，走了进去，穿着白围裙的使女接待我，我从某种预感中准确地注意到她会把我的帽子和大衣放到什么地方。使女把我带进一间温暖明亮的房间，请我稍等片刻。我没有祷告，也没有合眼略事小憩，而是听从某种想玩儿的本能，顺手拿起离我最近的一样东西。那是一幅小小的镶框的画，背后有一个硬纸片支架，把画斜支着放在圆桌上。这是一幅蚀刻版画，刻的是诗人歌德，一位性格鲜明、发式出众的老人，脸部造型非常漂亮，脸上既不缺乏那众所周知的神采奕奕的眼神，也不缺乏那一丝宫廷大臣的庄严所略略掩盖的孤独与凄楚。艺术家在表现孤独与凄楚这一特点上特别下了工夫。他成功地赋予了这位非凡的老人以克制和诚实这样一种教授的、也可说是演员的特征，同时又无损他的深度。总而言之，他把他塑造成一位确确实实很漂亮的老先生，每幢市民住宅都可以把它作为摆设。勤劳的手工艺家创作了一系列形象可爱的救世主、耶稣十二信徒、英雄、思想巨人和政治家的画，我手里这幅画大概并不比这些画更令人不适，也许只是由于这幅画画技高超才刺激了我；不管怎样，我已经受了足够的刺激，恼怒万分，有一触即发之势，而老歌德那自命不凡、沾沾自喜的形象还用预示不幸的刺耳的声音冲着我喊叫，向我指出这里不是我呆的地方。这里是温文尔雅的先师和民族英雄的家，而不是荒原狼的家。

假如这时主人走进来，我也许就会成功地找出可信的借口撤退。可是进来的是他的夫人，我只好听凭命运的安排，我预感到大难临头。我们互相问候，不协调的事儿接踵而来。夫人祝贺我气色好，而我自己非常清楚，我们上次见面后的这些年里我老了很多；她跟我握手，我那患风湿病的手指一阵疼痛，我就知道我老了。然后她问我的妻子可好，我只得老实告诉她，我妻子已经离开我，我们离婚了。教授跨进房间，我们两人都很高兴。他也热烈地欢迎我。很快就表明情况是如何可笑。他手里拿着一张报纸，这是他订阅的，是军国主义和主战派的报纸。他跟我握过手后，指着报纸对我说，报纸上读到了一个政论家，他与我同姓，也叫哈勒尔，他肯定是个坏小子，是个不爱祖国的家伙，他曾拿皇帝寻开心，他声言，他的祖国和敌国一样要对战争的爆发承担责任。这是什么混蛋！嗐，这儿够他瞧的了，编辑部把这个害虫狠狠批了一通，驳得他体无完肤。他看我对这个题目毫无兴趣，我们就谈起别的问题。他们夫妻两个事先真的都没有想到，那个可恶的人会坐在他们面前，而且如此可恶的人就是我本人。当然，干吗要大声张扬，使他们不安！我暗自发笑，但我已不抱任何希望，今晚我还会有什么愉快呢。当时的情景还历历在目。当教授谈起卖国贼哈勒尔的一瞬间，我心里升起一种沮丧和绝望的难受感觉，自从目睹了那一幕出殡情景后，这种感觉越来越强烈，越来越浓郁，最后变成了强大的压力。变成了身体（下半身）感受得到的痛苦，变成了非常可怕的命运所系之感。我觉得，有什么东西在窥视我，有什么危险悄悄地从后面向我靠近。幸好仆人报告说晚饭准备好了。我们走进餐室，我搜索枯肠，尽力说点无关痛痒的话，问点无关紧要的事情。我边说边吃，比平时吃得多，我觉得自己越来越可怜了。我不断地想，我的天哪，我们干吗要这样折磨自己？我清楚地感到，我的主人也并不觉得舒服，不管是由于我给人一种麻木迟滞的印象也好，还是他们家里本来就有不高兴的事，我觉得他们是费很大劲儿才装出这么活跃的。他们也问了我一些事情，我却无法给予诚实的答复，很快我就说了一大通谎话，每说一个字都得拼命忍住恶心。最后，为了引开话题，我讲起我今天目睹的安葬仪式。可是我的语气不对头，我的幽默一开始就让人扫兴，我们越来越谈不到一起，荒原狼龇牙咧嘴地笑，等到上了甜点，我们三个人都不怎么说话了。

我们回到先头那间屋子，在那里喝咖啡，喝烧酒，也许这会帮助我们恢复一点情绪。但那位大诗人又映入我的眼帘，虽然他是放在旁边的五斗柜上。我始终摆脱不了他，我听见内心那警告的声音，但还是把那幅画拿到了手里，开始与诗人争论起来。我完全被这种感情支配了：现在的情况无法忍受，我只有两条路，要么提起主人的兴趣，感动他们，让他们与我的话产生共鸣，要么完全破裂，不可收拾。

我说："但愿歌德并不是真的这个样子！你看他这副自负高贵的模样！他摆出一副架子，跟看肖像的尊敬的诸君眉来眼去，他表面像个男子汉大丈夫，心里却非常缠绵伤感！他肯定有许多可以被人指责的地方，我也常常对这位傲慢的老头有许多不满，但是把他画成这个样子，这可不行，这也太过分了。"

主妇再次斟满咖啡，哭丧着脸匆匆走出房间，她丈夫既难堪又气愤地开了口，说这幅歌德画像是他妻子的，她特别喜爱它。"即使您从客观上说是对的，您也不能说得这样尖刻！况且，您说的话是否对，我有不同看法。"

"这您说得对，"我承认。"可惜，我说话总爱尖刻，好走极端，这是我的习惯，我的毛病。不过，歌德自己情绪好的时候，也是这样的。这位可爱的、庸俗的沙龙歌德自然永远不会说一句直截了当的刻薄话。我请您和夫人原谅，请您告诉她，我患有精神分裂症。同时请允许我就此告辞。"

教授有点难堪，又提出几点不同意见，一再说，我们以前的谈话是多么有意思，多么有启发，我有关米特拉斯①和讫哩什那②的推测当时给他留下极深的印象，他曾希望今天也……如此等等。我向他表示感谢，说这些话自然很亲切友好，但遗憾的是，我对讫哩什那的兴趣以及谈论科学的乐趣已经消失殆尽。今天，我多次欺骗了他，比如，我来到这个城市不是几天，而是好几个月了，我独来独往，已经不适合与体面人家打交道，因为我的情绪越来越坏，又患有痛风，况且大部分时间又喝醉酒。另外，为了赶快把事情了结，而且至少离开时不再说谎，我不得不告诉尊敬的先生，他今天大大地伤了我的心。他接受了一张反动报纸对哈勒尔的意见所持的愚蠢而固执的态度，这种态度与学者的身份是不相称的，那些无所事事的军官才这么看。那个"坏蛋"，那个不爱祖国的家伙哈勒尔就是我自己，如果至少有这为数不多的有思维能力的人主张理智，热爱和平，而不去盲目地、狂热地煽动一场新的战争，这对我们祖国、对世界反而会更好一些。好了，就此告辞！

说完，我站起身，告辞了歌德和教授，走到过道里，从衣

---

① 米特拉斯，亚利安人神话传说中的光神。
② 讫哩什那，印度教中的三大神之一毗湿奴的第八世化身。

帽钩上取下我的东西、离开了这幢房子。在我的心灵深处，幸灾乐祸的荒原狼高声嚎叫，在两个哈里之间发生了一场激烈的争吵。我很快就明白，这一个小时不愉快的谈话对我来说比对恼火的教授意义更大；他只是感到失望，生了一场气，而对我说来，这一个小时意味着是最后一次失败，最后一次逃跑，意味着向讲道德的世界、向有学识的世界、向市民世界告别，荒原狼完全胜利了。这是作为逃兵和失败者的告别，在我自己面前宣告破产，这是一次没有安慰、没有优越感、没有幽默的告别。我向我原先的世界，向家乡、市民、风俗习惯和博学告别的方式无异于患胃溃疡的人向烤猪肉告别。我在街灯下狂奔，既生气又悲哀万分。这一天从早到晚，从墓地到教授家的不愉快谈话，整整一天多么索然无味，多么令人羞愧，多么凶险啊！这都为了什么？什么原因？再过这种日子，再受这种罪，难道还有意义吗？没有意义了！那么今天晚上我就结束这场喜剧吧。回家吧，哈里，快回去割断喉管！这一天你等得够久了。

我为痛苦所驱使，在街上来回乱走。我在好人家里亵渎他们客厅里的装饰品，这太不应该了，太不体面太不礼貌了。可当时我没有别的办法，这种温文尔雅、虚伪说谎的生活我再也忍受不了了。而另一方面，看来我也不再能忍受孤独的生活，我自己的社会也已变得无比可恨，令人作呕，我在我自己的真空地狱里透不过气来，手脚乱伸乱抓地挣扎。你看，哪里还有什么出路？没有出路了。噢，父亲，母亲，噢，我那遥远而圣洁的青春之火，噢，我生活中的万千欢乐、工作和目标！这一切的一切都荡然无存了，连悔恨也都无影无踪，留给我的只有厌恶和痛苦。我仿佛觉得，好赖必须活着这一点从来没有像这一个小时那样使我痛苦。

我在郊区一家僻静的小酒店里休息片刻，喝了点水和法国白兰地，然后又像被魔鬼追逐似的在城里胡跑乱撞，穿过又陡又弯的老城区的大街小巷，穿过火车站前的广场。我闪过一个念头：离开此地！我走进火车站，凝神看了看墙上的行车时刻表，喝了点酒，试图好好想一想。我看那魔影越来越近，越来越清晰，我害怕这个魔影。这魔影就是要我回家，要我回到我的斗室中去，要我万分失望而又只能一声不吭地等待！即使我再逛几个小时，我也逃脱不了这个魔影。我逃避不了回家，我不得不回去，走近旁门，走到放着书籍的桌旁，走到上面挂着我爱人的照片的沙发旁，我逃避不了拿出刮脸刀，割断我喉管的那一瞬间。这样一幅图景越来越清晰地展现在我的眼前，我的心怦怦直跳，我越来越清楚地感觉到那最可怕的恐惧：对死亡的恐惧！是啊，我面对死亡，恐惧万分。虽然我看不见别的出路，虽然厌恶、痛苦和绝望在我周围堆积如山，虽然再也没有任何东西能吸引我。给我欢乐和希望，可是一想到死，想到临死的最后一刹那，想到用凉飕飕的刀片切开自己的肉体，我心中便升起一种不可名状的恐怖之感。

我看不见有逃脱这可怕的结局的出路。今天，在绝望与胆怯之间的斗争中，如果胆怯战胜了绝望，那么明天绝望会重新站在我的面前，而且天天如此，并且由于自我蔑视，绝望会更大。我会一次又一次地拿起刮脸刀，一次又一次地把它放下，直到最后终于下了手。与其这样，还不如今天就干！好像对一个胆怯的孩子那样，我理智地对自己这样说，可是孩子不听，他跑开了，他要活下去。我抽搐了一下，无形的力量又拉着我在城里乱跑，在我住宅周围绕大圈子，我始终想着回家，又始终延宕着。我不时留恋不舍地呆在某个小酒店里，喝一两杯酒，然后又继续逛荡，围着目的地、围着刮脸刀、围着死神绕大圈子。我精疲力竭，偶尔在长凳上、在井沿或门旁屋角的挡车石上坐上片刻，听见我的心脏在激烈跳动，擦去额上的汗，心中充满死亡的恐惧，又怀着求生的热望继续瞎跑起来。

我就这样一直逛到深夜，来到郊区一个偏僻的、我不太熟悉的地方，进了一家酒馆，从酒馆的窗户里传出节奏明快强烈的舞曲。我往里走的时候，看见门上挂着一块旧牌子：黑老鹰。今天，这里是通宵娱乐，吵吵嚷嚷的挤满了人，烟雾缭绕，酒气熏天，后面的店堂里在跳舞，舞曲激烈刺耳。我留在前厅，这里都是些普通的顾客，有的还穿得很破旧，而后面舞厅里看得见有一些穿着讲究、打扮标致的人。我被挤到柜台旁的一张桌子上。一位脸色苍白、漂亮的姑娘坐在靠墙的长凳上，她身穿薄薄的袒胸舞衣，头发上插一朵枯萎的花。她见我走近，便专注友好地打量起我，一边微笑着往旁边挪了挪，给我让出一个位子。

"我可以坐吗？"我问了一声，在她身旁坐下。

"当然可以，"她说。"你是谁？"

"谢谢，"我说。"我不可能回家，我不能，不能，我要留在这里，如果您允许，我要留在您这里。啊，不行，我不能回家。"

她点了点头，仿佛理解我似的；点头时，我看了看她那从前额垂到耳边的鬈发，我发现，那朵枯萎的花是山茶花。从那边传来刺耳的音乐，柜台旁，女招待匆匆地大声报着谁订的饭菜。

"你尽管留在这里好了。"她说话的声音使我觉得舒服。"你为什么不能回家？"

"我不能回去。家里有什么事情在等着我。啊，不行，我不能回去，太可怕了。"

"那就让它等着好了，你就留在这里吧。来，先把眼镜擦一擦，你都什么也看不见了。好，把你的手绢给我。我们喝点什么？喝点勃艮第酒？"

她给我擦眼镜；这时我才看清她的面貌。她脸色苍白，肌肉结实，嘴唇抹得鲜红，一双灰眼睛明亮有神，光光的前额显得很冷静，耳朵旁短短的鬈发低垂。她善意而略带讥嘲地照料着我，叫了酒，跟我碰杯。碰了杯，她低头看了看我的鞋。

“我的天，你从哪儿来？你这副样子好像是徒步从巴黎来似的。穿这样的鞋怎么能来参加舞会！”

我不置可否，只是笑了笑，随她说。我很喜欢她，我觉得很惊讶，这类年轻的姑娘我向来是回避的，总用不信任的眼光看她们。而此刻，她对我的照顾对我来说却恰恰十分需要——噢，从此她每时每刻都这样对待我。她正像我所需要的那样爱护我，又像我所需要的那样嘲讽我。她要了一份涂黄油的面包，命令我吃下去。她给我斟上酒，叫我喝，但要我不要喝得太快。接着她称赞我听话。

“你真听话，”她鼓励我。“你不使人感到为难。我敢打赌，你已经很长时间没有听从别人的吩咐了。对不对？”

“是的，您赢了。这您怎么知道的？”

“这不是什么艺术。服从就像吃饭喝水，谁长时间缺少它，对他来说就没有比它更重要的东西了。对吧，你愿意听我的话吗？”

“很愿意。您什么都知道。”

“你真是快人快语。也许，朋友，我可以告诉你，你家里等着你的是什么，你害怕的是什么。不过你自己也知道，我们用不着谈它了，是吧？简直是胡闹！一个人要么上吊，那么他就去上吊好了，他总有他的理由；要么就活着，活着，他就得为生活操心。哪里还有比这更简单的事？”

“噢，”我脱口喊道，“要是这么简单就好了！说真的，我为生活够操心的了，可一点用处也没有。上吊也许很难，我不知道。而活着要难得多！天知道，这有多难!"

"好了，你会看到，活着容易得很。我们已经做了第一步，你擦了眼镜，吃了东西，喝了酒。现在我们走，去刷一刷你的裤子和鞋子，它们都该刷一刷了。然后你跟我跳个西迷舞①。"

"您看，"我赶忙大声说道，"还是我对！再也没有比不能执行您的命令更使我遗憾的了。可是，您刚才这个命令我却无法执行。我不会跳西迷舞，也不会跳华尔兹舞、波尔卡舞，什么舞也不会跳，我一生中从来没有学过跳舞。您现在看到了吧，并不是一切都像您说的那样简单，是吗?"

漂亮姑娘的鲜红嘴唇微微一笑，摇梳着男孩发式的头。我看着她，觉得她很像我还是孩子时爱的第一个姑娘罗莎·克赖斯勒，不过她的眼睛是棕色的，头发是深色的。不，我不知道，这位陌生姑娘让我想起谁来，我只知道，她让我回忆起少年时代，回忆起儿童时代的什么人来。

"慢着，"她喊道。"慢着，你不会跳舞? 一点不会? 连一步舞也不会? 而你却说，天晓得，你已经在生活中花了多大的工夫! 你这就说谎了。孩子，到你这个年纪不该这样做了。嗯，你连舞都不想跳，怎么能说你已经作出极大努力去生活呢?"

---

① 西迷舞，20 世纪 20 年代在北美流行的一种狐步舞。

"可我不会呀！我从来没有学过。"

她笑了。

"可是你学过看书写字，对吧，学过算术，也许还学过拉丁文、法文以及诸如此类的玩意儿？我敢打赌，你上了十年，也许十二年的学校，可能还上过大学，甚至得过博士学位，会中文或西班牙文。是不是？你瞧。可你却没有花那么一点时间和钱学几个钟点的舞！真是的！"

我为自己辩解。"这是我父母的事。他们让我学拉丁文、希腊文，学所有这些玩意儿。可他们没有让我学跳舞，当时在我们那里不时兴跳舞，我的父母自己也从未跳过舞。"

她冷冷地看着我，目光中充满了蔑视，脸上也露出使我想起少年时代的神色。

"是这样，责任在父母！你是否也问过他们，今天晚上是否允许你到黑老鹰酒馆？你问了吗？你说他们早就死了？那就是嘛！你说由于服从，你年轻时不曾想学过跳舞，这我不管！虽然我不相信你当时是个模范儿童。可是后来呢……后来这么长的岁月你都干什么了？"

"唉，"我坦白地说，"我自己也不清楚。我上了大学，搞过音乐，看书，写书，旅行……"

"你对生活的看法真奇怪！你做的都是些又难又复杂的事情，而简单的东西你却没有学过？没有时间？没有兴趣？那好吧，谢天谢地，幸好我不是你的母亲。后来你就摆出一副样子，好像你已尝遍了生活的甘苦，最后什么也没有找到，不行，这可不行！"

"您别责骂我了，"我请求道。"我已经知道，我疯了。"

"哈，得了，别给我定调调！你根本没有疯，教授先生，应该说，你太过于清醒了！我觉得，你太聪明了，真的像个教授。来，再吃个小面包！吃完你接着讲。"

她又要了一个小面包，在上头撒上一点盐，涂上一点芥末酱，切下一小块留给自己，那大半个叫我吃。我吃了。除了跳舞，她叫我做什么都行，我都会去做。服从某个人的命令，坐在她身旁，让她盘根究底地问，让她发号施令，让她申斥，倒也蛮不错。要是几个小时前，那位教授或他的妻子就这么做，我就省去许多烦恼了。不过现在这样也好，否则，许多东西也就让它溜过去了。

"你到底叫什么名字？"她突然问道。

"哈里。"

"哈里？是个孩子名字！你倒也真是个孩子，哈里，尽管你有些头发已经灰白。你是个孩子，你需要有人照料你。跳舞的事我不再提了。可你的头发多乱！难道你没有妻子，没有情人？"

"我没有妻子了，我们已经离婚。情人有一个，不过她不住在这里，我很少见她，我们不太合得来。"

她轻轻地吹起口哨来。

"没有人留在你身边，看来你是个很难相处的人。不过，现在请告诉我，今天晚上到底发生了什么不寻常的事情，使你这样神魂颠倒地在外头乱跑乱撞？吵架了？输了钱了？"

这可很难回答。

"听我说，"我开始讲起来。"原本是小事一桩。我被人请去作客，请我的是个教授，我自己其实并不是教授，本来我不应该去，我已经不习惯跟别人坐在一起谈天说地，这种事我已经不会了。我刚走进房子时就感到，今天的事要砸锅，我挂帽子时就想起，过不了一会儿我就又得戴上它了。刚才说了，是在教授家里，桌子上随随便便放着一幅蚀版画，一幅讨厌的画惹我生气……"

她打断我的话问道："什么样的画？为什么惹你生气？"

"噢，那是一幅歌德的肖像画，您知道，诗人歌德。可是画得不像歌德本来的样子。当然，他到底什么样子，现在的人知道得并不确切，他死了一百年了。那是现代的某个画家根据他对歌德的想象画的，这幅画使我恼火，我看着太不顺眼了。我不知道您是否听明白了我的话。"

"毫无问题，你不用担心，讲下去好了。"

"在这之前，我和教授的意见就不一致；他跟几乎所有教授一样，是个爱国主义者，战争期间他着实出了一把力，帮着欺骗老百姓，当然，他真以为那是好事，他是真心实意的。而我是反对战争的。嗳，不说它了，我还是往下讲吧。我根本就用不着看这幅画……"

"你是用不着看的。"

"可是首先，为了歌德，那幅画使我难受，我十分喜爱歌德。其次，我当时想，咳，我是这样想的，或者是这样感觉的：我现在跟他们坐在一起，我把他们看作我的同类，我想，他们也许差不多和我一样喜爱歌德，会差不多跟我一样想象歌德是什么样的人，可他们家里却放着这样一张乏味的、歪曲的、庸俗化了的歌德像，觉得它美极了，一点没有注意到，这幅画的精神恰好同歌德精神相反。他们觉得那幅画美妙无比，他们自然可以那样看，这倒也随他们的便，可是我对这些人的全部信任，跟他们的全部友谊，跟他们休戚与共的全部感情一下子全都化为乌有了。况且，跟他们的友谊原本就不深。这一来，我又恼又悲，发现我完全孤独了，没有人理解我。您懂吗？"

"这很容易懂，哈里。后来呢？你拿起画向他们的脑袋砸过去了？"

"没有，我骂了他们，跑开了。我想回家，可是……"

"可是回家也没有妈妈安慰或者数落你这个傻孩子。唉，哈里，我几乎为你感到难过，你真是个与众不同的孩子。"

是的，我似乎自己也看到这一点。她斟了一杯酒让我喝。说真的，她对我像妈妈。可我看见，她多么年轻漂亮。

她又开始说起来："歌德是一百年前死的，哈里很喜欢他，歌德当时的模样怎样，哈里想象得很美，他有权这样想象，对吧？而同样爱慕歌德、给他画像的画家倒没有想象的权利，那教授也没有这个权利，而且根本就没有人有这个权利，因为这不合哈里的心意，他不能忍受，于是他不得不咒骂，跑开！要是他聪明一点的话，就会对画家和教授置之一笑。要是他疯了，他就把歌德肖像向他们的脸扔过去。可是，他只是个小孩子，所以他跑回家想上吊……我很理解你的故事，哈里。这是个很可笑的故事。它让我发笑。停一停，别喝得这么急！勃艮第酒要慢慢喝，喝快了使人发热。你呀真是个小孩子，什么都得告诉你。"

她的目光像一位六十岁的家庭女教师那样严厉，那样有威力。

"噢，是的，"我很满意地恳求她道，"请您告诉我一切吧！"

"要我告诉你什么？"

"您想说的一切。"

"好吧，我给你讲一些。整整一个小时了，你听见我跟你说话都用'你'称呼，而你总用'您'称呼我。你总讲拉丁文、希腊文，总把事情讲得尽量复杂！如果一位姑娘用'你'称呼，你也不厌恶她，那你就也用'你'跟她说话好了。好了，你这又学了一点新东西。其次，半个小时前，我听说你叫哈里。我知道你的名字，是因为我问了你。你却不想知道我叫什么名字。"

"噢，不是的，我很想知道你的名字。"

"太晚了，孩子！我们下次见面时，你可以再问。今天我不会告诉你了。好了，现在我要跳舞去了。"

她做了个要站起来的姿势。突然，我的情绪一落千丈，我害怕她会走开，撇下我一个人，那样一切又都会恢复原状。像暂时止住的牙痛又突然折磨起人来，像突然着了火一样，在这一瞬间，害怕与恐惧又突然回到我身上。噢，上帝，我能忘记等着我的事情吗？难道情况有了什么变化？

"等一等，"我大声恳求道，"您别……你别走开！当然你可以跳舞，你爱跳多久就跳多久，可是别离开太久了，你要回来，要回来！"

她一边笑一边站起身。她站着没有我想象的那么高，她很苗条，但不高。她又让我想起那个人来……想起的是谁呢？一时又想不起来。

"你还回来吗？"

"我还回来的，不过可能要过一会儿才回来，过半个小时，也许过一个小时。听我说，闭上眼睛睡一会儿，你需要睡眠。"

我给她让出位子，她走了；她的裙子掠过我的膝盖，一边走一边用一面小圆镜子照了照脸，眉毛一扬，用一个小粉扑擦了擦下巴，随后进舞厅消失了。我看了看四周：周围的人我都不认识，男人们抽着烟，大理石的桌子上撒满了啤酒，到处是吵吵嚷嚷和尖利的怪叫声，隔壁传来舞曲声。她说了，我该睡觉。啊，老弟，你知道我的睡眠，睡魔到了我身上比黄鼠狼还胆怯！在这种集市似的场所，坐在桌边，在叮当乱响的啤酒杯之间我能睡觉吗？我呷了一口酒，从衣袋里拿出一支雪茄，看看周围谁有火柴，其实我一点不想抽烟，于是便把烟放到桌子上。她曾对我说过，"闭上眼睛"。天晓得，这个姑娘怎么生就这么一副好嗓音，这样深沉，这样慈爱。服从这声音真好，我已经体会到了。我顺从地合上眼睛，把头靠到墙上，听着各种各样嘈杂的声音在我周围轰响，她怎么会想起叫我在这个地方睡觉，对这个想法我觉得有些好笑，决定到舞厅门旁去，向舞厅里看一眼——我该看看我那美丽的姑娘怎样跳舞——我在椅子下动了动脚，这才觉得我跑了几个小时乏得要命，就没有起来。一会儿，我就忠实地执行慈母般的命令，睡着了，睡得又香又甜，而且做起梦来，这个梦比最近很长一段时间里做的梦都更清楚、更美妙。我做了这样一个梦：

我坐在一间旧式前厅里等着。起先我只知道，我要见一位阁下，后来我想起这位阁下是歌德先生，我要受他的接见。遗憾的是，我不是完全以私人身份来到这里，我的身份是一家杂志的记者，这真让我觉得不对劲，我不明白，是哪个魔鬼把我驮进这种处境。此外，我刚才看见一只蝎子想从我的腿上往上爬，这也使我稍感不安。我抖了抖腿，想把这只黑色的小爬虫抖掉，可我不知道它现在藏在哪里，我哪儿也不敢去摸。

同时，我心里也不敢肯定，他们会不会由于疏忽，没有把我通报到歌德那里，而通报到了马蒂森①那里，可是我在梦中搞错了，把马蒂森换成了比格尔②，因为我以为致莫丽的诗是他写的。而且，我非常希望跟莫丽见面，我想象中的她长得很漂亮，纤柔，有音乐天赋，又很文静。要是我到这里并不是为那该死的编辑部办事，那该多好！我的不满情绪越来越大，而且逐渐埋怨起歌德来，我对他突然有了各种各样的疑虑和责备。这样可能会在接见时出现一场好戏。但是，那蝎子虽然危险，也许就藏在我的贴身处，这倒也不一定就那么糟；我觉得，它也可能意味着亲切友好的事情，我觉得它很可能与莫丽有关，它可能是她的使者，或她的徽记，女性和罪孽的美丽而危险的徽记动物。这个动物不是也可能叫乌尔皮乌斯③吗？正在这时，一位男仆打开了门，我起身走了进去。

老歌德站在那里，挺得笔直，在他那经典作家的胸前果真藏着一枚厚厚的星形勋章。他似乎一直在统治，一直在接见宾客，他身在魏玛博物馆，却控制着整个世界。因为他一看见我，就像一只老鸦那样颤巍巍地向我点头，庄严地说："好，你

---

① 马蒂森（1761—1831），诗人，主要写作优美而充满感情的自然诗。
② 比格尔（1747—1794），诗人，以写叙事诗著称。
③ 乌尔皮乌斯（1762—1827），作家，歌德的妹夫。

们年轻人，你们大概很不同意我们和我们的种种努力吧？"

"您说得很对，"他那大臣的威严目光使我感到浑身发凉。"我们年轻人事实上真的不同意您的看法，老先生。我们觉得您太庄严了，阁下，太爱虚荣，太装模作样，不够诚实。而最最主要的大概是不够诚实。"

小老头把他严厉的头微微向前动了动，他那严峻的、抿得紧紧的嘴巴放松了一点，露出一丝笑意，变得有生气了。这时，我的心突然怦怦跳了起来，因为我忽然想起《夜幕》这首诗，这首诗的字句正是出自这个人的嘴巴。本来，我在此刻已经完全被缴了械，被制服了，并且真想在他面前下跪。可我还是直挺挺地站着，听他微笑着的嘴巴说出下面的话："嗳，您指责我不诚实？这是什么话！您能不能作进一步的说明？"

我很愿意说明，很愿意这样做。

"歌德先生，您像所有大人物一样，清楚地认识并感觉到人生的可疑和绝望，快乐时刻只如昙花一现，马上就会凋零消逝；只有在平时受尽煎熬，才能得到感官的至高享受，您渴望精神王国，对无辜失去的自然王国也同样炽热而神圣地热爱着，因而在您来说它们两者永远处在殊死的搏斗中，永远在虚无缥缈和捉摸不定的状态中可怕地飘荡；什么事都注定要烟消云散，永远不可能达到完全有效；永远带有试验的性质，永远是肤浅表面，一知半解。一言以蔽之，做一个人真是前途渺茫，过度紧张，万分绝望。这一切您都知道，而且您向来确信这一点，可是您的一生宣扬的却恰好相反，您表达了信仰和乐观，您自欺欺人，说我们在精神方面作出的种种努力是有意义的，能流传千古。无论在您自己身上，还是在克莱斯特①和贝多芬身上，您都反对并压抑追求深度，反对并压抑绝望的真理的声音。几十年之久，您都摆出一副样子，似乎积累知识，收集珍宝，撰写，收集信件以及您在魏玛走过的全部生活之路确实就是一条使瞬间永恒化，使自然具有思想的路。而实际上，您只能将瞬间涂上防腐药作永久保存，给自然罩上一层伪装。这就是我们对您提出的指责，我们所说的不诚实。"

老枢密顾问沉思地盯着我的眼睛，他的嘴角还始终带着一丝笑意。

然后他向我提出一个问题，使我很觉诧异："那么，莫扎特的《魔笛》②您肯定也很觉反感啰？"

我还没有提出异议，他就继续说道："《魔笛》把生活描写成甜美的歌曲，像歌颂永恒的、神圣的东西那样歌颂我们的感情，虽然我们的感情并不能永久常在，《魔笛》既不同意克莱斯特先生，也不赞同贝多芬先生，而是宣扬乐观与信仰。"

"我知道，我知道，"我怒气冲冲地喊道。"天晓得，您怎么会想起《魔笛》来的，《魔笛》是我在世界上最喜爱的东西！

---

① 克莱斯特（1777—1811），德国作家，著有《破罐记》等戏剧和小说。
② 《魔笛》，莫扎特谱曲的歌剧。

可是莫扎特并没有像您那样活到八十二岁，也没有像您那样在他个人的生活中要求持久、安宁、呆板的尊严！他不曾自命不凡！他歌唱了他那些神奇的旋律，他穷困潦倒，早早地去世了，不为世人所了解……"

我透不过气来。我恨不得把千百件事情用十句话说出来，我额上渗出汗来。

歌德却很亲切地说："我活了八十二岁，这也许是永远不可原谅的。可是我因长寿而得到的快乐比您想的要小。我非常渴望持久，这种追求始终使我充实，我始终害怕死亡，并向它作斗争，这话您说对了。我相信，反对死亡的斗争，决然地、执着地要生活下去，这正是推动所有杰出的人物行动和生活的动力。到头来人都不免一死，这一点，我年轻的朋友，我用八十二岁的一生作了令人信服的证明，这同譬如我当小学生的时候就夭折一样能令人信服。如果下面这一点能证明我说得不错的话，我在这里也说一下：在我的秉性中有许多天真的东西，好奇，贪玩，乐于消磨时光。这不，我花了很长时间才看到，玩耍总得有个够才是。"

他一边说着，一边狡黠地像调皮鬼似的微笑着。他的身材变高了，那呆板的姿态和脸上痉挛的严肃神情消失了。我们周围的空气里回响着音乐，全是歌德的歌，我清楚地辨认出其中有莫扎特谱曲的《紫罗兰》和舒伯特谱曲的《明月照山谷》。现在，歌德年轻了，红光满面，神采奕奕，爽朗地笑起来，一会儿像莫扎特，一会儿又像舒伯特，像他们的兄弟一样，他胸前的星完全由花草组成，星的中央一棵樱草花特别鲜艳夺目。

这老头儿想用这样一种开玩笑的方式逃避我的问题和指控，我觉得不太合适，我以责备的眼光看着他。于是他向我凑过来，他那变得完全像孩子似的嘴巴贴近我的耳朵，轻轻对我说："我的年轻人，你对老歌德也太认真了。对已经去世的老年人不能这样苛求，否则就会对他们不公平。我们不朽的人不喜欢这样认真，我们爱开玩笑。我的年轻人，你要知道，严肃认真是时间的事情；我要向你透露一点：严肃认真是由于过高估计时间的价值而产生的。我也曾过高估计时间的价值，正因为如此，我想活一百岁。而在永恒之中，你要知道，是没有时间的；永恒只是一瞬间，刚好开一个玩笑。"

事实上已经不可能跟这个老头儿认真地谈话了，他快活地、敏捷地手舞足蹈起来，忽而让他那颗胸前星星中的樱草花像火箭一样射出来，忽而又让它变小，消失不见。他精神焕发地跳着舞，我却不期而然地想起，这个人至少没有错过学跳舞的机会。他跳得还真不错。突然，那个蝎子闯进我的脑际，或者与其说是那个蝎子，还不如说是莫丽，我冲着歌德喊道："告诉我，莫丽在这里吗？"

歌德高声笑起来。他走到桌子边，打开一个抽屉，拿出一个皮制或天鹅绒做的贵重小盒，打开盒盖递到我的眼前。我看见，黑色天鹅绒上放着一条小小的女人大腿，摆得好好的，闪射出淡淡的光彩。这真是一条可爱的腿，膝盖微微弯曲，脚掌向下伸，纤细的脚趾也伸得很直。

我伸出手，想把这条小腿拿过来，这条腿太使我喜爱了，可是正当我想用两个指头拿起它时，这个小玩意儿仿佛动起来了，我突然怀疑起来，这可能就是那条蝎子。歌德似乎看出我的怀疑，似乎这正是他的目的，他就是要让我进退维谷，看我这种既渴望得到又害怕不敢拿的矛盾状态。他把那诱人的小蝎子递到我的眼前，看我跃跃欲试想得到它，又看我怕得直向后退，这似乎让他非常高兴。他用这个可爱而危险的小东西跟我逗乐时，人又变老了，变得老态龙钟，好像一千岁，一头银丝，他那干瘪的老脸无声地笑着，带着老年人深邃的幽默独自笑个不止，笑得前仰后合。

我刚醒来时，把梦全忘掉了，后来我才想起来。我大约睡了近一个小时，在音乐和吵闹声中，在酒馆的餐桌上睡觉，这种事我一直以为是不可能的。那可爱的姑娘站在我前面，一只手放在我肩上。

"给我两三个马克，"她说，"我在那边吃了点东西。"

我把我的钱包递给她，她拿着钱包走了，很快又回来了。

"好了，现在我还能跟你一起坐一会儿，然后我就得走，我还有约会。"

我吃了一惊。"跟谁约会？"我急切地问。

"跟一位先生，小哈里。他邀请我到奥德昂酒吧去。"

"噢，我原以为你不会把我一个人扔下的。"

"那你就该请我。别人已捷足先登了。你这就省了钱啰。你去过奥德昂吗？过了十二点只有香槟酒。有软椅，有黑人乐队，挺好的一个酒吧。"

这些我都没有考虑过。

"啊！"我恳求地说，"让我来请你吧！我本以为这是不言而喻的事情，我们不是成了朋友了吗。让我请你吧，你想上哪里，我就请你上哪里，我请求你答允。"

"你这样做当然很好。不过你看，说话要算数，我已经接受了人家的邀请，我这就要走了。你别费劲了！来，再喝一口，酒瓶里还有酒。你把这杯酒喝完，回家好好睡一觉。答应我。"

"不，你要知道，我可不能回家。"

"唉，你呀，还是那些事！你跟歌德还没有完哪？（此刻我又回忆起梦见歌德的梦。）你真不能回家的话，那就留在这里吧，这里有客房。要不要我给你要一间？"

对此我表示满意，我问她在哪儿能再见到她，问她住在哪里。她没有告诉我。她说，我只要稍许找一找，就能找到她。

"我能不能做东请你？"

"在哪儿？"

"时间地点都由你定。"

"好吧。星期二在弗朗茨斯卡纳老酒家吃晚饭，在二楼。再见！"

她递过手来跟我握手，我这才注意到，这只手跟她的声音很相配，那么美丽丰满，灵巧热情。我吻了她的手，她嘲讽似的笑了。

她转身走的时候又一次回过头来对我说："为歌德的事，我还要跟你说几句。你看，歌德的画像使你受不了，你跟他闹了一场，有时我对圣人也这样。"

"圣人？你是这样的虔诚？"

"不，可惜我并不虔诚，但是我以前曾一度虔诚过，以后还想再虔诚起来。现在我可没有时间虔诚。"

"没有时间？难道虔诚还要时间？"

"噢，是的。虔诚需要时间，甚至需要更多的东西：不受时间的约束，你既要真的虔诚，同时又在现实中生活，而且认真地对待现实：时间、金钱、奥德昂酒吧以及一切的一切。这是不可能的。"

"我懂了。可是圣人是怎么回事？"

"你听着，是这样的。有几个圣人我特别喜欢，如斯蒂芬、圣弗朗兹，还有其他几个。有时，我看见他们的画像，还有救世主的像，都是一些骗人的、歪曲的、愚蠢的画，跟歌德像使你受不了一样，这些圣人的画像也使我受不了。当我看见这样一个又漂亮又傻气的耶稣基督或圣弗朗兹，看见别人认为这些画既美丽又能给人以教益启示时，我就感到：真正的耶稣基督受了侮辱。我想，啊，如果他这样俗气的画像就使人们满足的话，他当时的生活，他当时受尽苦难还有什么意思呢？然而我知道，我心目中的耶稣基督像和圣弗朗兹像也只不过是一幅普通人像，离他们真正的形象还相差甚远，在耶稣基督看来，我心目中的耶稣像也显得很蠢，有很多不足，就像我对那些讨厌庸俗的复制品的感觉一样。我跟你说这个，并不是说你对歌德像生气发火就是对的，不，你那样并不对。我说这些，只是向你表明，我能理解你。你们这些学者、艺术家头脑里总装着各种各样不寻常的事情，但是你们也跟别人一样是人，我们其他人的头脑里也有梦想和戏谑。我已经发现，学识渊博的先生，你给我讲你的那一段歌德故事时，有些尴尬，你动了很多脑筋，想办法让一个普通姑娘听懂你理想中的东西。可是，我现在要让你明白，你其实不必那样费脑筋。我能听懂。好，到此为止！你该上床睡觉了！"

她走了，一位年迈的仆役领我走上三楼，然后才问我有没有行李，他听说我没有行李，就叫我预付他称为"睡觉钱"的房租。接着，他带我走过一间又旧又暗的楼梯间，进了一间小房子，他留下我就走了。房间里有一张单薄的木板床，又短又硬，墙上挂着一把剑，一幅加里波的①彩色肖像，还有一个协会

---

① 加里波的（1807—1882），意大利民族英雄。

庆祝节日用的已经枯黄的花圈。如果只给一件睡衣，我付的钱就太多了。不过，房间里至少还有水，有一块毛巾。我洗了脸，就和衣躺到床上，让灯亮着，我这才有时间思考了。现在歌德的事儿已经了结。我在梦中见到他，太好了！还有这个奇妙的姑娘——啊，要是知道她的名字该多好！她是突然闯进我的生活的一个人，一个活生生的人，她打碎了将我与世隔绝的沉浊的玻璃罩，向我伸过一只手，一只善良的、俊美的、温暖的手！突然又有了一些跟我有关的事情，我愉快地、忧虑地或紧张地回想起这些事情。突然，一扇门敞开了，生活迈过门槛向我走来。兴许我又能生活下去了，又能成为一个人了。我的灵魂本已冻僵麻木，现在又开始呼吸了，鼓起了那无力微小的翅膀。歌德曾到我这里来过。一位姑娘曾叫我吃饭、喝酒、睡觉，她对我十分友好亲切，嘲笑了我，管我叫傻孩子。她——这奇妙的女友——给我讲了圣人的事，她向我表明，我即使那样古怪乖僻，也并不孤独，并不是病态的异乎寻常的人，并不是没人理解，我还有知音，有人理解我。我还能见到她吗？是的，肯定能见到她，她很可信。"说话算数。"

想着想着我就睡着了，睡了四五个小时。十点多，我醒了，衣服睡得皱巴巴的，疲惫不堪，头脑里还想着昨天一些丑恶的东西，可另一方面又觉得很清醒，充满了希望，有很多美好的想法。我回到家里时，一点没有惧怕的感觉，和昨天完全不同。

在楼梯上，在南洋杉上面，我碰见了"姑母"，我的房东，我很少见到她，不过她待人和蔼可亲，我很喜欢她。遇见她，我有点难为情，因为我衣冠不整，睡眼惺忪，头发蓬乱，胡子拉碴。我向她打了个招呼就想走过去。以往，我总想孤单安静，不要别人管我，她始终很尊重我的这种要求，而今天挡在我和周围人之间的一层幕布似乎撕碎了，拦在我们之间的栅栏似乎倒塌了。——她笑起来，站住不走了。

"您逛了一个晚上，哈勒尔先生，昨天晚上您根本没上床。您一定累极了。"

"是的，"我回答说，我也不得不笑起来。"昨天晚上看了些热闹，我不想扰乱府上的生活方式，就在旅馆里住了一夜。我非常尊重府上的安静和尊严，有时我在府上有一种格格不入的感觉。"

"您别取笑，哈勒尔先生！"

"噢，我嘲笑的只是我自己。"

"正是这一点您不该做。在我家里，您不应感到格格不入。您该生活得随随便便，舒舒服服。我这里住过一些很值得尊敬的房客，都是些出类拔萃的佼佼者，可是您比他们谁都安静，很少打搅妨碍我们。现在……您要不要喝杯茶？"

我没有反对。我跟她进了客厅，客厅里挂着漂亮的先祖画像，摆着祖辈留下的家具。房东给我斟上茶，我们随便聊了一会儿，和蔼的夫人并没有盘问我，我给她讲了一些我的经历、我的思想，她既注意又不完全认真地听我讲述，聪明的夫人听男人们的希奇古怪的故事时就露出这样一种混合的表情。我们也谈起她的外甥，她带我走进旁边一间房子，让我看她外甥最近业余做的产品——一架无线电收音机。勤劳的年轻人晚上就坐在这里，摆弄安装这样一个机器，他完全沉浸在"无线"这种思想中，虔诚地拜倒在技术之神的面前，技术之神终于在几千年后发现并非常支离破碎地描述了每个思想家早就知道、并十分巧妙地利用过的东西。我们谈起这些，是因为姑母略微有些虔诚，谈论宗教她并不讨厌。我对她说，力量与行动无所不在无所不能这一思想，古印度人肯定知道，技术只是通过下述途径把这一事实的一小部分带进公众的意识：技术为声波设计了暂时还极不完善的接收器和发射台。那个古老学问的精髓即时间的非现实性，迄至今日并没有被技术所注意，但是，最终它也自然会被"发现"，会被心灵手巧的工程师们所掌握。也许人们会很快发现，不仅现在的、目前发生的事件和图像经常在我们身边流过，就像人们在法兰克福或苏黎世能听见巴黎和柏林演奏的音乐一样，而且所有早已发生过的事情都同样被记录下来，完好地保存着，也许有一天，不管有无导线，有无杂音，我们会听见所罗门国王和瓦尔特·封·德尔·福格威德①说话的声音。人们会发现，这一切正像今天刚刚发展起的无线电

①瓦尔特·封·德尔·福格威德（约1170—1230），德国中世纪最著名的诗人。

一样，只能使人逃离自己和自己的目的，使人被消遣和瞎费劲儿的忙碌所织成的越来越密的网所包围。但是，我在讲这些我非常熟悉的事情时，没有用通常那种愤慨讥嘲的语气（针对时代和技术），而是用开玩笑似的、游戏似的口吻谈论这些事情，"姑母"笑眯眯地听着，我们就这样大约坐了一个小时，喝茶聊天，感到十分满意。

　　我邀请了黑老鹰酒馆那位美丽而奇特的姑娘在星期二晚上吃饭，我好不容易挨过了这段时间。星期二终于来临了，这时我才意识到，跟这位素不相识的姑娘的关系对我来说已经重要到何等可怕的地步。我一心想着她一个人，一切希望都寄托在她身上，即使我对她并没有一丝一毫的爱恋，我也愿意为她赴汤蹈火，跪倒在她的脚下。我只要设想，她会失约或者忘记我的邀请，那么我就清楚地看到，我又会陷于什么状况；那时世界又变得空无所有，日子又变得那样灰暗，毫无价值，笼罩在我周围的将是可怖的宁静，死一样的沉寂，而逃离这无声的地狱的出路也只有一条：刮脸刀。对我来说，在这几天，刮脸刀并没有变得可爱一点，它一点也没有失去使人害怕的威力。这正是丑恶的东西：我万分害怕在我脖子上开一刀，我害怕死亡，我用狂暴的、坚韧不拔的力量反抗死亡，似乎我是世界上最健康的人，我生活在天堂里。我非常清楚地认识到我的状况，我也认识到，正是求生不得、求死不能这两者之间的无法忍受的矛盾使我觉得那位素不相识的女人，那位黑老鹰酒馆娇小而漂亮的舞女如此重要。她是我黑暗的"恐惧"这个洞穴的小窗户，一个小小的亮孔。她是拯救者，是通向自由的路。她肯定会教我生活或者教我死亡，她肯定会用她结实而美丽的手轻轻地触动我僵化的心，使它在生命的触摸下开放出鲜花，或者分崩离析，成为一片灰烬。她从哪里获得这种力量，她为什么有这种魔力，她出于什么神秘的原因对我具有这样深刻的意义，对此我无法想象，而且我也觉得无所谓；我无需知道这些。现在我一点不想知道，一点不想了解，我知道的东西太多了，我这样痛苦，对我来说，最难忍最刺人的痛苦和羞辱就在这里，就因为我如此清晰地看到我自己的处境，如此清楚地意识到我的处境。我看见这个家伙，看见荒原狼这个畜生像一只陷在蛛网里的苍蝇，看见它怎样走向命运的决战，怎样被缠得紧紧地挂在蛛网里而无力反抗，蜘蛛怎样虎视眈眈准备扑过去一口咬住它，又一只手怎样在近处出现来搭救它。关于我的痛苦、我的心病、我的着魔、我的神经官能症的内在联系和原因，我自然可以说那是因为我不够聪明不够理智，这一切的相互作用是一目了然的。但是，我需要的，我绝望地渴求得到的并不是知识和理解，而是经历、决定、冲击和飞跃。

在那些等待约会的日子里，我从未怀疑过我的女朋友会失信，但是到最后一天，我还是非常激动，忐忑不安；在我一生中，我还从来没有像今天这样急不可耐地期待夜幕的降临。一方面，这种紧张和烦躁几乎使我忍受不了，但另一方面又给人一种非常奇妙的舒服感觉：整整一天在充满不安、担心和热烈的期待中来回奔走，设想晚上怎样相遇，怎样谈话，发生什么事情，为这次约会刮胡子，穿衣服(非常精心，穿上新衬衣，戴上新领带，系上新鞋带)，这对我这样一个如梦初醒的人，对我这样一个长期以来心灰意懒、麻木不仁的人来说，真是想象不出的美妙和新鲜。不管这位聪明而神秘的小姑娘是谁，不管她以何种方式跟我发生这种关系，我都以为无足轻重；要紧的是她来了，奇迹发生了，我居然再次找到了一个同伴，对生活重又萌发了新的兴趣！重要的是情况继续这样发展下去，我任凭这股引力把我吸过去，跟着这颗星星走。

我又见到她了，这真是难忘的一刻！当时，我坐在那家古老而舒适的饭馆的一张小桌旁，事先我打电话预订了桌子，其实这并没有必要；我把给我的女友买的两支兰花插在水杯里，仔细看了看菜单。我等了她好一会儿，但我感到她一定会来，我不再激动了。她终于来了，在存衣处前站住，她那浅灰色的眼睛向我投来专注的、略带审视的一瞥，跟我打招呼。我不信任地观察堂倌会怎样对待她。感谢上帝，他彬彬有礼，既不过分亲近，又不过于疏远。他们可早已相识，她叫他爱弥尔。

我给她兰花，她很高兴，笑了。"你太好了，哈里。你想送我一件礼物，是吧，而你又不知道该送什么，你不完全清楚；你可以向我馈赠多么贵重的礼物，我是否会感到受辱，于是你就买了兰花，这只是些花罢了，可是很贵。谢谢你。不过我要马上告诉你，我不愿接受你的馈赠。我靠男人生活，可我不想靠你生活。噢，你完全变样了，都认不出你了！前不久你那样难看，好像刚把你从上吊绳上解下来似的，现在你又像个人了。对了，你是否执行了我的命令？”

“什么命令？”

“这么健忘？我指的是，你现在会跳狐步舞了吗？你对我说过，你最大的愿望莫过于得到我的命令，你最喜欢的是听我的话。你记起来了吗？”

“噢，是的，而且以后还是这样！我这是真话！”

“然而你还是没有学跳舞？”

“这能学得那么快吗？只用几天时间就行吗？”

“当然。狐步舞你用一小时就能学会，波士顿华尔兹舞两天。探戈舞当然要长一点，不过你用不着学探戈舞。”

“可现在我要先知道你的名字！”

她沉默地看了我一会儿。

“你也许能猜出来。你要能猜出来，我太高兴了。你注意，好好看看我！难道你没有注意到，有时我的脸像男孩？比如现在？”

不错，我现在仔细观看她的脸，她的话没有错，这是一张男孩脸。我观看了一分钟，这张脸开始对我说起话来，使我想起我的童年，想起我当时的朋友，他名叫赫尔曼。有一会儿，她似乎完全变成了赫尔曼。

"如果你是个男孩，"我惊讶地说道，"那你肯定叫赫尔曼。"

"谁知道，也许我就是赫尔曼，我只是男扮女装罢了。"她开玩笑似地说。

"你叫赫尔米娜？"

我猜中了，她满面春风地点点头，非常高兴。上了汤，我们喝起汤来，她变得像孩子那样快活。她身上使我喜欢、使我着迷的东西中最美妙，最奇特的是，她一会儿非常严肃，一会儿又能一下子变得非常高兴快活，使人觉得好玩；或者本来兴高采烈，一下子又能严肃起来，而她自己却一点没有变形走样，举止像一个有才华的孩子。现在她快乐了一会儿，用狐步舞跟我打趣逗乐，甚至用脚碰我，对饭菜大加赞赏。她注意到我在穿戴上花了很多工夫，但对我的外表仍然连连加以指责。

我问她："你是怎么搞的，刚才突然变得像个男孩子，使我能猜出你的名字？"

"噢，这里的秘诀就是你自己。学识渊博的先生，你怎么不理解？我让你喜欢，使你觉得我重要，这是因为我对你来说好比一面镜子，我身上有点什么东西能给你回答，能够理解你。本来，所有的人都应该互相成为一面镜子，能互相回答对方的问题，互相适应。可是，像你这样的怪人太怪了，很容易着魔，以致在别人的眼睛里看不出任何东西，看不见有什么事与他们有关。这样一个怪人突然发现一张脸，这张脸确确实实在看着他，他在这张脸上又感觉到某种回答和相类似的东西，这时他当然非常高兴。"

"赫尔米娜，你什么都知道，"我惊奇地喊道。"情况正像你说的那样。可是你和我又完全不同！你正同我相反；我身上缺的你都有。"

"这是你的感觉，"她简短地说，"这很好。"

现在，在她脸上——实际上，我觉得这张脸是一面魔镜——突然掠过一层严肃的乌云，满脸露出严肃悲凄的神情，像假面具上那双无珠的空眼睛深不可测。她很不情愿地、一字一顿地慢慢说道：

"你别忘记跟我说过的话！你曾经说过，我应该命令你，对你来说服从我的一切命令是一种快乐。别忘了这一点！你要知道，小哈里，你对我的感觉和我对你的感觉一样，你觉得我的脸在向你回答，我身上有什么东西在迎合你的心思，让你信任。我对你的感觉也是这样。上次我在黑老鹰酒馆看见你进来时——你是那样疲惫不堪，心不在焉，几乎已经不在这个世界上似的——我马上就感觉到，这个人会听我的话，他渴望我的命令！这也正是我要做的，于是我跟你搭上了话，于是我们成了朋友。"

她说得那样严肃，承受着那样巨大的压力，以致我无法完全跟上她的思路，我想法安慰她，引开话题。她却只是眉毛一扬，止住我的话，咄咄逼人地看着我，用冷冷的语调继续说道："你必须言而有信，孩子，我说你必须说话算数，否则你会后悔的。你会从我这里得到许多命令，服从这些命令，满怀好意的命令，令人愉快的命令，你会觉得服从这些命令是一种乐趣。而且最后你还要执行我最后的命令，哈里。"

"我会的，"我有点儿没有主意地说，"你给我的最后一个命令是什么？"其实我已经预感到最后是什么命令，天晓得为什么。

她好像受到一阵霜冻的袭击似的浑身颤抖着，过了一会儿才慢慢地从沉思中苏醒过来。她的眼睛盯着我。她的脸色突然变得更阴沉了。

"我要是明智的话，最好不告诉你这个。可是我这次不想明智了，哈里。这一次，我想做点完全不明智的事。你注意听好！这件事你会听了又忘，你会为它发笑，会因它而哭泣。注意，小东西！我要和你以生死作押来赌博，小兄弟，而且还没有开始玩，就在你面前公开亮出我的牌。"

她说这些话时，她的脸多么漂亮，多么与众不同啊！她的眼睛冷静而又明亮，眼神里浮动着一种先知先觉的悲哀，这眼睛似乎已经忍受过一切想象得到的苦难，并对此表示过赞同。那嘴巴说话很困难，像有什么残疾，好像一个人被严寒冻僵了脸时说话那样；可是在两片嘴唇之间，在两个嘴角，在很少露出的舌尖的灵活运动中，却流出甜蜜的诱人的性感，对寻欢作乐的热切要求。在那恬静光滑的前额上披下一绺短短的鬈发，从那里，从披着头发的额角上，随着生命的呼吸，那男孩似的鬈发像波浪似的不时地朝下翻滚，并流露出一种阴阳人似的魅力。我听着她讲话，心里很害怕，同时又像被麻醉了似地，恍恍惚惚，如醉如痴。

"你喜欢我，"她接着说，"你喜欢我的原因我已经跟你说过了；我冲破了你的孤独，正好在你要跨进地狱之门时拦住你，使你清醒。可是我对你的要求不止于此，我要从你那里得到的要多得多。我要让你爱我。不，别打岔，让我说下去！你很喜欢我，这我感到了，你感谢我，可是你并不爱我。我要使你爱我，这是我的职业；我能让男人爱我，我就是以此为生的。不过请你注意，我这样做并不是因为我觉得你是那么迷人可爱。我并不爱你，哈里，正像你不爱我一样。可是我需要你，正像你需要我一样。你现在需要我，此刻需要我，因为你绝望了，需要猛击一掌，把你推下水去，让你又活过来。你需要我，好去学会跳舞，学会大笑，学会生活。我需要你，并不是为了今天，而是为了以后，也是为了重要美好的目的。当你爱上我时，我就会给你下我最后的命令，你会听从的，这对你我都好。"

她把水杯里一枝叶脉呈绿色的紫褐色的兰花稍许提了提，低下头凑近兰花凝视了一会儿。

"你执行这个命令不会那么容易，但是你会做的。你会完成我最后的命令，你会杀死我。事情就是这样。你不要再问我了!"

她打住了话头,眼光仍盯着兰花,脸上痛苦和紧张的神色消失了,肌肉也松弛下来,像绽开的花蕾,渐渐舒展。突然,她的嘴唇露出迷人的微笑,眼睛却仍在痴呆呆地发愣。过了一会儿,她摇了摇长着男孩似的头发的脑袋,喝了一口水,这才发现,我们是坐在饭桌边,于是很高兴地大吃大喝起来。

她这篇令人可怕的演说,我一字一句地听得清清楚楚,甚至她还没有说出她的最后命令,我就已经猜到了,所以我听到"你会杀死我"时,并没有感到害怕。她说的一切,我听起来觉得很有说服力,都是命该如此,我接受了,没有反抗;但另一方面,尽管她说这些话时非常严肃,我还是觉得她说的一切并不完全能实现,并不百分之百的认真。我的灵魂中有一部分吸收了她的话,相信了这些话;我的灵魂的另一部分得到安慰似地点点头,并获悉,这个如此聪明、健康和稳重的赫尔米娜也有她的幻想和朦胧状态。她最后一句话还没有出口,这整整一幕就已经蒙上一层不会实现和毫无效力的薄纱。

无论如何,我不像赫尔米娜能像走钢丝的杂技演员那样毫不费力地就跳回到可能的和现实的世界中来。

"你说我会杀死你?"我问,似乎还在做梦,而她却笑了起来,很有兴味地切她的鸭肉。

"当然,"她漫不经心地点点头,"够了,不谈这个了,现在是吃饭时间。哈里,请再给我要一点绿生菜!你吃不下饭?

我想，所有别人天生就会的事情你都得好好学一学。连吃饭的乐趣也得学。你瞧，孩子，这是鸭腿，把这亮晶晶的漂亮腿肉从骨头上剔下来，这简直是一件乐不可支的事，一个人这样做的时候，就会馋涎欲滴，会打心眼儿里感到既紧张又快乐，就像一个情人第一次帮助他的姑娘脱衣服时一样。你听懂了吗？不懂？你真笨。注意，我给你一块鸭腿肉，你会看到的。就这样，张开嘴！——噢，你真是个怪物！天晓得，现在他斜眼偷看别人，看他们是不是看见他怎样从我的叉子上吃一口肉！别担心，你这浪子，我不会让你蒙受耻辱的。如果你需要得到别人的允许才能快乐享受，那你真是个可怜虫。"

刚才那一幕变得越来越使人迷惑，越来越不可信了，这双眼睛几分钟前还那样庄重、那样可怕地盯着你。噢，正是在这一点上，赫尔米娜就像生活本身：始终是瞬息即变，始终无法预测。现在她吃着饭，很认真地对待鸭腿和色拉，蛋糕和利口酒，这些食物成了欢乐和评判的对象，成了谈话和幻想的题材。吃完一盘，又开始新的一章。这个女人完全看透了我，看来她对生活的了解胜过所有的智者，现在却做出个孩子的样子，熟练地逢场作戏，这种娴熟的技巧使我五体投地。不管这是高度的智慧还是最简单的天真幼稚，谁能尽情享受瞬间的快乐，谁总是生活在现在，不瞻前顾后，谁懂得这样亲切谨慎地评价路边的每一朵小花，评价每个小小的、嬉戏的瞬间价值，那么生活就不能损害他一丝一毫。这样一个快活的孩子，食欲那么好，那么津津有味地品尝着各种食物，难道又会是一个盼望死神降临的梦想者或歇斯底里症患者，或者是清醒的有算计的人，有意识的冷静地要让我爱恋她，变成她的奴隶？这不可能。不，她只是完全沉浸于此时此刻，所以她既能尽情欢笑，又能从心底感到阴沉沮丧，并且从不控制自己的感情，任其发展罢了。

今天我才第二次看见赫尔米娜，她知道我的一切，我觉得在她面前隐瞒什么秘密是不可能的。也许她可能不完全理解我的精神生活，可能不理解跟音乐、跟歌德、跟诺瓦利斯或波德莱尔①的关系——不过这一点也是很可疑的，也许她不用费什么气力就能理解这些。即使她不理解又有什么关系呢？我的"精神生活"还留下什么呢？这一切不是都已打得粉碎，失去意义了吗？可是，我其他那些完全是我个人特有的问题和愿望，她都会理解，这一点我丝毫不怀疑。过一会儿我就要和她谈我的一切，谈荒原狼，谈那篇论文。以前，这一切都只是我一个人的事儿，我从未向别人说过一个字。有一股什么力量驱使我马上开始讲述。

"赫尔米娜，"我说，"新近我遇到了一些奇特的事。一位素不相识的人给了我一本小书，像集市上那种小册子一类的印刷品，里面写的是我的全部故事，跟我有关的事情写得一点不

---

① 波德莱尔（1821—1867），法国作家，著有诗集《恶之花》。

差。你说这怪不怪？"

"这小册子叫什么名字？"她顺口问道。

"书名叫《论荒原狼》。"

"噢，荒原狼太好了！荒原狼就是你？你难道就是荒原狼？"

"是的，我是荒原狼。我就是这样一只荒原狼，一半是人，一半是狼，也许这只是我的幻想。"

她没有回答。她探寻似地注视着我的眼睛，盯着我的手。过了一会儿，她的眼睛里和脸上又露出先前那种深切严肃的神情和阴郁的热情。我相信我已猜出了她此时的思想：我是否具有足够的狼性去执行她"最后的命令"？

"这当然只是你的幻想，"她说，又开始变得爽朗起来。"或者，如果你愿意的话，也可说是诗意。不过这话也有些道理。今天你不是狼，可是那天，你走进饭店时，好像从月亮上掉下来似的，你身上还真有点兽性，我喜欢你的正是这点兽性。"

她突然想起什么，停顿了一会儿，接着又吃惊地说："这话真难听，什么'野兽'、'猛兽'的！不应该这样谈论动物。动物常常很可怕，可是它们比人还真诚。"

"真诚是什么意思？你指的是什么？"

"你倒仔细看看动物，一只猫，一只狗，一只鸟都行，或者动物园里哪个庞然大物，如美洲狮或长颈鹿！你一定会看到，它们一个个都那样自然，没有一个动物发窘，它们都不会手足无措。它们不想奉承你，吸引你。它们不做戏。它们显露的是本来面貌，就像草木山石，日月星辰。你懂吗？"

我懂。

"动物大多数是悲伤的，"她继续说。"当一个人并不是由于牙痛或丢了钱，而是因为他忽然在某个小时里感到这一切是怎么回事，整个人生是怎么回事而悲伤时，那么他是真正的悲伤，这时他与动物就有些相似之处——这时他样子悲伤，却比以往更真诚、更美。事情就是这样，我初次见到你时，荒原狼，你就是这个样子。"

"那么，赫尔米娜，你对描写我的那本书怎么想？"

"啊，你知道，我不喜欢老是思考。我们下一次再谈它。你可以把书给我看看。不，等一等，我什么时候又有兴趣读点什么时，你再给我一本你自己写的书。"

她请我给她叫咖啡，一会儿显出精神恍惚、心不在焉的样子，一会儿又忽地神采焕发起来，似乎在苦苦思索，得到了些什么结果。

"哈啰，"她高兴地喊道，"我现在想起来了。"

"想起什么了？"

"狐步舞的事，这些时间我都在想这件事。好了，告诉我，你有没有一间我们可以跳一小时舞的房间？房间小没有关系，只要楼下没住人就行，否则我们在上面跳得地板嘎吱嘎吱响，他就会上来吵架。那很好，很好！这样你可以在家里学跳舞。"

"是的，"我怯生生地说，"在家里学更好。不过我想，还得要有音乐。"

"当然需要音乐。你听着，音乐你可以搞些，花的钱顶多不过请教员教你跳舞的学费。学费你省下了，我自己当教员。这样，我们什么时候跳都有音乐，留声机留在我们这里。"

"留声机？"

"是呀。你买这样一个小机器，再买几张舞曲唱片……"

"太好了，"我喊道，"你真的教会我跳舞，我送你留声机作酬劳。同意吗？"

这话我说得很爽快，但并不是心里话。我很难想象，在我那堆满书籍的工作室里怎么能放上这样一个我一点不喜欢的机器，对跳舞我也有很多不同看法。我曾想过，我偶尔也可以试着跳一跳，虽然我坚信，我已经太老了，骨头也硬了，学不会了。而现在，一步接一步，事情来得太快太猛烈了，我是个年老、爱挑剔的音乐行家，我不喜欢留声机、爵士乐，不喜欢现代舞曲，我感到我身上的这一切在反抗。现在，要在我的房间里，在诺瓦利斯和让·保罗旁边，在我的思想斗室和避风港里响起美国流行舞曲，要我随着乐曲跳舞，这可是太过分了，人们不能这样要求我。可是，要求我这样做的不是一个普通的"人"，而是赫尔米娜，她有权命令我。我服从她。我当然服从。

第二天下午，我们在一家咖啡馆会面。我去的时候，赫尔米娜已经坐在那里喝着茶，微笑着让我看一张报纸，她在那张报上发现了我的名字。那是我家乡出的一张反动的煽动性报纸，经常发表诽谤性文章攻击我。在战争期间，我是反战的，战后我曾著文，提醒人们要冷静，忍耐，要有人性，要进行自我批评，我反对日益猖獗起来的国家主义的煽动。现在，有人又在报上攻击我了，文章写得很蹩脚，一半是编辑自己写的，一半是从接近他的观点的报章杂志上的许多类似文章中抄袭拼凑来的。众所周知，没有人比这些陈旧思想的卫道士写得更坏了，没有人会写得这样卑鄙龌龊，会这样粗制滥造。赫尔米娜读了文章，从中得知，哈里·哈勒尔是害人虫，是个不爱祖国的家伙，只要这种人和这种思想被容忍，青年人被教育成具有伤感的人道主义思想，而不想向不共戴天的死敌报仇作战，那么，这对祖国当然只是十分糟糕的事情。

"这是你吧？"赫尔米娜指着报纸上我的名字问我。"你树敌还不少呢，哈里。你恼火吗？"

我把这篇文章看了几行，全是些老花招。这些谩骂的话没有一句不是陈词滥调，这些年里听得我耳朵都长了老茧。

"不，"我说，"我不恼火，我早就习惯了。我几次表示过我的看法。我认为，每个国家，甚至每个人，在政治'责任问题'上都不应该浑浑噩噩地沉醉在编造的谎言中，他们都必须在自己身上检查一下，他们犯了什么错误、延误了什么时机，保留着哪些陈规陋习，从而也对战争的爆发和世界上的其他不幸事件负有一定责任。这也许是能避免下一次战争的唯一道路。正是这一点，他们不能宽恕我，因为他们自己——皇帝、将军、大企业家、政治家、报纸——当然是完全无辜的，他们对自己毫无可以指责之处，他们谁也没有一丝一毫责任！人们可以说，除了一千多万被打死的人躺在地下以外，世界上不是一切都很好吗。赫尔米娜，你看，这种诽谤文章虽说不会让我生气恼火，有时却也使我伤心。我的同胞中有三分之二的人阅读这类报纸，每天早晨和每天晚上听到的都是这种调子，他们每天被灌输，被提醒，被煽动，被搅得不满和发火，这一切的目的和结局就是爆发另一场战争，而下一场战争也许比上一次战争更可怕。这一切非常清楚简单，任何人都能理解，只要思考一个小时就能得到同样的结论。可是，谁也不愿这样做，谁也不想避免下一次战争，谁也不想为自己和子孙后代避免一场死人的大厮杀。思考一个小时，检查一下自己，扪心自问，自己在多大程度上参与了世界上的坏事，承担多少责任，你看，这就没有人愿意做！于是一切都按老皇历进行，每天都有成千上万的人非常热心地准备着下一次战争。我明白了这一点以后，我的身心就麻痹了，绝望了。对我来说，已经没有祖国，没有理想了，这一切都只是那些准备下一场屠杀的先生的装饰品。按照人道主义原则去思考，把它说出来，写出来，这已经没有用了，头脑中想出一些好的想法已经无济于事——这样做的只有两三个人，而每天都有成千家报纸、杂志，成千次讲演，公开或秘密的会议在宣扬完全相反的东西，并且达到了目的。"

赫尔米娜很关切地听了我的议论。

"是啊，"她开口说道，"你说得不错。自然还会有战争，这一点用不着读报就知道。人们当然可以为此感到伤心，可伤心也没有用。这就像一个人无论怎样反对，怎样努力都不免一死一样。跟死亡作斗争，亲爱的哈里，始终是一件美好的、崇高的、奇妙的、可尊敬的事情，反对战争的斗争也是这样。但是，这种斗争向来都只不过是毫无希望的堂吉诃德式的滑稽剧罢了。"

"这也许是真的，"我激烈地大声喊道，"但是，反正我们很快就要死，所以一切都无所谓了，这一类所谓真理只能使整个生活平庸愚蠢。难道我们就该把一切都扔掉，放弃一切精神、一切追求、一切人道的东西，让虚荣心和金钱继续发号施令，喝着啤酒，坐等下一次总动员？"

这时，赫尔米娜奇特地看着我，这目光一方面充满快乐、讥讽、戏谑、谅解和友谊，另一方面又非常庄重、深邃、严肃，并充满智慧。

"你不用这样，"她非常慈爱地说。"即使你知道，你的斗争不会成功，那你的生活并不会因此就变得平庸和愚蠢。反过来，哈里，如果你在为某种美好的事物和某种理想斗争，而认为你一定要达到目的，这样倒是要平庸得多。难道理想都能达到吗？难道我们人活着就是为了消除死亡？不，我们活着，正是为了惧怕死亡，然后又重新爱它，正是由于它的缘故，有时这一点点生活在某一小时会显得如此美妙。你是个孩子，哈里。现在听我话，跟我来，今天我们有许多事要做。今天我不想再谈战争和报纸的事了。你呢？"

噢，不，我也准备好了。

我们一起走进一家乐器店，这是我们第一次在城里一起走路。我们挑选各种留声机，开了又关，关了又开，试听唱片。当我们选到一架价廉物美的留声机时，我想马上把它买下，赫尔米娜却不愿意急于求成。她把我拦住了，我只好跟她一起到第二家乐器店去。在那里我们也试了各种系列、各种大小、各种价格的留声机，这时她才同意回到第一家店，买我选中的那一架。

"你看，"我说，"这件事我们本来可以做得更简单些的。"

"你这样看？真是那样的话，明天我们也许会看到一架同样的留声机摆在另一个橱窗里，却便宜了二十瑞士法郎。况且，买东西也有乐趣，而使人快乐的事就该好好品味。你还得学很多东西。"

我们让一位伙计把留声机送到我的住宅。

赫尔米娜仔细观看我的房间，很赞许屋里的火炉和沙发床，试了试椅子，拿起一本书，在我情人的照片前站了许久。我们把留声机放在五斗柜上的书籍中间，然后开始上课。她打开留声机，放一首狐步舞曲，给我示范做了几个动作，拉起我的手，开始带我跳舞。我顺从地跳起来，却撞到了椅子上，我听着她的命令，却听不懂她的意思，一脚踩到她的脚上。我跳得既笨拙又热心。跳完第二支舞，她一下子躺倒在沙发上，像孩子似地笑起来。

"我的上帝，你简直跟木头一样僵硬！你只需像散步那样，很自然地往前走就行！根本不必紧张！我想，你一定跳得很热了吧？来，我们休息五分钟！你看，会跳舞的人，跳舞就像思想一样简单，学起来要容易得多。你现在看到下面这一点就不会那样不耐烦了：人们不愿养成思考的习惯，情愿把哈里·哈勒尔称为祖国的叛徒，平心静气地让下一次战争来临。"

一个小时后她走了。临走时她说，下一次肯定要好一些。我想的却跟她不同，自己那么笨，那么不灵活，真是大失所望。我觉得，这一个小时我什么也没有学到，我不相信下次会好一些。不，跳舞需要的能力正是我完全缺乏的：快乐、热情、轻率而无邪。好了，这一点我早就想到了。

可是你瞧，下一次真的好了一些，而且开始给我带来某种乐趣。上课结束时，赫尔米娜说，我现在已学会狐步舞了。但当她因而得出结论，说明天我得跟他到饭店跳舞时，我大吃一惊，拼命反对。她冷冷地提醒我，我曾发誓服从她，明天一起到巴朗斯旅馆喝茶。

当天晚上我坐在家里，我想读书却读不进去。一想到明天我就害怕；我这样一个上了年纪、胆小敏感的怪人，要去光顾一家无聊的、摩登的、奏爵士乐的舞厅，而且什么舞也不会就要在陌生人的众目睽睽下跳舞出丑，这个想法太可怕了。当我独自一人在安静的房间里打开留声机，只穿着袜子在复习我的狐步舞时，我暗自承认，觉得自己好笑，并为自己感到羞愧。

第二天，在巴朗斯旅馆里，一个小乐队在演奏音乐，茶和威士忌应有尽有。我企图贿赂赫尔米娜，给她糕点，想各种办法请她喝一瓶好酒，但她却依然铁面无私。

"你今天到这里不是来玩儿的。今天是上舞蹈课。"

我只好跟她跳舞，跳了两三次，其间她介绍我认识了萨克斯管演奏师，这是一位西班牙或南美洲血统的年轻人，黑黑的，长得蛮漂亮。据她说，他会演奏所有乐器，会讲世界上所有的语言。这位先生似乎跟赫尔米娜很熟，很友好，他面前放着两根大小不同的萨克斯管，换着吹，他那炯炯有神的黑眼睛快活地逐个儿打量着跳舞的人。我自己也感到很惊奇，不知为什么，我对这位无辜的、漂亮的音乐家产生了一种嫉妒之心，这倒不是吃醋，因为我和赫尔米娜之间谈不上爱情，而是精神上对友谊的嫉妒，因为在我看来，他不配赫尔米娜对他表现出来的兴趣和引人注意的神色所嘉许。我奇怪地想：今天我要结交这样的朋友，真可笑。

接着，有人请赫尔米娜跳舞，我一个人坐在桌旁喝茶，听着音乐，以前这类音乐我是听不进去的。天哪，我想，这个地方我觉得那样陌生，那样讨厌，迄今为止，我竭力避免到这里来，我非常蔑视这个游手好闲的人的世界，这是个摆着大理石桌子、奏着爵士音乐的平庸呆板的世界，是妓女的世界，旅行客商的世界！现在，她却要把我引进这种世界，要我在这里生根落脚，熟悉它！我忧郁地喝着茶，凝视着穿戴并不太雅致的舞者。两个漂亮的姑娘吸引了我的目光，她们俩舞都跳得很好，我怀着赞赏和羡慕的心情看着她们跳舞，她们跳得多么灵巧自如、多么优美快乐！

这时，赫尔米娜又回来了，对我很不满。她责备我，说我到这里来就不该板着脸，一动不动地坐在桌子旁喝茶，我应该拿出勇气去跳舞。怎么，我一个人不认识？这完全不必要。难道这里就没有我喜欢的姑娘？

我指给她看两个姑娘中最漂亮的那一位，她正好就站在我们附近。她穿着天鹅绒短裙，棕色的头发剪得短短的，胳膊细皮嫩肉的很丰满，瞧她多么迷人可爱。赫尔米娜一定要我马上走过去请她跳舞。我拼命反对。

"这我可不能！"我很沮丧地说。"如果我是个英俊的年轻小伙子，那倒还行！我这样一个笨拙的老东西，连舞也不会跳，那不让她笑掉大牙！"

赫尔米娜很瞧不起地看着我。

"我是否会取笑你,你当然是无所谓啰!你真是个胆小鬼!谁去接近姑娘,都要冒被取笑的危险,这就是冒险的赌注。我说哈里,去冒冒这个风险,最坏也不过就是让她取笑取笑——否则我就不相信你是听话的。"

她一点不通融。乐队又奏起音乐,我忐忑不安地站起来,向那位漂亮的姑娘走过去。

她一双大眼睛水灵灵的,好奇地看着我,见我过去便说道:"我本来已有舞伴。不过,看来他还要在那边的酒吧里呆一会儿的。好,来吧!"

我伸出手搂住她的腰,跳了头几步。我很惊讶,她并没有把我打发走;不过,她很快注意到,我不怎么会跳,于是她带我跳。她跳得好极了,连我也被感染了。这期间,我忘了我是遵命跳舞的,也忘记了跳舞的种种规则,我只是那样轻飘飘地跟着跳,我搂着舞伴那纤细的腰肢,接触到她那快速旋转的、灵活自如的腿,看着她那年轻的、容光焕发的脸,我向她承认,今天是我生平第一次跳舞。她嫣然一笑,没有说什么话,然而她用轻柔优美的动作使我们的身体靠得越来越近,以此鼓励我,回答我那兴奋的目光和恭维她的话语。我用右手紧紧搂住她的腰,欢愉而热切地随着她的腿、她的胳膊、她的肩膀的动作跳着,我很惊讶,我一次也没有踩到她的脚。音乐结束了,我们两人停在舞场上使劲鼓掌,乐声再起,我又一次热心地、爱恋地、全神贯注地参加那仪式。

想不到舞曲很快就结束了，穿天鹅绒衣服的美丽女郎走了。突然，赫尔米娜站到了我的旁边，她刚才看我们跳舞来着。

"你看见了吧？"她赞许地笑道。"你发现了吧，女人的腿并不是桌子腿。嗨，好极了！狐步舞你现在会了，谢天谢地，明天我们就可以学波士顿华尔兹舞了，再过三个星期就可以到格罗布斯大厅参加化装舞会了。"

舞会休息时我们在桌旁落了座，那位萨克斯管演奏师，又英俊又年轻的帕勃罗先生也过来了，他向我们点点头，在赫尔米娜身旁坐下。看来，他是她的好朋友。可是我——我承认——初次认识他时一点也不喜欢他。他长得很漂亮，体型和脸相都很美，这一点无可否认，可是在他身上我没有发现别的优点。至于他会多种语言这一点，他也没为难自己，他根本不说什么话，要说也是"请，谢谢，是，当然，哈啰"以及诸如此类的几个字，这几个字他当然可以用好几种语言表达。不，这位帕勃罗先生不说话，而且他似乎也想得不多，这位漂亮的先生。他的营生就是在爵士乐队里吹奏萨克斯管，看来，他全身心都扑在这个职业上，简直是入了迷。有时，在演奏时他会突然鼓起掌来，他也采取别的方式抒发他的热情，有时会从他的嘴里突然爆出唱歌似的几个字来，如"噢噢噢噢，哈哈，哈啰！"除此以外，很明显，世界上的其他事情他一概不会，他只是长得漂亮，让女人喜欢，他穿领子最时髦的衣服，结最时髦的领结，手指上戴满戒指。他此时的休息娱乐不过是：跟我们坐在一起，对我们微笑，看着手表，卷卷纸烟，卷纸烟他倒是非常灵巧。他那一双移民后裔的黑眼睛很好看，他的头发黑黑的，但这一切都掩盖不住他的浪漫气质、他的问题和想法。从近处看，这位漂亮非凡的人是个快乐的、有些娇惯的青年，举止端庄，很有礼貌，如此而已。我跟他谈论他的乐器，谈论爵士音乐，他看到，他现在是跟一位音乐的老爱好者、老行家谈话。可是他却不予理睬，我出于对他的礼貌，或者其实是对赫尔米娜的礼貌，讲了一通话，从音乐理论上为爵士音乐辩护，他却无可无不可地笑笑，根本不接我的话茬，也许他根本不知道，除了爵士乐还有过其他音乐。他人很好，很规矩，听话，他那双大眼睛笑得很甜；可是，他与我之间似乎没有共同的语言——他觉得重要和神圣的东西，对我则不然，我们来自地球上两个完全相反的大陆，我们的语言没有一个字是共同的。（可是后来赫尔米娜跟我讲了一些奇特的故事。她说，那次谈话后，他曾对她说，她应该关心我这个人，我是那样的不幸。当她问他，他是怎么得出这个结论的，他说："可怜的人，真可怜。看他那双眼睛！他不会笑。"）

黑眼睛的帕勃罗告辞走了，音乐重又响起，赫尔米娜站起身。"现在你又可以和我跳了，哈里。你不想跳了？"

现在，我跟她跳得更轻松、更自由、更快乐了，虽说没有跟那一位跳时那样的自在、忘我。赫尔米娜让我带她，她如同一叶花瓣似的轻柔地随我旋转，在她身上我也发现并感觉到那些忽而迎面飘来、忽而又飞去的美，在她身上还有一股女性和爱情所特有的芳香，她的舞也仿佛在温柔而真挚地唱着可爱诱人的异性之歌——然而，对这一切我都不能完全自由、完全明朗地给予回答，我不能完全忘掉自己，完全献身给她。赫尔米娜跟我太亲近了，她是我的朋友，我的姐妹，我的同类，她像我本人，像我年轻时的朋友赫尔曼——幻想者、诗人、我的思维练习和越轨行为的热情奔放的同志。

后来，当我对她谈到这一点时，她说道："这我知道，我很清楚。虽然我会让你爱我，但不着急。我们暂且还是朋友，我们是希望互相成为朋友的两个人，因为我们互相认出了对方。现在我们两人要互相学习，一起玩儿。我给你看我的小小技艺，教你跳舞，让你快活一点，愚蠢一点；你给我讲你的思想，讲一点你的知识。"

"啊，赫尔米娜，我没有什么好讲的，你知道的比我多。你这个人多么奇特啊，你这个姑娘。你对我什么都理解，总是走在我前头。对你说来我算什么？你不觉得我很无聊吗？"

她目光阴郁地看着地板。

"我不喜欢听你这样说话。你想想那个晚上，你当时要摆脱你的痛苦和孤独，精疲力竭地、绝望地拦住我，成了我的朋友！你想，我为什么当时认出了你，而且能理解你？"

"为什么，赫尔米娜？请告诉我！"

"因为我跟你一样。因为我也和你一样孤独，和你一样不能爱生活，不能爱人，不能爱我自己，我不能严肃认真地对待生活，对待别人和自己。世上总有几个这样的人，他们对生活要求很高，对自己的愚蠢和粗野又不甘心。"

"你啊，你啊！"我深为诧异地喊道。"我理解你。朋友，没有人比我更理解你。然而你对我又是个谜！你对待生活玩世不恭，你对种种细小的事情和享受都十分崇敬。你就是生活中的这样一个艺术家。你怎么还能受生活之苦呢？你怎么会绝望？"

"我不绝望，哈里。可是受生活之苦，噢，我可是太有切身体验了。你觉得很惊奇，我会跳舞，在生活的表层如此熟悉一切、精通一切，却不感到幸福。而我呢，朋友，也感到惊奇，你对生活如此失望，而在最美好、最深刻的事情上——精神、艺术、思想——却如此精通熟悉。正因为如此，我们互相吸引，我们是兄弟姐妹。我会教你跳舞、游玩、微笑，但我不会教你满意。我要向你学习，对你要作思考和了解，然而也不会学会满意。你知道吗，我们两个人都是魔鬼的孩子！"

"是的，我们是魔鬼的孩子。魔鬼就是精神，它的不幸的孩子就是我们。我们已经脱离了自然的轨道，游离在虚空中。不过，现在我想起了一点事：我给你讲过《论荒原狼》，里面谈到，如果哈里以为他只有一个或两个灵魂，他是由一个或两个人构成的，那么这只是他的幻想。每个人都是由十个、百个、千个灵魂构成的。"

"这话太中我的意了！"赫尔米娜喊道："比如在你身上，精神的东西很发达，训练有素，而在所有小的、次要的生活技能方面却相当不行。思想家哈里一百岁了，而舞蹈家哈里出生还不到半天。现在我们要扶植舞蹈家哈里，让他成长，扶植所有跟他一样小、一样笨、一样未成年的小兄弟。"

她抿嘴一笑，看着我，改用另一种语调轻轻地问我：

"你觉得玛丽亚怎样？"

"玛丽亚？她是谁？"

"就是跟你跳过舞的那位。一位很漂亮的姑娘，真是很漂亮。据我的观察，你有点儿爱上了她。"

"你认识她？"

"噢，是的，我们很熟。她让你有点儿牵肠挂肚了吧。"

"我喜欢她，我很高兴，我跳得不好，她却对我那样宽容。"

"难道就这些？你应该对她殷勤一点，哈里。她模样那么俊俏，舞又跳得好，况且你已经有点儿爱上了她。我相信，你会成功的。"

"啊，我可没有这个奢望。"

"现在你有一点不说真话了。我知道，在哪个角落你有一位情人，你每半年和她见一次面，见了面就争吵一通。你忠于这位奇特的女友。当然这样做很好。不过恕我直言，我并不把这件事看得那么认真。而且，我怀疑你对爱情就那么认真。你尽可以那样做，尽可以以你理想的方式去爱；这是你的事，我无须操这个心。我要操心的是，你要稍稍学会一点生活中小的、简单的技艺和游戏，而在这方面我是你的老师，比你理想的情人更好的老师，你要相信这一点！你非常需要再次跟一位漂亮的姑娘睡觉，荒原狼。"

"赫尔米娜，"我痛苦地喊道，"你倒看看我，我是个老人了！"

"你是个小男孩。你懒得花力气学跳舞，现在学似乎有点晚了；同样，你也懒得下功夫去谈情说爱，说那种理想式的、悲剧式的爱，噢，朋友，这一点你能做得很出色，对此我毫不怀疑，而且非常钦佩。你现在得学习稍许像常人那样地爱人。你已经有了个很好的开端，很快就可以让你去参加舞会了。至于波士顿华尔兹舞嘛，你还得好好学习，我们明天开始。我三点钟到你那里来。话说回来，你觉得这里的音乐怎样？"

"太好了。"

"你看，这也是一个进步，你又学到了一点东西。在这以前，你一向不喜欢这类舞曲，不喜欢爵士音乐，你觉得这种音乐太不严肃，没有深度，现在你可看见了，根本不必那么认真地去看待这种音乐，然而它能招人喜爱迷恋。另外，要是没有帕勃罗，整个乐队就算完了。他在指挥它，给它激情。"

留声机败坏了我的工作室里苦行式的充满智慧的气氛，陌生的美国舞曲闯进了我的悉心保护的音乐世界，带来破坏性的，甚至毁灭性的后果，而与此同时，又有新的、可怕的、解体的东西从四面八方涌进我迄今为止轮廓分明、自成一体的生活。荒原狼和赫尔米娜关于有上千个灵魂的说法一点不错，我身上除了所有原有的旧灵魂，每天都出现几个新的灵魂，它们提出各种要求。大吵大闹，我以前的性格的幻觉现在像一幅图画那样清楚地呈现在我眼前。我只让由于偶然的原因而非常擅长的几种智力和技能尽情发展，我只画了一个哈里的画像，只过了一个哈里的生活，而这个哈里只是一个在文学、音乐、哲学等几方面受过很好训练的专家——对我这个人剩下的其余部分，对整个由各种能力、欲望、追求构成的混沌，我一直感到非常厌恶，一概冠以荒原狼这个恶名加以贬低。

最近我从幻觉中清醒过来了，我的人格分解为许多不同的品性，这决然不是令人愉快的、有趣的冒险，相反，常常是非常痛苦的，几乎令人不能忍受。在我的房间里，那留声机的声音听起来常常像魔鬼的嚎叫，因为它同我的环境极不相称。有时，当我在某家时髦饭店，混在油头粉面、衣着入时的色鬼、骗子中跳狐步舞时，我似乎觉得背叛了生活中我原先觉得值得尊敬和神圣的东西。哪怕赫尔米娜只让我单独过上八天，我也会马上摆脱这些令人费解而可笑的色鬼。然而赫尔米娜总在我身旁，虽然我不是每天见到她，但我每时每刻都被她观察，听她引导，受她监视，让她鉴定，我的种种猛烈的反对和逃跑的想法，她都能微笑着从我脸色中看出来。

随着以前称为我的性格的东西不断被破坏，我开始理解，我为什么如此绝望而又那样害怕死亡。我开始注意到，这种可恶可耻的恐死症是我以前的骗人的平民生活的一小部分。原先占主导地位的哈勒尔先生——天才的作家，莫扎特和歌德专家，写了许多论及艺术中的形而上学、天才与悲剧、人性的值得一读的文章的作者，躲在他那堆满书籍的斗室里的多愁善感的隐士——这位哈勒尔先生不得不逐步进行自我解剖，而且无论在哪方面他都经受不住这种解剖。这位天才而有趣的哈勒尔先生虽然宣扬了理性和人性，抗议战争的粗野残忍，然而，他在战争期间并没有像他的思想必然导致的结论那样，让人拉到刑场枪毙，他反而找到了某种适应办法——一种非常体面、非常崇高的妥协，当然妥协终究是妥协。此外，他反对权力和剥削，但他在银行里存有许多工厂企业的股票，他花掉这些股票的利息而毫无内疚之感。他身上的一切都存在着这种矛盾。哈里·哈勒尔很巧妙地伪装成理想主义者、蔑视世界的人，伪装成忧伤的隐士、愤懑的预言家，但他骨子里仍然是个有产者，他认为像赫尔米娜那样的生活是鄙俗的，为在饭店里虚度的夜晚、在那里浪费掉的金钱而生气，他内心深感负疚，他对自身解放和自我完善的希望并不迫切，相反，他非常强烈地渴望回到以前那舒适的年代；那时，精神活动这类玩意儿使他快乐，给他带来荣誉。同样，那些被他蔑视嘲笑的报纸读者也渴望回到战前的理想时代，因为那时的生活比从受苦受难中学习要舒服得多。真见鬼，他——这位哈勒尔先生令人作呕！然而，我还紧紧抓住他不放，或者说抓住他那已经松开的假面具不放，我还留恋他玩弄精神的神态，留恋他对杂乱无章和意外变故感到普通市民的惧怕（死亡也属于这种意外变故），我嘲弄而嫉妒地把这位正在形成中的新哈里——这位舞厅里的胆怯而可笑的外行——与以前的弄虚作假的、理想主义的哈里形象作比较，他现在在自己身上发现了令人不快的性格特征，这同前几天在教授家里的歌德蚀刻画中使他感到讨厌的所有特征完全相同。他自己——老哈里——原来也是这样一个按照市民的模子理想化了的歌德，也是这样一个精神英雄，目光中露出高尚的神情，他具有高尚、充满人性而精神焕发的形象，就像上了润发油而使人精神十足一样，他几乎为自己灵魂的高贵而忘乎所以！见鬼，这幅优美的画现在却戳了几个可恶的窟窿，理想的哈勒尔先生被肢解得七零八落！他的样子就像一位遭受强人洗劫、穿着被撕得破烂不堪的衣服的达官显贵，这时他聪明一点就该学习扮演衣衫褴褛的穷人角色，然而他却不是这样，穿着破衣烂衫还要挺胸凸肚，似乎衣服上还挂满了勋章，他哭丧着脸继续要求得到那失去的尊严。

我一次又一次地和音乐家帕勃罗见面，赫尔米娜是那样喜欢他，那么热切地找他做伴，因此我不得不修正对他的看法。在我的记忆中，我把帕勃罗看作漂亮的不中用的人，一个又矮小、又略爱虚荣的花花公子，一个快活的、无忧无虑的孩子，这孩子快乐地吹奏他的集市喇叭，只要说他几句好话，给他一点巧克力就很容易摆弄他。帕勃罗却不问我对他的看法，我的看法和我的音乐理论一样，他都觉得无所谓。他总是微笑着有礼貌地、友好地听我讲话，但从不给予真正的回答。尽管如此，我似乎引起了他的兴趣，可以看得出来，他努力使我喜欢，向我表示好意。有一次，我和他谈话也是毫无结果，我火了，几乎粗暴起来，他惊愕而忧伤地盯着我，拿起我的左手抚摸我，从一个镀金小罐里拿出一点鼻烟之类的东西给我，说我吸了会觉得舒服的。我向赫尔米娜投去询问的目光，她点点头，我接过东西吸起来。果然，我很快又有了精神，又活跃起来，在烟末里大概有可卡因。赫尔米娜告诉我，帕勃罗有许多这一类药品，这是他通过各种秘密渠道得到的，有时给朋友服用一点，他是配制这些药品的大师。他配制的有镇痛剂、安眠剂，有使人做美梦的，有让人获得快感的，也有催发情欲的。

有一次我在街上，在码头边遇见他，他二话没说就来跟我做伴。这次我终于让他开口说了话。

他手里摆弄着一根黑色的银制细棒，我对他说："帕勃罗先生，您是赫尔米娜的朋友，这就是我对您感兴趣的理由。可是我不得不说，跟您交谈真不容易。我试过好几次，想和您谈谈音乐，我很想听听您的看法，听听您反驳的意见和您的判断；可是您总不肯给我，哪怕最简短的回答。"

他很诚恳地对我笑笑，这次他不再避而不答，而是沉静地对我说："您要知道，按我的看法，谈论音乐根本没有意思。我从不谈音乐。对您那些非常隽永、非常正确的言辞，要我回答什么好呢？您说的一切都很有道理。可是您瞧，我是音乐家，不是学者，我不相信，在音乐里'正确'的意见有一丝一毫价值。就音乐而论，重要的不在于人们是否正确，是否有鉴赏力，是否有教养等等。"

"就说是这样吧，那么重要的是什么？"

"就在于人们在演奏歌唱，哈勒尔先生，就在于人们演奏得尽可能的好，尽可能的多，尽可能的专注。就是这么一回事，先生。如果我把巴赫和海顿的全部作品都记在脑子里，并且能滔滔不绝地谈论这些作品，这样我对谁也没有用。如果我拿起我的萨克斯管，演奏一首流畅的西迷曲，不管这首西迷曲是好是坏，乐曲会给人们带来快乐，乐曲会进入他们的骨髓，进入他们的血液。重要的仅在于此。当舞厅里长时间休息后，音乐再一次响起的片刻，您好好看看那一张张脸吧，他们的眼睛怎样闪出异样的光彩，他们的腿怎样在颤动，他们的脸怎样开始露出笑容！这就是人们演奏音乐的目的所在。"

"说得很好，帕勃罗先生。可是除了刺激感官的音乐，还有使人得到精神享受的音乐。不仅有在某一片刻被演奏的音乐，还有不朽的音乐，即使当前没有人去演奏，它也是传世的音乐。某个人可能单独躺在床上，他突然会想起记忆中的《魔笛》或《马太受难曲》的某个旋律，然后音乐就响起来，虽然没有人吹笛子，没有人拉小提琴。"

"不错，哈勒尔先生。连伊尔宁和瓦伦西亚这样的舞曲，每天夜里都被许多孤独的、梦幻的人无声地复制着；即使办公室里最可怜的打字员在脑子里也记着最新的狐步舞舞曲，按照舞曲的节拍敲击字键。您说得对，所有这些孤独的人，我让他们大家享受他们那无声的音乐，不管是伊尔宁也好，《魔笛》也好，还是瓦伦西亚也好。可是，这些人从哪里获得他们的孤寂无声的音乐？他们是从我们音乐家这里听去的，这些音乐只有先演奏，让人听见，同他们融为一体，他们才能在家里坐在他们的房间里，回想它，梦见它。"

"同意您的看法，"我冷冷地说。"但是，我们仍然不能把莫扎特与最新的狐步舞曲相提并论。您给人们演奏神圣而永恒的音乐抑或廉价的应时小曲，这可不是半斤八两的事情。"

帕勃罗注意到我的声音激动起来，他赶紧露出笑脸，抚摸我的手臂，用非常柔和的声音说道：

"啊，亲爱的先生，谈到'相提并论'，您也许完全正确。莫扎特也好，海顿也好，还是瓦伦西亚也好，您可以把他们分成您认为合适的等级，这随您的便。这对我来说都一样，我无需决定他们的等级，也没有人问我。莫扎特也许还要演奏一百年，而瓦伦西亚也许两年后就销声匿迹，我以为，这一点尽可让上帝去决定，上帝是公正的，他决定我们每个人活多久，他也决定每首华尔兹舞曲和每首狐步舞曲的寿命，他肯定会作出正确的判断。而我们音乐家只能做我们的事情，履行我们的义务，完成我们的职责：我们必须演奏此时此刻人们渴望得到的东西，我们必须演奏得尽可能的好，尽可能的美，尽可能的打动人心。"

我叹了口气，不想再谈下去了。这个帕勃罗真难对付。

在某些时刻，新与旧，痛苦与乐趣，惧怕与欢乐非常奇妙地混杂在一起。我忽而在天上，忽而在地狱里，而大部分时间是既在天上又在地狱里。老哈里和新哈里时而互相激烈争吵，时而又和睦相处。有时，老哈里似乎完全断了气，死了，被埋葬在地下，突然他又在面前，发号施令，专横霸道，什么都比别人高明，新的、矮小而年轻的哈里感到难为情，他沉默不语，被挤到后面。而在另一些时候，年轻的哈里又抓住老哈里的脖子，使劲掐他，两人常常作殊死斗争，常常闹得呻吟声不绝，想起要用刮脸刀了此一生。

痛苦与幸福常常在一个浪头里向我打过来。比如我第一次公开跳舞以后不几天的一个晚上，我走进我的卧室，发现美丽的玛丽亚躺在我的床上，我感到惊奇、诧异、恐慌、喜悦。

在赫尔米娜让我经受的所有意外中，这是最出乎我意料的一次。因为我丝毫不怀疑，这只极乐鸟正是她给我送来的。这天晚上正好是例外，我没有和赫尔米娜在一起，而是在大教堂里听演奏古老的教堂音乐。这是一次美好而忧伤的远足，到我以前的生活中探幽的远足，回到我青年时代生活过的地方、到理想哈里盘桓过的地区的远足。教堂的哥特式大厅高高的，里面只点着几支蜡烛，在暗淡的烛光中，精美的网状拱顶像幽灵似地来回晃动；在这里我听了布克斯特荷德①、帕赫尔柏尔②、巴赫和海顿的作品，我又一次走上了我爱走的老路，又听见了曾经是我的朋友的一位演唱巴赫歌曲的女歌唱家的优美声音，以前我多次听过她出色的演唱。这古老音乐的声音及其无限的尊严和圣洁又唤醒了我青年时代所有虔诚、喜悦和热烈的感情，我忧伤而沉思地坐在高高的教堂合唱室里，我在这个高尚的、永恒的世界里作客一个小时，这个世界一度曾是我的故乡。演奏海顿的一首二重奏时，我突然热泪盈眶，我没有等音乐会结束，放弃了与女歌唱家再次见面的机会（噢，以前，听完这样的音乐会后，我曾和艺术家们度过多少兴奋而热烈的夜晚啊！），悄悄地从教堂里溜出来，在夜晚静静的胡同里逛荡，走得疲乏不堪。街上有些地方，饭馆里爵士乐队正在演奏我现实生活的旋律。噢，我的生活变得多么灰暗迷乱！

在这次夜游时，我思考了许久我与音乐的奇异关系，又一次意识到，这种对音乐的既感人又恼人的关系是整个德国精神的命运。在德国精神中主宰一切的是母权，是以音乐主宰一切

---

① 布克斯特荷德（1637—1707），德国钢琴家、作曲家，巴赫的先驱。
② 帕赫尔柏尔（1653—1706），巴赫以前德国重要的钢琴家和作曲家。

的形式表现出来的血缘关系，这在其他国家是从未有过的。我们从事精神活动的人对此没有勇敢地进行反抗，没有倾听并服从精神、理智和言词，反而却沉醉在没有言词的语言之中，这种语言能叙说不可言状的东西，能描绘无法塑造的东西。从事精神活动的德国人没有尽量忠实可靠地使用他的工具，反而始终反对言语和理智，与音乐眉来眼去。他沉迷在音乐中，沉迷在美妙优雅的音响中，沉迷在美妙的、使人陶醉的感情和情绪中，这种感情和情绪从未被催逼去实现，于是他忘记了履行他的大部分真正的任务。我们这些从事精神活动的人不熟悉现实，不了解现实，敌视现实，因此，在德国现实中，在我们的历史、政治和公众舆论中，精神的作用小得可怜。诚然，我常常这样思考这个问题，有时感到我有一股强烈渴望去塑造现实的欲望，这种欲望是严肃负责地从事某项工作，而不仅仅是研究研究美学和搞搞精神上的工艺品。而结果却总是放弃这种努力，向命运屈服。将军们和重工业家们说得对：我们这些"精神界的人"一事无成，我们是一群可有可无、脱离现实、不负责任的才华横溢、夸夸其谈的人。呸，见鬼去吧！拿起刮脸刀吧！

我脑子里充满了各种想法，音乐会的余音在耳际回响，心里充满哀伤，充满对生活，对现实，对意义，对不可挽回地永远失去的东西的绝望的渴求，终于回到家里。我登上楼梯，进屋点了灯，想读点什么却又读不下去。我想起那个迫使我明天晚上到泽西尔酒吧去喝威士忌和跳舞的约会，于是心里感到一阵恼恨，不仅恼恨我自己，还恼恨赫尔米娜。尽管她是个绝妙的姑娘，对我心怀好意——但当时，她倒不如让我毁灭的好，她不该拉我下水，把我拉进这个混乱的、陌生的、光怪陆离的游艺世界，在这个世界我永远是个陌生人，我身上最美好的东西受尽苦难，逐渐荒废。

于是我悲伤地熄了灯，悲伤地走进卧室，悲伤地开始脱衣服。这时，我闻到一股奇特的香气，心头一惊，那是淡淡的香水味儿，我环视四周，看见美丽的玛丽亚躺在我的床上。她脸带笑容，略微有点局促，一双蓝眼睛睁得大大的。

"玛丽亚!"我叫了她一声。我第一个想法就是，要是我的房东知道了，她会收回住房的。

她轻轻地说："我来了，您生我的气吗？"

"不不，我知道是赫尔米娜把钥匙给您的。是吧？"

"噢，您对这件事生气了，我就走。"

"不，美丽的玛丽亚，请您留下! 只是今天晚上我很悲伤，今天我不可能快乐起来，明天也许又能快乐起来。"

我略微向她弯下腰，她突然用她那两只又大又结实的手捧住我的头往下搂，吻了我好久。我挨着她在床上坐下，拉着她的手，请她说话轻点，因为不能让别人听见我们说话。我看着她那美丽丰满的脸，她的脸像一朵大鲜花，陌生而奇妙地枕在我的枕头上。她慢慢地把我的手拉到她的嘴边，拉到被子底下，放在她那温暖、安静、呼吸均匀的胸脯上。

"你无须快乐，赫尔米娜跟我说过，你有许多苦恼。这谁都能理解。我还称你的心吗，啊？前不久我们一起跳舞时，你真可爱。"

我吻她的眼睛、嘴巴、脖子和胸脯。刚才我想起赫尔米娜时还恼她，责备她。现在我手里捧着她的礼物，非常感激她。玛丽亚的爱抚并没有使我感到难堪痛苦，我今天听了这奇妙的音乐，觉得她同这音乐完全相称，她是音乐理想的实现。我慢慢地把被子从美女身上揭开，我吻她的全身，一直吻到她的脚上。当我躺到她身边时，她那鲜花似的脸庞亲切地看着我，似乎什么都知道。

这天夜里，我躺在玛丽亚身边，睡得时间不长，然而却睡得像孩子那样好、那样酣畅。我们醒了几次，这时我尽情享受她那美好活泼的青春，我们低声交谈，我听到了许多有关她和赫尔米娜生活的值得知道的事情。对这一类型的人和她们的生活我以前知道得很少，只是在戏剧里才遇到过类似的人，既有男人也有女人，他们一半是艺术家，一半是花花公子。现在我才稍许了解了一点这些奇异的、无辜得奇怪、堕落得奇怪的人的生活。这些姑娘大多出身贫贱，然而她们都很聪明，模样又长得俊，因而不愿意一辈子只靠某一种收入低微而毫无乐趣的职业谋生，她们有时靠做临时工为生，有时就靠她们的俊俏妩媚过日子。她们时而在打字机旁工作几个月，时而成为颇为富有的花花公子的情人，接受零用钱和馈赠，她们有时着罗穿缎，出入有汽车，住在豪华的旅馆，有时又住在狭小的顶楼，虽然在某种情况下有人出高价，她们会嫁给他，但总的说来她们并不热衷于结婚。她们中的某些人在爱情方面并无渴求，她们讨价还价，只有对方付出极大的代价，她们才勉勉强强卖身给他。而另外一些人——玛丽亚就属于这一类人——在爱情方面有非凡的才能，非常需要爱情，大多数人都具有与男女两性相爱的经验；爱情是她们唯一的人生目的，她们除了正式的、付钱的朋友以外，一向还有其他种种爱情关系。这些蝴蝶就这样孜孜不倦、忙忙碌碌、充满忧虑而又轻浮、聪明、麻木地生活着，过着天真和精心安排的生活，她们不依附于任何人，不是每个人都能用金钱把她们买到手，她们期望从运气和良好的客观条件中得到她们的那一份，她们爱恋生活，而又不像普通市民那样执着地留恋生活，她们时刻准备着跟随某一位童话中的王子走进他的宫殿，她们始终朦胧地意识到她们会有凄惨悲伤的结局。

在那妙不可言的第一晚以及随后的日子里，玛丽亚教给我很多东西，不仅教给我新的优雅可爱的感官游戏和情欲之乐，而且还教给我新的认识、新的看法、新的爱情。茶楼酒肆、舞厅酒吧、影院娱乐场所，这一切构成的世界，对我这个孤独的人和美学家说来，始终含有某些低级趣味的、为道德所不容的、有损体面的东西，而对玛丽亚、赫尔米娜以及她们的女伴们说来，这就是她们的整个世界，既不好又不赖，既不值得去追求也不值得去憎恨，她们那短暂的、充满渴求的生活就在这个世界里开花结果，她们在这个世界里感到熟悉、亲切。就像我们这种人喜爱一位作曲家或者一位诗人那样，她们喜爱香槟酒或者当着客人的面烤出来的一盘特制烤肉；就像我们这种人对尼采①或汉姆生②表现出巨大的热情、激动那样，她们把无比的热情和激动奉献给一曲新的流行舞曲或某位爵士乐演唱者的伤感歌曲。玛丽亚给我讲述那位漂亮的萨克斯管吹奏家帕勃罗，谈起他有时为她们演唱的一首美国歌曲，她谈起这些是那样全神贯注，那样钦佩爱慕，比任何一个有高度教养的人谈起高雅的艺术享受时表现出来的狂喜更使我感动。我已经准备与她一起去遐想陶醉，而不管那首歌曲怎么样；玛丽亚那亲切的言语，她那充满渴望、神采焕发的目光在我的美学中打开了又长又宽的缺口。诚然，是有一些美的东西，在我看来，这些为数不多的精选出来的美的东西——赫然高居首位的是莫扎特——毫无疑问是非常崇高的，但是界限在何处？我们这些专家和批评家年轻时热烈地爱慕过的某些艺术品和艺术家，今天我们不是又觉得很可疑、很糟糕吗？对我们来说，李斯特和瓦格纳不都是如此吗？在许多人看来，甚至连贝多芬不也是如此

---

① 尼采（1844—1900），德国唯心主义哲学家，鼓吹"超人"哲学，主要作品有《悲剧的诞生》，《扎拉图斯拉如是说》，《善恶的彼岸》，《道德的世系》等。

② 汉姆生（1859—1952），挪威作家，主要作品有《饥荒》，《维克多利亚》，《地球之幸》，《最后一章》，《流浪者》，1920年获诺贝尔文学奖。

吗？玛丽亚对从美国来的歌曲不同样也怀有极大的孩子似的感情，不同样也是纯洁的、美好的，毫无疑问是崇高的艺术感受，如同某位教员读到特里斯坦①时的感动、某位乐团指挥在指挥第九交响乐时的激情？这与帕勃罗先生的看法不是奇异地相吻合，肯定他说得不错吗？

玛丽亚也似乎很喜爱这位帕勃罗，这位美男子！

"他是个漂亮的人，"我说，"我也很喜欢他。可是，玛丽亚，告诉我，你怎么另外又会喜欢我这样一个沉闷无聊的老家伙？我既不漂亮，头发也已灰白，既不会吹奏萨克斯管又不会演唱英国爱情歌曲。"

"别说得这么可怕！"她批评我。"这是非常自然的事。你也让我喜欢，你身上也有漂亮的、可爱的、特殊的东西，你只能是你，不该是别的样子。这些事情不该谈论，也不能要求解释。你瞧，你吻我的脖子或耳朵时，我就觉得你喜欢我，我中你的意；你吻我时有那么一点羞涩，这就告诉我：他喜欢你，他赏识你的美貌。这让我非常喜欢。而在另一个男人身上，我喜欢的恰恰是相反的东西，他似乎并不喜欢我，他吻我，好像那是他对我的一种恩惠。"

我们又睡着了。我再次醒来时，仍然搂着我那美丽漂亮的鲜花。

---

① 特里斯坦，中世纪传说中的人物，他为马尔克国王向爱尔兰的伊索尔特求婚，由于喝了迷魂汤，他自己爱上了她。

真奇怪！这朵美丽的鲜花始终是赫尔米娜给我的一件礼物！她始终站在她背后，总是像假面具似地套着她。我突然想起埃里卡，想起我那远方的恼怒的情人，我那可怜的女友。她的俊俏并不比玛丽亚逊色，只是没有玛丽亚那样青春焕发、那样放荡不羁，也没有那么多情爱小技艺，她像一幅画在我面前站了一会儿，这画清晰而又使人痛苦，可爱地深深地与我的命运交织在一起，然后她又逐渐下沉，进入梦乡，被人遗忘，沉落到有些令人哀悼的远方。

　　就这样，在这个美妙温柔的夜晚，我生活中经历过的许多图景又一一浮现在我眼前，我已经有很长一段时间生活得非常空虚贫乏，脑子里毫无想象力。现在，一旦被情火的魔力打开缺口，这些图像就源源不断地涌现出来，某些瞬间，由于悲喜交加，我的心脏似乎停止了跳动。啊，以前，我的生活的画厅一度多么丰富，可怜的荒原狼的灵魂怎样的充满着高远永恒的星星和星座啊！幸福的童年和慈爱的母亲像一座遥远的、笼罩着蓝色雾霭的山峦，出现在我的眼前，耳边响起我的情意绵绵的合唱声，声音铿锵清晰，我最初与传奇式的赫尔曼——赫尔米娜的灵魂兄弟——开始这种充满情谊的合唱；许多妇女的画像如同刚刚冒出水面的池花向我游过来，那样芳香那样幽冥，这些妇女我曾经爱过、歌唱过、渴望得到她们，但是我只跟她们中的少数人有过接触，试图占有她们。我的妻子也出现了，我跟她一起度过好几个年头，她教给我友谊、冲突和颓丧，我们一起生活的时间虽然不长，但我心中仍留下了对她深切的信任，后来，我病魔缠身，神志错乱，她突然不辞而别离我而去。这时我看到，她的失信如此沉重地打击了我，打击了我的一生，可见我是多么的爱她，多么的信任她。

这几百张有名或无名的图画又都浮现在眼前，又从这个爱情之夜的井中涌出，一幅幅都那样崭新、那样鲜艳，我又明白了，我在穷困潦倒中长时间忘记了的是什么东西。我忘记了，这些图画是我一生的财产，是我生活的价值，它们将不可摧毁地继续存在下去。这种种变成星星的经历我可以遗忘，却不能消灭，把这些经历串起来就是我生活的传说，它们那星星似的光辉就是我生活的不可摧毁的价值。我的生活十分艰辛，到处碰壁，非常不幸，使人颓丧，使人否定人生。我尝尽了所有人生命运之苦，然而我的生活又是丰富充实的，既骄傲又丰富，即使在穷困潦倒时过的也是国王似的生活。哪怕去见上帝前的这段时间会虚度年华，我一生的核心是高贵的，过得很有骨气，不在于几个芬尼的得失，而立意追求日月星辰。

又过了一会儿，其间发生了许多事情，好多事变了样，那个晚上的细节我能回忆起来的并不多，我只能回忆起我们之间交谈过的个别语句，回忆起某些温情脉脉地抚爱的表情和动作，回忆起合欢后疲乏地沉沉入睡而又苏醒过来时那明亮的瞬间。正是在那个夜晚，自从我生活不如意以来，我自己的生活第一次用无情地闪着光芒的眼睛看我自己，我再次把偶然看作命运，把我的生活的废墟看作神圣的片断。我的灵魂又开始呼吸，我的眼睛又明亮了，一瞬之间我热切地预感到，我只要把这些四散的图画聚集到一起，把我自己的哈里·哈勒尔式的荒原狼生活作为整体升华成一幅图画，我自己也就能进入这图画的世界，而永垂青史。难道这不就是我们的目标，每个人生不就意味着奔向这个目标的尝试吗？

第二天早晨，玛丽亚和我共进早餐，然后我偷偷地把她送出楼房，幸亏没有被人撞见。当天，我在附近的城区租了一间小房子，专门供我们幽会。

我的舞蹈老师赫尔米娜忠于职守，总是按时前来，我只好学波士顿华尔兹舞。她很严格，一丝不苟，对我一节课也不减；因为已经决定，我要和她一起去参加下一次化装舞会。她请我给她钱买化装服，可是她却拒绝告诉我有关衣服的任何情况。她总是不准我去看她，也不准我问她住在什么地方。

离化装舞会还有将近三星期，这段时间过得好极了。看来，玛丽亚是我接触过的第一位真正的情人。以往我爱过的女人，我总要求她们具有才智和教养，而我却没有完全注意到，即使最有才智、相对地说最有教养的女人也从未给我身上的理智以回答，反而始终与我的理智作对；我带着我的各种问题和想法找这些女人，可是对一个几乎没有读过一本书、几乎不知道读书是怎么一回事儿，连柴可夫斯基和贝多芬也区分不出的姑娘，我会爱她超过一个小时，我觉得这是完全不可能的。玛丽亚没有受过教育，也不需要这些弯路和代用品，她的问题全部都是直接从感官中产生的。她的艺术和任务就是用天生的感官，用她那特殊的身段，用她的颜色、头发、声音、皮肤，用她的气质，去尽量获取感官与爱情的幸福，在爱她的人身上找到和引发对她的每种技能、对她身体的每条曲线、对她妩媚的体态的回答和理解，用她的魅力诱发对方积极配合，做出使人喜悦的动作。我第一次羞涩地和她跳舞时，我就感觉到了这一点，已经闻到某种天才的、非常开化的性感的香味，我当时就让她迷住了。无所不知的赫尔米娜把这位玛丽亚给我送来，肯定不是偶然的。她的整个气质是那样开朗清新，全身发出一股玫瑰花的清香。

　　我不是玛丽亚唯一的或特别宠爱的情人，我无此荣幸，我只是她众多情人中的一个。她常常无暇与我相处，有时下午给我一个小时，能和我度过一个夜晚的次数就更少了。她不愿要我的钱，这大概是赫尔米娜的意思。但她很愿意接受礼物，我送她新的红皮小钱包，里面放一两枚金币，她倒也不在意。不过，我送的是红色小钱包，她着实笑了我一通！那钱包挺招人喜爱，但是已经过时，是商店里的滞销货。这些事情我以前一点不知道，一点不懂，就像对爱斯基摩语言一窍不通一样。从玛丽亚那里我学到了许多。首先我明白了，这些小玩意儿，这些时髦货、奢侈品并不只是华而不实的装饰品，并不只是利欲熏心的工厂主和商人的发明，这些东西既合理又漂亮，花样繁多，组成一个小小的，或者毋宁说是大大的物的世界——从扑粉香水到舞鞋，从戒指到烟盒，从皮带扣到提包等等，多得数不胜数。这些物品唯一的目的就是为爱情服务，使感觉更加细腻，使死寂的环境具有生气，像魔法那样用新的爱情器官去装备死的环境。手提包并不当手提包用，钱包也不当钱包用，花不是花，扇不是扇，一切都是爱情、魔力、刺激的外形物质，是使者、黑市商人，是武器、战斗的号召。

我常常考虑，玛丽亚爱的到底是谁。我相信，她最爱的是吹萨克斯管的帕勃罗。他那一双黑眼睛露出失神的光，纤细白皙的手指显得高贵而伤感。玛丽亚很坚定地告诉我，虽然要花很长时间才能点燃帕勃罗的情火，但是他的情火一旦点燃，他就比任何一个拳击手或骑手更热烈、更有力、更粗暴、更有男子味，要不是玛丽亚的这番话，我还以为他在爱情方面没有多少欲望，是娇嫩被动的。就这样，我一一听到了这些人的秘密，知道了我们周围某个爵士音乐家、某个演员、某些女人和姑娘、某些男子的秘密，我知道了各种各样的秘密，看见了表层底下的各种联系和敌意，逐渐地熟悉并进入了这个环境（从前我在这个世界里是个与世隔绝的异物）。赫尔米娜的事情我也听说了不少。尤其是我经常和玛丽亚非常爱慕的帕勃罗在一起。她也不时地需要那些秘密的麻醉品，而且也总让我分享，帕勃罗则总是非常热心地为我效劳。有一次，他很直率地对我说：“您如此不幸，这不好，不应该这样，我为您惋惜。您抽点淡鸦片烟吧。"我对这个快活、聪明、天真而又深不可测的人的看法经常起变化，我们成了好朋友，我也常常服用一点那些麻醉品。我爱恋玛丽亚，他略微开心地从旁观看。有一次，他在他的房间里举行一次"庆祝会"。他住在郊区一家旅馆的顶楼里，房间里只有一把椅子，玛丽亚和我只好坐在床上。他给我们斟了酒，这是用三小瓶酒混合起来的、神秘奇特的利口酒。过了一会儿，我的情绪变得很好了，他的眼睛闪出神异的光，建议我们三人一起纵情相爱。我二话不说就断然拒绝了，我觉得这种胡闹太过分了，不过我斜了玛丽亚一眼，看她如何反应，虽然她立刻同意我的意见，但我在她的眼睛里仍看到有炽热的火，感觉到她放弃这样做非常惋惜。我的拒绝使帕勃罗很失望，但他并不觉得伤了他的心。"很可惜，"他说，"哈里在道德上的顾虑太多了。没有办法。要是照我说的玩，那是美极了，真是美极了！不过我有别的变通办法。"我们三人都抽了几口鸦片，一动不动地坐着，睁着眼睛经历了由他引起的一幕，这当儿，玛丽亚快乐得全身颤抖起来。过了一会儿，我稍感不适，帕勃罗把我放到床上，让我吃了点儿药，我闭眼躺了几分钟。这时，我感到有人在我的每只眼睑上轻轻地吻了一下。我任他吻，似乎我认为吻我的是玛丽亚。其实我知道吻我的是帕勃罗。

有一天晚上，他使我更加惊讶。他来到我屋里，对我说，他需要二十法郎，请我给他这笔钱。作为条件，这天晚上他可以将玛丽亚让给我。

"帕勃罗!"我大吃一惊。"您不知道您说的是什么话!把情人让给别人换钱,这在我们看来是最最卑鄙的事情。就当我没有听见您的建议,帕勃罗。"

他很同情地看着我。"您不要,哈勒尔先生。好吧,您总跟自己过不去。您不要,那您就不跟玛丽亚睡觉好了;给我钱吧,我会还给您的。我现在急需这笔钱。"

"干什么用?"

"给阿戈斯蒂诺,您知道,他是拉第二小提琴的矮个子。他已经病了八天,谁也不管他,他身无分文,现在我的钱也用光了。"

一则出于好奇,二则也为了稍许惩罚自己,我跟着他去看阿戈斯蒂诺。阿戈斯蒂诺住在一间很简陋的顶楼里。帕勃罗给他送去牛奶和药品,给他整理床铺,打开窗户通风,在病人滚烫的脑袋上放一块湿布散热,他的动作干净利落,轻柔熟练,像个好护士。当天晚上,我又看见他在萨蒂酒吧演奏,直至天明。

我和赫尔米娜长时间地、客观地谈论玛丽亚,谈她的手、肩膀、腰身,谈她怎样笑、怎样吻、怎样跳舞。

"她都已经教给你接吻的新玩法了?"赫尔米娜有一次这么问,讲述了接吻时舌头的特别动作。我请她亲自表演给我看,她却很严肃地拒绝了。"这是以后的事,"她说,"我现在还不是你的情人。"

我问她，她是从哪里知道玛丽亚亲吻的技巧以及某些她生活中秘密的、只有爱她的男人才能知道的特点的。

　　"噢!"她大叫起来，"我们是朋友呀! 你以为我们互相之间还有什么秘密吗? 我经常和她一起睡觉，和她一起玩过。好了，你现在捞着了一个漂亮姑娘，她会的东西比别人多。"

　　"可是，赫尔米娜，我相信，你们互相之间也还有秘密。难道你也把你知道的我的一切情况都告诉了她? "

　　"不，这里情况不一样，这些事情她不会懂的。玛丽亚是个奇妙的姑娘，你很幸运，但是你我之间有些事情她一点不懂。当然，我跟她讲了很多你的事情，你当时肯定不喜欢我给她讲那么多，可是我得引诱她，让她对你发生兴趣呀! 可是谈到理解你，朋友，她永远不会像我那样理解你，再也没有别人能像我这样理解你。我也从她那里学到一些东西，有关你的事情，玛丽亚知道的，我都知道。我十分了解你，就像我们曾经常在一起睡觉一样。"

　　当我再次和玛丽亚相会时，我听说，她像喜欢我一样喜欢赫尔米娜，她像吻我的四肢、头发、皮肤那样吻过、尝过、试过她的四肢、头发和皮肤。我觉得这真是奇特神秘。在我面前出现了新的、间接的、复杂的关系和联系，爱情和生活中新的可能性，于是我想起荒原狼论文中关于一千个灵魂的说法。

　　从我认识玛丽亚到举行化装舞会之间的一段短暂时间里，

我很幸福，从未有过这种解脱、超生的感觉。我清楚地感到，这一切都是序幕、准备，一切都在激烈地向前发展，正戏还在后头呢。

我已经学了不少舞，跳得蛮不错，看来，我可以去参加舞会了。随着舞会日期的临近，它就越来越成为大家的话题。赫尔米娜有一个秘密，她坚持不告诉我她在舞会上会穿什么衣服。她说，到时候我会认出她的，假如我认错了，她会帮助我，可是，事先我什么也不许知道。我打算穿什么戴什么，她也一点不好奇，于是我决定不化装。当我想邀请玛丽亚参加舞会时，她告诉我，她已经有了舞伴，真的，她已经有一张入场券，我有点失望地看到，我只好一个人赴会。这是全市第一流化装舞会，每年一次，由艺术家协会在格罗布斯厅举办。

这些天我很少见到赫尔米娜，舞会的前一天她到我这里来了一会儿。我给她搞了入场券，她是来取她的入场券的。她平静地坐在我房间里，我们谈了一次话，我觉得这次谈话很奇特，给我留下了深刻的印象。

"你现在过得很不错，"她说，"跳舞对你很有好处。只要四个星期不见，就几乎认不出你了。"

"是的，"我承认，"多年来我没有过得像现在这样好过。这一切都是你的功劳，赫尔米娜。"

"噢，不归功于你那漂亮的玛丽亚？"

"不。她也是你赠送给我的。她太好了。"

"她正是你需要的情人，荒原狼。她漂亮、年轻、情绪好，在爱情方面很有办法，而不能每天占有她。如果你不是和别人一起分享她，如果她不是你的匆匆过客，你就不会这么高兴的。"

是的，这一点我也不得不承认。

"你所需要的一切现在可都有了？"

"不，赫尔米娜，那可不是。我有了一些很美的东西，很使人欢快的东西，我得到了非常亲切的安慰，非常快乐。可以说，我很幸福……"

"可不是吗，那你还要什么呢？"

"我要的不止这一点。我不满足于生活幸福，我并不是为幸福而生的，这不是我的生活目的。我的生活目的正与此相反。"

"那是说，你要的是不幸？你看，过去，你的不幸一个接一个，够多的了。当时，你由于刮脸刀都不能回家去呢。"

"不，赫尔米娜，情况可不是这样。我承认，当时我很不幸，但是，那是愚蠢的不幸，没有成果的不幸。"

"那是为什么？"

"因为否则我就不会在死亡面前感到害怕，而我希望死亡！我所需要和渴求的是另外一种不幸；这种不幸既让我怀着热望忍受痛苦，又让我怀着极大的欢乐去死。这就是我期待的不幸或幸福。"

"我理解你。在这一点上我们是兄妹。但是，你为什么反对你现在在玛丽亚身上找到的幸福呢？你为什么不满足？"

"我不反对这个幸福，噢，不是的，我爱它，我感激它。它就像阴雨连绵的夏天遇到的一个晴朗的日子那样美。可是，我感到它不会久长的。这个幸福也不会有什么成果。它使人满足，可是，满足并不是我吃的饭菜。它使荒原狼昏昏入睡，连连打嗝。这不是可以为之去死的幸福。"

"那么一定得死吗，荒原狼？"

"我想是的！我对我的幸福感到很满足，我还可以忍受相当一段时间。但是，假如这种幸福不时地给我一个钟头时间，让我苏醒过来，让我有所渴望的话，那么，我并不渴望永远占有这种幸福，相反，我渴望的是再次受苦，只是比过去更美一点，不要那么可怜。我渴望受苦，这些苦难使我自愿地准备去死。"

赫尔米娜的眼光突然变得很忧郁，她温柔地看着我的眼睛。这是多美、多可怕的眼睛！她搜寻着词句，慢慢地、一字一顿地说道（她说得那么轻，我不得不全神贯注才能听清）：

"今天我要对你说点我早就知道的事情，这件事你也已经知道，不过你也许没有对自己说过。现在，我告诉你我对我自己对你、对我们的命运所知道的东西。哈里，你过去是个艺术家、思想家，一个充满欢乐和信仰的人，始终在追踪伟大永恒的事物，从来不满足于美丽的、细小的事物。但是，生活越是把你唤醒，越是使你回复自己的本性，你的困苦就越大，你就越来越深地陷入痛苦、不安和绝望之中，一直陷到你的脖子。你以往认识、热爱和崇敬的一切美好神圣的东西，你以往对人类、对我们的命运的信仰都于你无补，这一切都失去了任何价值，成了一堆废物。你的信仰没有空气可以呼吸。窒息致死是很难受的死亡。是不是这样，哈里？这就是你的命运吧？"

我再三点头，表示同意。

"你在头脑中本来有一幅生活的图画，你有信仰，有要求，你原本准备做一番事，准备受苦牺牲，但是你逐渐看出，世界根本不要求你有所作为，作出牺牲，世界并不要求你做出这一类事情，生活并不是英雄角色及其类似事情的英雄史诗，你逐渐发觉生活只是优雅的好房间，人们住在这个房间里吃饭、喝酒，喝咖啡，穿上一双针织袜子，玩玩纸牌，听听收音机，人们感到心满意足。谁要追求别的东西，谁身上具有别的东西——带有英雄气概的、美好的事物，崇敬伟大的诗人或崇敬圣人，他就是傻瓜或唐吉诃德式的骑士。好了。我的情况也是这样，我的朋友！我是个具有聪明才智的姑娘，我生来就是要像高尚的典范人物那样生活，对自己提出很高的要求，完成伟大的任务。我能够承受厄运，我可以当王后，做革命党人的情妇，做某个天才的姐妹或某个殉道者的母亲。可是，实际生活却只允许我变成有点儿修养的交际花！光这一点就是沉重的打击。我的情况就是这样。我一度很绝望，很长时间我在自己身上寻找原因。我想，生活肯定总是对的，如果生活嘲弄了我的美梦，那么，我想，我的梦大概太蠢，我的梦大概没有道理。可是这无济于事。我眼明耳聪，也有点好奇，于是我仔细观察这所谓的生活，观察我的熟人和邻居，观察了五十多人及他们的命运。我看到，哈里，我的梦想是对的，百分之百正确，你的梦想也对。而生活是错的，现实是错。像我这样一个女人只能为某个财主打字，贫困而毫无意义地虚度年华，或者看中某个财主的钱而与他结婚，甚至当一个类似妓女那样的人；而你这样的人孤独、害怕、绝望，不得不用刮脸刀了却残生，这是什么道理啊！在我身上，主要是物质和道德方面的贫困；而在你身上，更多的是思想精神方面的贫困——我们的道路是一样的。你害怕跳狐步舞，厌恶酒吧间和舞厅，反对爵士音乐，反对这一切鄙陋俗气的东西，你以为我不能理解？这一切我都非常理解；同样，我也理解你对政治的厌恶，你对政党和新闻界的空谈和不负责任的行为的伤心，你对战争——过去的和未来的战争，对人们如何思想，如何阅读，如何建筑，如何搞音乐，如何庆祝节日，如何推行教育的方式感到的绝望！你是对的，荒原狼，你一千个对，一万个对，可是你还是注定要毁灭。对当前这个简单、舒适、很易满足的世界说来，你的要求太高了，你的欲望太多了，这个世界把你吐了出来，因为你与众不同。在当今世界上，谁要活着并且一辈子十分快活，他就不能做像你我这样的人。

谁不要胡乱演奏而要听真正的音乐，不要低级娱乐而要真正的欢乐，不要钱而要灵魂，不要忙碌钻营而要真正的工作，不要逢场作戏而要真正的激情，那么，这个漂亮的世界可不是这种人的家乡……"

她低头看着地板沉思起来。

"赫尔米娜，"我声音温柔地喊道，"我的妹妹，你真能洞察一切！然而你却教我跳狐步舞！不过，你说我们这种与众不同的人在这里无法生活，这话是什么意思？这是什么缘故？只是在我们这个时代这样还是向来如此？"

"这我不知道。为这个世界的荣誉考虑，我宁愿设想，只是我们这个时代如此，这只是一种病，一时的不幸。元首们正在紧张而卓有成效地准备下一次战争，我们其他人则在跳狐步舞，我们做事挣钱，吃夹心巧克力，在这样一个时代，世界的样子肯定可怜得很，简单得很。但愿以往的时代和今后的时代比现在好得多，比我们的时代更丰富、更宽阔、更深刻。不过，这对我们毫无帮助。也许向来如此……"

"向来都是今天这个样子？自古以来都是政治家、奸商、堂倌和花花公子的世界，而好人却没有一点点生活的余地？"

"这我不知道，谁也不知道。况且，这也无关紧要，都一样。不过，我现在想起你的宠儿，我的朋友，你有几次跟我谈起过他，朗读过他的信，他就是莫扎特。他的情况如何？他那个时代谁统治世界，谁获益最大，谁定调子，谁被这个世界注重？是莫扎特还是商人，是莫扎特还是那些庸碌之辈？他又是怎样去世、怎样埋葬的？我认为，也许自古以来都是这样，以后也将永远如此，他们在学校里称作'世界史'的东西，学生为了受教育不得不背的东西，所有那些英雄、天才、伟大的业绩和感情，这都只是骗人的东西，都是学校教员为教育的目的虚构出来的，好让孩子在规定的几年时间里有点事做。时间和世界、金钱和权力属于小人庸人，而其他人，其他真正的人则一无所有，属于他们的只有死亡。古往今来都是这样。"

"他们除了死亡一无所有？"

"不，也有的，那就是永恒。"

"你指的是他们能流芳百世？"

"不，亲爱的荒原狼，我说的不是荣誉，难道荣誉还有什么价值？难道你以为，所有真正的完人都名扬四海，流芳百世？"

"不，当然不这样看。"

"所以，我说的不是荣誉。荣誉只是为了教育而存在，是学校教员的事。噢，我说的不是荣誉。那么什么是我说的永恒呢？虔诚的人把它叫做上帝的天国。我这样想：如果除了这个世界的空气再也没有别的空气可以呼吸，除了时间不存在永恒，那么我们这些人，我们这些有更高要求的人，我们这些有渴望的人，我们这些与众不同的人就根本活不下去，而这永恒就是真之国。属于这个国度的是莫扎特的音乐，你那些大诗人的诗，那些创造了奇迹、壮烈牺牲、给人类提供了伟人榜样的圣人。但是，每一幅真正的行为的图画，每一种真正的感情的力量也都属于永恒，即使没有人知道它、看见它、写下它、为后世保存下来。在永恒中没有后世，只有今世。"

"你的话不错，"我说。

她沉思地继续说道："虔诚的人对此知道得最多。因此他们树起了圣徒，创立了他们称之为圣徒会的组织。这些圣徒是真正的人，是耶稣的弟子。我们一辈子都在朝着他们前进，我们每做一件好事，每想出一个勇敢的想法，每产生一次爱情，我们就离他们近一步。早先，圣徒会被画家们描绘在金色的天空上，光芒四射，非常美丽，非常宁静。我先前称为'永恒'的东西就是这个圣徒会。这是时间与表象彼岸的国度。我们是属于那里的，那是我们的家乡，我们的心向往那里，荒原狼，因此我们渴望死亡。在那里，你又会找到你的歌德，找到你的诺瓦利斯和莫扎特，我又会找到我的圣人，找到克里斯托弗·菲利普·封·奈利，找到所有圣人。有许多圣人原先是犯有罪过的坏人，罪过、罪孽和恶习也可能是通向圣人的道路。你也许会笑，但是我常想，我的朋友帕勃罗也可能是个隐蔽的圣者。啊，哈里，我们不得不越过这么多的污泥浊水，经历这么多的荒唐蠢事才能回到家里！而且没有人指引我们，我们唯一的向导是乡愁。"

最后几句话她又说得很轻，现在房间里非常平和安静，夕阳西沉，我的藏书中许多书脊上的金字在夕照下闪亮。我双手捧起赫尔米娜的头，吻她的前额，把她的脸颊贴在我的脸颊上，我们就这样像兄妹一样靠了一会儿。我多么愿意这么呆着，今晚不再外出啊！可是，这大舞会前的最后一个夜晚，玛丽亚答应和我在一起。

然而，我到玛丽亚那里去的路上没有想玛丽亚，而一直在想赫尔米娜讲的话。我仿佛觉得，这一切也许不是她自己的思想，而是我的。目光敏锐的赫尔米娜学过并吸收了这些思想，现在再把它们讲给我听，于是这些思想有了语言外壳，重又出现在我的眼前。在那个钟头我特别感激她的是她说出了永恒这个思想。我正需要这个思想，没有它，我既不能生也不能死。今天，我的朋友和舞蹈教员又把那神圣的彼岸、永恒、永恒价值的世界、神圣的本体的世界送给了我。我不禁想起我的歌德梦，想起这位年高德劭的智者的像，他曾那样不像人似地大笑，装出一副神圣不朽的模样，跟我开玩笑。现在我明白了歌德的笑，这是不朽者的笑。这种笑没有对象，它只是光，只是明亮，那是一个真正的人经历了人类的苦难、罪孽、差错、热情和误解，进入永恒、进入宇宙后留下的东西。而"永恒"不是别的，正是对时间的超脱，在某种意义上是回到无辜中去，重又转变为空间。

我到我们常去吃晚饭的地方寻找玛丽亚，但她还没有来。这家郊区小餐馆很安静，我坐在摆好餐具的桌旁等她，我的思想却还停留在那次谈话上。赫尔米娜和我之间交流的这些思想，我觉得如此熟悉，如此亲切，是从我自己的神话和图画世界中汲取出来的。这些不朽者失神地生活在没有时间的空间中，变成了画像，周围浇铸了水晶似透明的、像以太那样的永恒，这些不朽者和这个超凡世界的凉爽的、像星星那样闪亮的明朗，为什么我觉得如此熟悉亲切？我思考着，忽然想起莫扎特《嬉游曲》和巴赫的《平均律钢琴曲》中的段落，在这音乐中，我觉得到处都有这种凉爽的、星光似的光亮在闪烁，以太似的清澈在振荡。是的，这就是我向往的，这种音乐是某种凝固成空间的时间似的东西，在它上空无边无际地笼罩着超人的明朗，飘荡着永恒的、神圣的欢笑。噢，我梦中的老歌德与此多么协调啊！突然，我听见我四周响起这种深不可测的笑声，听见不朽者朗朗的笑声。我入迷似地坐在那里，着迷似地从背心口袋里找出我的铅笔，寻找纸张，发现面前放着一张酒单，我把酒单翻过来，在背面写下一首诗，第二天我才在口袋里找到这首诗。诗曰：

不朽者

从地球的深山峡谷
向我涌来生活的渴望，
强烈的痛苦、纵情的陶醉，

千百个绞刑架上血腥的烟味，

欢乐的痉挛、无止境的贪欲，

杀人犯的手、高利贷者的手、祈祷者的手，

被恐惧和欢乐鞭笞的人群

散发出温热腐朽的臭气，

吸进幸福和狂喜，

吞噬自己又从嘴中吐出，

策划战争，培育可爱的艺术，

狂热地装饰灯火辉煌的妓院，

他们寻花问柳，纵情欢乐，

过着纸醉金迷的生活。

他们从浊浪中重新升起，

又再次沉沦为行尸走肉。

晶莹透亮的上苍之冰，

是我们居住的地方，

我们不懂有日夜时光，

我们没有性别，没有长幼。

你们的罪孽，你们的欢乐，

你们的谋杀，你们的淫乐，

我们看来只是一场戏剧，

像旋转的太阳，

每一天都是我们最长的一天。

对你们的放纵生活我们安详地点头，

我们静静地凝视旋转的星星，

呼吸宇宙之冬的清凉空气，

天之骄龙是我们的朋友。

凉凉的，永不变化

　　我们永恒的存在，

凉凉的，像星星那样明亮

　　我们永恒的欢笑。

　　我写完诗，玛丽亚来了。我们愉快地吃了饭，然后走进我们的小房间。今天，她比以往任何时候都漂亮、热乎、亲切，她让我尝到了各种柔情、温存、游戏，我觉得对人再热心也莫过于此了。

　　"玛丽亚，"我说道，"你今天像神一样慷慨大方。别把我们两人弄得精疲力竭。明天可是化装舞会哟。你明天的舞伴是个什么样的人？我怕，我亲爱的小花儿，他是个童话中的王子，你会被他拐走，再也回不到我的身边。你今天这样爱抚我，就像情侣们在告别，在最后一次见面时那样恩爱。"

　　她把嘴唇紧贴我的耳根，轻声对我说：

　　"别说话，哈里！每次都可能是最后一次。如果赫尔米娜把你拿走，你就不再来找我了。也许她明天就把你拿走了。"

在那舞会的前夜，我有一种独特的感觉，这种感觉比以往任何时候都强烈。这是一种非常奇特的又苦又甜的双重感情。我感到的是幸福：玛丽亚的美丽和纵情，尽情享受、抚弄、吸进千百种细腻迷人的性感（可惜年近半百了才享受到它），在那柔和的欢乐之波上拍击荡漾。然而这只是外壳，这一切的内部充满了意义、紧张和命运，我亲切温柔地沉迷于甜蜜感人的爱情之中，仿佛在纯幸福的温水中游泳。而在心底，我却感到我的命运在急匆匆地向前乱撞乱奔，像一匹惊马那样嘶鸣奔跑，奔向悬崖绝壁，充满害怕、渴望，充满献身精神，冲向死亡。就像我不久前胆怯害怕地抵御舒适、轻浮的性爱，在玛丽亚那准备馈赠予人的妩媚美丽面前感到害怕那样，现在我感到害怕的是死亡，不过这种害怕很快就会变成献身和解脱，这已经变得很清楚了。

我们默默地沉溺在爱情的嬉戏中，比任何时候都深切地感到各自属于对方，而与此同时，我的灵魂在向玛丽亚告辞，向她使我迷恋的一切告别。通过她，我学习了在我生命结束以前孩子般去熟悉并享受表面的游戏，去寻找瞬间的欢乐，在纯洁的性爱中享受人的本性，动物的本性。在以前的生活中，这种状况我只是在个别的例外情况下经历过，因为在我看来，性生活和性几乎总是带有某种罪过的苦味，具有禁果那甜蜜而又使人害怕的味道，在这种果实面前，一个从事精神活动的人必须谨慎小心。现在，赫尔米娜和玛丽亚向我展示了这个纯洁的性爱乐园，我一度成了这个乐园的客人，不胜感激；但很快就到了我该继续前行的时候了，对我来说，这个乐园太美太温暖了。我是注定要继续寻找生活的桂冠，继续为生活的无穷无尽的罪过忏悔受罚的。轻松的生活，轻松的爱情，轻松的死亡，这对我来说毫无价值。

根据姑娘们的暗示，我得出结论，人们打算在明天的舞会上或舞会后放肆胡闹，大大享受一通。也许这就是结局，玛丽亚的预感也许是对的，我们今天是最后一次同枕共眠，明天也许就要开始新的命运之路？我心急如焚，充满渴望，充满使人窒息的恐惧，我狂乱地搂住玛丽亚，再一次热烈地、贪婪地穿越她的乐园的所有路径和丛林，再一次咬吃天堂之树的甜蜜果实。

夜里没有睡够，第二天我补睡了一天。早晨我洗了澡，精疲力竭地回到家里，拉上卧室的窗帘，脱衣服时发现了装在口袋里的诗，但很快又把它忘掉了。我躺到床上，忘掉了玛丽亚，忘掉了赫尔米娜，忘掉了化装舞会，睡了整整一天。傍晚时分我起了床，刮胡子时我才想起，再过一个小时舞会就要开始，我还得找配礼服的衬衣。我情绪很佳，很快准备停当，出去先吃点饭。

这是我将参加的第一次化装舞会。以前，我也曾偶尔去看过几次这种舞会，有时也觉得这种舞会挺好玩，但我只是个看客，并不跳；别的人谈起这种舞会时流露出满腔热情和喜悦，我觉得这种热情未免可笑。而今天，我也觉得化装舞会是一件大事情，我非常紧张地、不无害怕地盼望着它的到来。我无须带女伴前去，所以决定晚一些去，赫尔米娜也是这样建议我的。

"钢盔"酒馆是我以前消磨时光的地方，那些失意男子常常整晚整晚地坐在那里，咕咚咕咚地往肚子里灌酒，扮演光棍的角色。最近一段时间，我很少光顾那里，这家酒馆与我现在的生活格调不再相称了。今晚，我却不由自主地来到那里；现在，一种既害怕又高兴、向生活告别的宿命情绪攫住了我，带着这种情绪，我一生的各个历程和生活过的地方再次在我的心中焕发出痛苦和甜美的光泽，这家被煤烟熏黑的小酒馆也同样散发出了光彩。不久以前，我还是这里的常客，我还到这里喝过一瓶乡村老酒，这种最简单原始的麻醉剂足够让我回到孤单的床上再度过一个夜晚，再忍受一天生活折磨。后来，我尝试了其他刺激更强烈的麻醉剂，喝过甜蜜的毒品。我微笑着跨进小酒馆，老板娘向我招呼致意，那些沉默的常客也向我点头致意。人们建议我吃烤鸡，烤鸡很快就给我端了上来，农家大杯里斟满了新酿的阿尔萨斯葡萄酒，干净的白色木桌和陈旧的黄色护墙板和善地看着我。我边吃边喝，心中涌上一种颓丧和辞别时的感觉，这是甜滋滋的，但又使人有心痛的热切之感，我感到我前半生中的所有经历过的重要场所和种种事情都互相交织在一起，从未解开过，现在条件逐渐成熟，就要解开了。"现代"人把这种感觉称为多愁善感；他不再爱物了，连最神圣的东西，他不久可望换成更好牌子的汽车，也不爱了。那种现代人机敏果断、能干、健康、冷静、刚强，是出类拔萃的典型，在下一次战争，他将会非常出色地经受考验。对于这种人我却不以为然。我既不是现代人，也不是老派人，我已经从时代中游离出来，苟且偷生，奄奄一息，只求一死。我不反对伤感情绪，我在烧毁殆尽的心中还能感到类似感情的东西，觉得很高兴很感激。就这样，我沉浸在对老酒馆的回忆中，沉浸在对粗笨的旧椅子的眷恋中，我尽情享受烟酒的香气，享受习惯、温暖、故乡似的气氛等等一切我独有的闪光。告别是美妙的，使人感到柔和。我喜欢我那木头硬座，喜欢那农家大杯，喜欢阿尔萨斯酒凉爽的果汁味，我熟悉这房间里的每件东西，喜欢那些失意的、梦幻般蹲着喝酒的人的脸，很长一段时间我是他们的难兄难弟。我在这里感觉到的是小市民的伤感情调，这种情调掺和着儿童时代酒馆的一丝旧式的浪漫香味，在我的儿童时代，饭馆、烟酒还是些陌生而美妙的禁品。然而并没有什么荒原狼一跃而起、张牙舞爪，要把我的伤感情调撕成碎片。享受着往事的温暖，在某颗已经陨落的星星的微弱光亮的照耀下，我平静地坐在那里。

一位卖炒栗子的小贩走进酒馆，我买了一包栗子。又来了一位卖花老妇，我向她买了几支石竹花送给老板娘。我正想付钱，习惯地往上衣口袋里掏钱，但却找不到钱包了，这才注意到我穿着礼服。啊，化装舞会！赫尔米娜！

不过时间还早，我拿不定主意，现在是否就到格罗布斯大厅去。像最近一段时间每次去参加这一类娱乐活动时一样，现在我也感到身上有什么阻力，内心感到胆怯，厌恶进入拥挤嘈杂的大厅，像小学生那样害怕那陌生的气氛，害怕花花公子的世界，害怕跳舞。

我来到大街上闲逛，经过一家电影院，看见霓虹灯光和彩色的巨幅招贴画在闪亮。我向前继续走了几步，又回过头来走进电影院。这里，我可以在黑暗中舒舒服服坐到十一点钟。领座员用遮暗的手电筒引路，带我穿过门帘，进入黑暗的大厅，我找到一个座位，突然发现放映的是《旧约全书》中的故事。这是那种据说不是为了赚钱，而是为了崇高神圣的目的而耗费巨款精心拍摄的电影。下午，学生们由宗教课教员带领，集体去看这部电影。演的是摩西和以色列人在埃及的故事。电影里人物众多，马匹骆驼无数，宫殿金碧辉煌，法老们雍容华贵，犹太人在炎热的沙漠中艰难行进。我看见摩西头发梳理得有点像瓦尔特·惠特曼[1]，这是服饰华丽的舞台上的摩西，只见他挂着拐杖，迈着吴坦[2]式的步伐，炽热而忧郁地走在犹太人前面，越过沙漠。我看见他在红海边向上帝祈祷，看见红海的海水向两边分开，形成一条路，两边是耸立的水山（电影家们是怎样拍

---

① 瓦尔特·惠特曼(1819—1892)，美国作家。
② 吴坦，古日耳曼人的风神、死神、战神和狩猎神。

成这种特技镜头的，由牧师带来看电影的准备受坚信礼的青年学生们尽可以长时间争论），我看见预言家和胆怯的老百姓穿过这条水道前进，看见在他们后面出现了法老的战车，看见埃及人在红海边惊讶得目瞪口呆，不免害怕并犹豫了一会儿，接着，他们勇敢地朝着那条大道前进，看见水山向全身披挂的法老和他的战车、士兵倒塌下来。看到这里，我想起了亨德尔的一首非常优美的男低音二重唱，这首歌出色地歌颂了这次事件。接着，我看见摩西登上西奈山，看见他这位忧郁的英雄站在那阴暗荒凉的岩石上，看见耶和华在那里怎样通过风暴雷电向摩西传授十诫，而与此同时，他那卑贱的人民却在山脚铸起金牛犊，大肆取乐。看见这一切，我觉得不可思议不可置信，我们在童年时，这些神圣的故事及故事中的英雄和奇迹曾让我们第一次朦胧地预感到存在另一个世界，存在超人的东西，而现在，我却看见在感激的观众面前（他们买了入场券，静静地吃着带来的面包）表演了这些故事、英雄和奇迹，这是我们时代巨大的破烂堆和文化大拍卖中的小小一幕。我的上帝，为了避免这类亵渎神明的事，当时除了埃及人、犹太人和其他人不如也都死了的好，那时死是悲壮的、光明正大的，强似现在我们可怕的假死和半死不活啊，天哪！

看完电影，我很兴奋，然而我内心的胆怯、不愿承认的对化装舞会的害怕并没有减小，反而可恶地变得更强烈了。我想起赫尔米娜，才鼓起勇气，下了个狠心，乘车去格罗布斯大舞厅，到了那里后跨进舞厅。这当儿已经很晚了，舞会早已开始，正在热烈进行，我没来得及脱衣服，就陷入了狂欢的、戴着假面具的人群中。我不免有些羞涩拘谨，有人亲切地推了我一把，姑娘们请我去光顾酒吧，喝杯香槟酒，小丑们拍拍我的肩膀，用"你"称呼我。我一概不予理睬，费力地穿过拥挤的舞厅来到存衣间。我拿了存衣牌，小心地把它放进口袋，心想，也许很快会用得着它，这里乱糟糟的，也许我很快就会腻味。

整幢大楼的所有房间都是喜气洋洋的，非常热闹，各个大厅房间都有人在跳舞，连地下室也有人在跳，所有走廊楼道都挤满了化装的人，到处在奏乐跳舞，熙熙攘攘，笑声不绝。我心神不安地挤过人群，从黑人乐队到演奏农家乐的乐队，从宏大辉煌的主厅来到各条过道回廊，折进酒吧，走向食品柜台，走进卖香槟酒的小房间。小房间的墙上挂着许多年轻画家粗犷有趣的绘画。今天，这里聚集着各行各业的人，有艺术家、记者、学者、商人，全市的花花公子自然是不会错过这次雅兴的。帕勃罗先生坐在一个乐队里，激情地吹奏着他那根装饰着丝穗的萨克斯管；他认出我时，大声唱了句歌，向我致意。我被人群裹挟着，卷进这个或那个房间，一会儿跟着上楼，一会儿又被拥着下楼；地下室的一条过道被艺术家们装饰成地狱，一支打扮成魔鬼的小乐队使劲地在那里击鼓。慢慢地，我开始寻找赫尔米娜和玛丽亚，我到处寻找，几次想挤到主厅去，可每次不是走错了地方，就是被人流挤了出来。到半夜，我还没有找到一个人，我一次舞都没有跳，就已经全身发热，脑袋发晕了，我赶紧在最近一把椅子上坐下，周围都是生人，我让人斟了酒，觉得像我这样的老人无法参与这样闹嚷嚷的节庆活动。我沮丧地喝着酒，凝视着女人们裸露的胳膊和后背，看见那许多奇形怪状的假面具和化装服饰从眼前飘过，任人挤我撞我，有几个姑娘想坐到我的怀里或者和我跳舞，我一言不发地拒绝了。一个姑娘喊了一声"嗳，糟老头"，这话一点儿也不错。我决定借酒鼓起勇气，振作精神，可是酒并不好喝，我只喝了一杯。我慢慢感觉到，荒原狼是怎样地伸出舌头，站在我的背后。我没有出什么事，这里不是我来的地方。我抱着一片好意来到这里，但我在这里却高兴不起来，周围那喧腾的快乐，那阵阵欢声笑语，那整个大楼的狂欢乱舞，在我看来显得那样讨厌做作。

于是，到了一点钟我就非常失望恼火，悄悄地潜回存衣处，想穿上大衣离开。这是一场败仗，是重新跌落为荒原狼，这样做赫尔米娜几乎不会原谅我。可是我没有别的办法。我一边吃力地挤过人群，向存衣处走去，一边仔细地向四周观看，是否会看见一个女友。然而谁也没有看见。现在我站在存衣处前，柜栅后面那位彬彬有礼的先生已经伸出手来接我的存衣牌，我伸手到背心口袋里掏存衣牌——存衣牌不见了！见鬼，怎么又碰见这种事！先前，我悲伤地在各个大厅转悠，坐着喝那没有什么味道的酒时，我一边进行着思想斗争，想下决心离开，一边伸手到口袋里，每次都摸到那块又圆又扁的牌儿。现在它却不见了。什么事都跟我作对。

"存衣牌丢了？"我旁边一个穿着红黄衣服的小鬼尖声问我。"伙计，那你可以拿我的。"他说着就已经把他的存衣牌递过来。我机械地接过存衣牌，在手指间翻过来翻过去，转眼间，机灵的小家伙消失不见了。

我把又小又圆的马粪纸片凑近眼睛，想看看是多少号，这时我才发现，上面根本没有号，只是写着几个潦草的蝇头小字。我请存衣处的工作人员等一会儿，走到最近的一盏灯下看写的是什么。只见上面歪歪扭扭地涂了几行，字迹很难辨认：

> 魔剧院今晚四点开演
> ——专为狂人而演——
> 入场就要失去理智，
> 普通人不得入内。
> 赫尔米娜在地狱里。

我就好像操纵线一度从表演者手中脱落而僵死麻木了片刻后才活跃起来、又跳又舞地重新开始表演的木偶，被魔索牵拉着，充满活力、生气勃勃、情绪热烈地又跑回到我刚才疲乏地、无精打采地逃离的熙攘嘈杂的人群中。没有哪个罪人会这样急于进入地狱。刚才，漆皮皮鞋还挤得我脚疼，充满浓烈的香水味的空气熏得我恶心讨厌，厅里的热气使我疲乏无力；可是现在，我随着每步舞的节奏，敏捷地迈着轻快的步伐通过所有大厅，跑向地狱。我感到空气里充满了魔力，我似乎被那暖气，被所有狂热的音乐，被那色彩的海洋，被那女人肩膀的香气，被那千百人的醉意，被那笑声、舞蹈节奏，被那千百双眼睛的异样光彩抬起来摇晃着。一位西班牙舞女飞到我的怀里："跟我跳舞！""不行，"我说，"我必须到地狱去。不过很愿意吻你一下。"假面具下鲜红的嘴唇向我挨近，接吻时我才认出这是玛丽亚。我紧紧地把她搂到怀里，她那丰满的嘴像一朵成熟的夏玫瑰。我们嘴唇挨着嘴唇，立刻跳起舞来，从帕勃罗身边跳过，他爱恋地吹着他那根萨克斯管，他那美丽的动物似的眼睛炯炯有神地、同时又有点儿心不在焉地跟踪着我们。我们跳了还不到二十步，音乐就停了，我很不情愿地放开玛丽亚。

"我很想再和你跳一次，"我说，我陶醉在她的温情之中。"来，玛丽亚，跟我走几步，我多么爱你美丽的双臂，再让我挽你一会儿！可是你看，赫尔米娜已经在唤我。她在地狱里。"

"我已经想到了。再见，哈里，我仍然爱着你。"她跟我告别。夏玫瑰这样成熟，这样芳香，她就是告别、秋天和命运的象征。

我继续往前跑，穿过挤满人的长长的走廊，走下楼梯，进入地狱。那里，漆黑的墙上亮着刺眼的、凶神恶煞似的灯，魔鬼乐队狂热地演奏着音乐。在一把高高的柜台椅子上坐着一位漂亮的小伙子，他穿着礼服，没有戴假面具。他用讥嘲的眼光打量了我片刻。小房间里约有二十对舞伴在跳舞，我被舞者的旋流挤到墙边。我贪婪而又害怕地观察所有的女人，她们大多数仍戴着假面具，有的在向我笑，但是没有赫尔米娜。那漂亮的小伙子从高高的椅子上向我投来讥嘲的目光。我想，下一次休息时，她就会来喊我的。舞曲结束了，但没有人来。

我走向设在低矮的小房间里的酒吧。我走到小伙子座椅旁边，要了一杯威士忌。我一边喝着酒，一边细看年轻人的侧影。这人好像很熟，很招人喜爱，像远古时代的一幅画，正因为蒙上了一层年代久远的静静的灰尘而变得非常珍贵。噢，我内心忽然颤抖了一下：那不是赫尔曼，我年轻时的朋友吗！

"赫尔曼！"我犹豫地叫了一声。

他微微一笑。"哈里？你找到我了？"

原来是赫尔米娜，她只是稍许化妆打扮了一下，她套着时髦的高领，聪慧的脸显得苍白，眼睛漠然地看着我，黑色礼服袖子过于宽大，露出白色的衬衣袖口，一双小手更显得娇小秀美，她穿着长长的黑裤，下面露出穿着黑白相间的男丝袜的纤纤小脚。

"赫尔米娜，这就是你要让我爱你的装束？"

"到现在为止，我已搞得几位女子爱上了我。可现在轮到你了。让我们先喝一杯香槟酒。"

我们坐在高高的椅子上喝香槟酒，边上的人仍在跳着舞，热切而激烈的弦乐越来越强烈。赫尔米娜似乎没有费多少劲就使我很快爱上了她。她穿着男装，我不能和她跳舞，不能亲她，不能向她表示各种柔情。她穿着男装，显得那么陌生，那么漠然，然而她却用目光、言词、表情给我送来一种女性的魅力。我没有触及它们，只是完全被她的魔力所制服了，即使她穿着男装也有这种魔力，她的魔力是阴阳两性兼有的。接着她便跟我谈赫尔曼，谈我的童年，谈她的童年，谈论性成熟前的那些岁月。性成熟以前，青年人的爱的能力不仅包括两个性别，他们爱一切，既包括感官的，也包括精神的东西，他们把爱情的魔力，把童话般变化的能力赋予一切。人到了晚年，只有少数精英和诗人有时还会具有这种能力。她演得完全像个小伙子，抽烟，才气横溢，侃侃而谈，常常喜欢带点讥嘲，但是，她的一举一动都蒙上一层性爱的光泽，在我看来，一切都成了迷人的诱惑。

我从前以为我完全了解赫尔米娜。而今天夜里，她却以全新的面貌出现在我的面前！她多么轻柔，悄悄地在我周围织起我渴望已久的网，玩耍似地像水妖那样给我喝甜蜜的毒汁！

我们坐在那里，喝着香槟酒谈东论西。我们边走边观察着穿过一个个大厅，我们像探险家那样挑选一对对舞伴，窃听他们怎样谈情说爱。她向我指出一些女人，要求我跟她们跳舞，给我出谋划策，告诉我在这个或那个女人身上该用什么诀窍去引诱她们。我们像两个竞争对手那样上场，两个人追了一会儿同一个女人，轮换着和她跳舞，两个人都争取把她弄到手，然而这一切都是假的，只是我们两人之间的一场戏。这场戏把我们两人越拉越近，点燃了我们彼此的敬慕之火。一切都是童话，一切都比往常多了一点，意义更深了一层，一切都是游戏和象征。我们看见一位很漂亮的年轻妇女，她看样子有些痛苦和不满，赫尔曼跟她跳舞，使她容光焕发，转忧为喜，她带她去喝香槟酒，后来她告诉我，她并不是作为一个男子，而是作为一个女人，用同性爱的魔力占领了她。我逐渐觉得，狂欢乱舞的舞厅，这幢发出轰鸣的房子，所有这些戴着假面具的如醉如痴的人，变成了奇妙无比的梦幻中的天堂世界，一朵朵鲜花吐芳争艳；我用手指反复地掂量着一个个果实，寻找中意的果子；一条条蛇隐蔽在绿色树荫中，诱惑似地看着我；荷花在黑沉沉的沼泽上影影绰绰地闪着微光；魔鸟在树林间鸣啭。一切的一切都把我引向渴望已久的目的地，一切都重新用来对某一个人的渴望追求邀我前去。一次，我和一位不相识的姑娘跳舞。我炽热地追求她；正当我们跳得如醉如痴，腾云驾雾似地在空中飘浮时，她突然大笑起来，说道："我都认不出你了。今天晚上前不久你还那样呆笨无味。"我认出了，她就是几小时前叫我"糟老头"的那位姑娘。她以为我已经是她的了，但下一个舞我已经炽热地和另一个姑娘跳了起来。我跳了两小时舞，也许更长，每个舞我都跳，连我没有学过的舞也跳。赫尔曼——这位微笑的小伙子——总不时地在我近旁出现，向我点点头后又消失在人群中。

在今晚的舞会上，我经历了五十年中从未经历过的事，每个大姑娘和大学生都知道这种事：节日的经历，参加节日活动时的共同欢乐，个人融化到人群中时的秘密，欢乐时灵魂和上帝融为一体的秘密。我常常听人说起过这种经历，每个女仆都知道这种经历，我常常看到叙述者的眼睛闪出光芒，而我总是轻蔑和羡慕参半地置之一笑。这种如痴如狂的人，从自身超脱出来、笑容满面，迷乱恍惚的人，他们个个都是醉意醺醺、两眼生辉，眼前的这一切，我一生在高贵的和卑下的人的身上看到过千百次，他们有的是喝得酩酊大醉的新兵和水兵，有的是在隆重演出的热烈情绪中的伟大的艺术家，尤其在出征的新兵身上这种神采，这种微笑见得更多。就在不久前，当我的朋友帕勃罗为音乐所陶醉，坐在乐队中出神地吹奏萨克斯管，或者观看欢乐的、狂喜的指挥、鼓手、班卓琴师时，我曾欣赏、热爱、嘲讽、羡慕过幸福地出神狂喜的人的神采和微笑。先前，我有时想，这种微笑，这种孩子似的神采，只有青少年才会有，只有那些不允许有强烈个性、不允许人们之间存在差别的人才会有。可是今天，在这幸福的夜晚，我自己——荒原狼哈里——也神采焕发地微笑起来，我自己也在这天真的、童话般的深深的幸福中飘浮，我自己也从共同狂欢、音乐、节奏、酒和性感的欢乐中呼吸那甜蜜的梦幻和陶醉；以前，某位大学生在讲起舞会情况时对此大加赞扬，我常常怀着可怜的优越感和讥嘲情绪听着。我不再是我自己了，我的人格像盐溶解到水里那样在节日的陶醉中溶解了。我跟这位或那位女人跳舞，然而我占有的不仅仅是我搂在怀里的女人，不仅仅是在我胸前让我摩挲，并吸进她们的香气的女人，而是所有在这大厅里跳着同一个舞、和我一样随着同一舞曲飘荡的女人都属于我；她们神采飞扬，像一朵朵大鲜花飞掠过我身旁。不过我也属于她们大家，大家都是你属于我、我属于你。男人也在此列，我也存在于他们身中，他们对我也不陌生，他们的微笑就是我的微笑，他们的追求就是我的追求，我的就是他们的。

一种新的舞，一种名叫"思恋"的狐步舞在那个冬天风靡世界。人们一次又一次地演奏这支舞曲，人们一再希望跳这个舞，我们大家都被这个舞征服了，陶醉了，我们大家都一同哼起舞曲的旋律。我不断地跳舞，跟我遇到的每一个女人跳，跟黄花少女跳，跟如花似玉的妙龄女子跳，跟完全成熟正当年华的女人跳，也跟忧伤的半老徐娘跳：她们每一个人都使我喜悦、欢笑、幸福、眉飞色舞。当帕勃罗看见我那样神采奕奕，他的眼睛也闪出幸福的光芒，以前他总是把我看作可叹可怜的人。他兴奋地从乐队的椅子上站起来，使劲地吹奏他的萨克斯管，他登上椅子，高高地站在上面，鼓满腮帮吹奏着，随着"思恋"乐曲的节奏，使劲地摇摆着身体和乐器，我和我的舞伴向他投去飞吻，高声地和着节拍唱起来。啊，我一边跳一边想，不管我发生什么事情，我也感到幸福了，我神采焕发，我脱离了我自己，成了帕勃罗的朋友，成了孩子。

我已经失去了时间感，我不知道这种陶醉幸福感延续了几个小时，延续了多长时间。我也没有注意到，舞会越热烈红火，大家就越是集中到一个较小的范围。大部分人已经离开，走廊过道已经安静了，许多灯光已经熄灭，楼梯间空无一人，楼上的舞厅里，乐队一个接一个地停止演奏，离开大楼；只有主厅和地狱里还在喧闹，节日的狂欢之火仍在燃烧。我不能和赫尔米娜——她打扮成小伙子——跳舞，我们只能在跳舞的间歇匆匆见一面，互致问候，后来她干脆消失不见了，而且在思想上我也忘了她。我不再有什么思想了。我完全溶解了，在那充满醉意的舞蹈的旋涡上飘游，我闻到香气，听到音乐、叹息、言语声，不认识的人向我致意，给我以温暖欢乐，我被四周陌生的脸、嘴唇、脸颊、肩膀、胸脯、大腿所包围，音乐像波浪那样把我抛起来，让我随着节拍在水面上颠簸飘荡。

现在留下的客人不多了，他们拥挤在最后一个小厅里跳着，只有这里还响着音乐。我从沉醉中迷迷糊糊醒过来片刻，在这一瞬间，我突然在最后一批客人中看见一位画成白脸的黑衣女丑，这位姑娘年轻标致，十分招人喜爱，女人中只有她一个人还戴着面具。整整一夜，我还是第一次见到她。在其他人身上可以看到熬夜的痕迹，他们的脸红扑扑的，有些疲惫，衣服被挤得起了皱褶，领子和褶边像开败了的花朵耷拉着，而这位黑衣女丑戴着假面具，画着白脸，唯独她显得那么精神，那么新鲜，她的衣服非常平整，毫无皱褶，衬衫领子上的褶边齐齐整整，花边袖口闪着光泽，头发一丝不乱。我不由得向她走过去，搂住她，和她跳起舞来，她衬衫领的褶边触到了我的下巴，飘来一股芳香，她的头发掠过我的面颊，她那优美的身段随着我的动作轻盈舞动，比别的舞伴都轻柔热情，她不时地避开我的一些动作，但又总是戏耍似地强迫、引诱我的身体重新向她靠拢。当我一边跳一边弯下腰想吻她时，她的嘴巴突然露出微笑，神色是那么高傲，那么熟悉，我认出了丰满结实的下巴，认出了肩膀、胳膊肘和双手，非常高兴。这是赫尔米娜，而不再是赫尔曼了，她换了装，脸上稍稍洒了点香水，擦了点扑粉，显得十分鲜嫩活泼。我们炽热的嘴唇靠在一起，有一会儿工夫，她怀着强烈的渴望，热烈地把整个身体从上到下都靠在我身上，然后她离开我的嘴唇，冷冷地和我跳着舞，似乎想逃离我似的。音乐停了，我们互相搂着停住舞步，我们周围那一对对眼睛燃烧着烈火的舞伴又是鼓掌又是跺脚，连喊带叫，要求疲惫不堪的乐队重新演奏"思恋"曲。这时，我们突然感到天已黎明，看见窗帘后面露出朦胧的微光，感到欢乐临近尾声，预感到舞会一结束，身体就会疲乏不堪，我们又一次盲目地、绝望地大笑着跳进音乐的海洋，跳进灯光的洪流，狂热地跳起舞来，我们一对对互相偎依着，随着节拍快速旋转迈步，再一次幸福地感到巨大的波涛在我们头上翻腾。在跳这个舞时，赫尔米娜抛却了高傲、嘲讽和冷漠的神态，她知道，她无需费力就能让我爱她。我是属于她的。不管是跳舞还是接吻，无论是抬眼还是露齿，她都那样炽热。这个情绪热烈的夜晚的所有女人，所有跟我跳过舞的女人，所有被我点燃了烈火以及点燃了我的烈火的女人，所有我追求过的、我怀着热望在她身边偎依过的、我用燃烧着烈火的眼睛盯着看过的女人全都熔化到一起，变成了一个女人：她就像一朵盛开的鲜花被我搂在怀里。

这个婚礼之舞延续了很长时间。音乐停了两三次，吹奏师们放下了他们的乐器，钢琴师从座位上站起，第一小提琴手拒绝地摇摇头。但每次，最后一批神魂颠倒的舞者都恳求他们再演奏一遍，于是乐队的余火又被点燃，只好再演奏一次，节奏越来越快，音乐越来越狂。忽然——我们刚贪婪地跳完最后一个舞，喘着粗气，互相搂着站在那里——钢琴盖砰地一声合上了，我们和吹奏师、提琴手一样疲乏地垂下双臂，笛子演奏者眯起眼睛把笛子收进盒子。门开了，一股冷风涌进舞厅，侍者拿着大衣走了进来，酒吧堂倌熄了灯。大家一个个都像幽灵似地、令人害怕地四处逃散，刚才还容光焕发的舞者打着冷战赶紧穿上大衣，把衣领高高翻起。赫尔米娜站在那里，脸色苍白，但微微含笑。她慢慢抬起手臂，把头发往后掠，她的胳肢窝在晨曦中闪光，从那里到穿着衣服的胸脯看得见淡淡的、无限柔和的身影，我觉得那短短的、起伏的线条像她的微笑一样，包容了她的全部妩媚，包容了她优美身段的全部魅力。

我们站在那里，互相凝视着，厅里的人都走光了，全楼的人都走光了。我听见下面什么地方一扇门砰地一声碰上，玻璃哐啷啷地被打碎了，一阵吃吃的笑声渐渐远去，接着响起汽车发动机的急促的噪声。远远的不知什么地方响起一阵笑声，听去非常爽朗快活，同时又很可怕、很陌生，仿佛是由晶体和冰组成似的，明亮闪光，而又冰冷无情。我似乎熟悉这奇特的笑声，可是我却听不出它是从哪里传过来的。

我们两人站在那里，互相瞅着。有一瞬间，我清醒了过来，感到无比的疲乏从背后向我袭来，感到汗湿的衣服黏糊糊地粘在身上，很不舒服，看见从皱褶的汗湿的袖口里露出一双绯红的、血管暴起的手。但这种感觉瞬即消逝，赫尔米娜的一瞥就把它抹去了。我自己的灵魂仿佛从她的眼睛中瞧着我，在她的目光下，一切现实都崩塌了，我在感官上对她的追求的现实也崩塌了。我们像着了魔似地互相瞅着，我那可怜的小小的灵魂瞅着我。

"你准备好了吗？"赫尔米娜问道，她的笑容消失了，她胸脯上的影子也消失了。那陌生的笑声在陌生的房间里显得既响又远。

我点点头。噢，是的，我准备好了。

这时，门口出现了音乐家帕勃罗，他瞧着我们，那双快活的眼睛闪闪发光；他的眼睛本是动物的眼睛，动物的眼睛总是严肃的，而他的眼睛总是笑眯眯的，这又使得他的眼睛变成了人的眼睛。他非常友好地示意让我们过去。他穿着一件彩色绸便服，红色的大翻领，衬衣领子已经变软，领子上他那张疲乏苍白的脸显得十分凋零败落，但是他那双闪闪发光的黑眼睛抹去了这层阴影。这双眼睛也抹掉了现实，也发出一种魔力。

我们向他走过去。在门口他轻声对我说："哈里兄弟，我邀请你参加一次小小的娱乐活动。疯子才能入场，入场就要失去理智。您愿意去吗？"我点了点头。

我的老兄！他轻轻地小心地挽住我们的手臂，右边挽住赫尔米娜，左边挽住我，带我们走下一道楼梯，走进一间小小的圆形屋子，天花板上亮着淡蓝色的光，房子里几乎空空的，只有一张小圆桌，三把圈手椅。我们在椅子上坐下。

我们在哪儿？我在睡觉？我在家里？我坐在一辆汽车里奔驰？不对，我坐在一间亮着蓝色灯光、空气稀薄的圆形房间里，坐在一层已经漏洞百出的现实里。赫尔米娜脸色为什么那样苍白？帕勃罗为什么喋喋不休？也许正是我在让他说话，正是我通过他的嘴巴在说话？难道从他的黑眼睛里看着我的不正是我自己的灵魂，从赫尔米娜的灰色眼睛里看着我的不正是我自己的灵魂，那颓丧胆怯的小鸟？

我们的朋友帕勃罗有点像举行什么仪式似地非常友好地看着我们，并在滔滔不绝地讲着什么。我以前从未听他连贯地说过话，他对讨论和咬文嚼字不感兴趣，我几乎不曾相信他有思想。现在，他却用他优美的、温柔的嗓音侃侃而谈，非常流利，措词恰到好处。

"朋友们，我邀请你们参加一次娱乐活动，这是哈里梦寐以求的宿愿。当然，时间是晚了一点，也许我们大家都有点累了。因此，我们先在这里稍事休息，喝点东西。"

他从壁龛里拿出三个杯子、一个形状可笑的小瓶和一个带有异国风味的彩色小木盒。他斟满了三个杯子，从木盒里拿出三支又长又细的黄色香烟，从绸上衣口袋里掏出打火机，给我们点火。我们靠在椅背上，慢慢地抽着烟，香烟冒出的烟雾很浓，像香火的烟。我们慢慢地小口小口喝着酸甜的液体，那味道很陌生，从未尝过，使人感到极度兴奋，非常欣喜，使人觉得像是充了气，失去重力飘飘然起来。我们就这样坐着，一边休息一边抽烟，啜饮那液体，渐渐觉得轻松快活起来。同时，帕勃罗用那温柔的声音低沉地说道：

"亲爱的哈里，今天我能稍为款待您感到很高兴。您常常觉得您已厌烦您的生活，您竭力想离开这里，对不对？您渴望离开这个时代，离开这个世界，离开这个现实，到另一个更适合您的现实中去，到一个没有时间的世界中去。您完全可以这样做，亲爱的朋友，我邀请您这样做。您当然知道，这个世界隐藏在哪里，您寻找的世界就是您自己的灵魂世界。您渴望的另一个现实只存在于您自己的内心。您自己身上不存在的东西，我无法给您，我只能开启您的灵魂的画厅。除了机会、推动力和钥匙，我什么也不能给您。我只能显现您自己的世界，仅此而已。"

他又把手伸进他那件彩色绸衫的口袋，掏出一面圆形小镜。

"您看，以前您看见的自己是这样的。"

他把镜子举到我眼前，我忽然想起一首童谣："小镜子啊，手中的小镜子。"我看见一幅可怖的、在自身之内活动的、在自身之内激烈地翻腾骚动的图画，画面有点模糊，有点交错重叠。我看见了我自己——哈里·哈勒尔，在哈里的内部又看见了荒原狼，一只怯懦的、健美的、又迷惑害怕地看着我的狼，它的眼睛射出光芒，时而凶恶，时而忧伤，这只狼的形象通过不停的动作流进哈里的体内，如同一条支流注入大河时，被另一种颜色搅动掺杂一样，他们互相斗争着，一个咬一个，充满痛苦，充满不可解脱的渴望，渴望成型。流动的、未成型的狼用那双优美怯懦的眼睛忧伤地看着我。

"您看见的自己就是这样的，"帕勃罗又轻声细气地说了一遍，把镜子放回口袋。我感激地闭上眼睛，呷着那仙酒。

"我们休息过了，"帕勃罗说，"我们喝了点东西，也聊了一会儿。你们不再觉得疲乏的话，我现在就带你们去看我的万花筒，让你们看看我的小剧院。你们同意吗？"

我们站起身，帕勃罗微笑着在前头引路，他打开一扇门，拉开一块幕布。于是，我们发现我们站在一个剧院的马蹄铁形的走廊里，正好在走廊的中央，拱形走廊向两边展开，顺着走廊有不计其数的狭窄的包厢门。

"这是我们的剧院，"帕勃罗解释道，"娱乐剧院，但愿你们找到各种各样可笑的东西。"他一边说着一边大笑起来，虽然只笑了几声，但这笑声却强烈地震撼了我，这又是我先前在楼上听到过的爽朗的、异样的笑声。

"我的小剧院有无数的包厢门，比你们希望的还多，有十扇、一百扇、一千扇，每扇门后都有你们要找的东西在等着你们。这是一间漂亮的画室，亲爱的朋友，但像您现在这样走马观花跑一遍，对您一点用也没有。您会被您习惯地称为您的人格的东西所阻滞，被它弄得头昏目眩。毫无疑问，您早就猜到，不管您给您的渴望取什么名字，叫做克服时间也好，从现实中解脱出来也好，还是其他什么名称，无非是您希望摆脱您的所谓人格。这人格是一座监狱，您就困在里头。假若您抱着老皇历进入剧院，您就会用哈里的眼睛、通过荒原狼的老花眼镜去观察一切。因此，请您放下这副眼镜，放下这尊贵的人格，把它们留在这里的存衣处，您可以随时取回，悉听尊便。您刚才参加过的漂亮的舞会，荒原狼论文以及我们刚才服用的兴奋剂大概已经让您做了充分准备。您，哈里，您在寄放您那尊贵的人格以后，剧院的左边任您去参观，赫尔米娜看右边，到了里面，你们又可以随便碰头。赫尔米娜，请您暂时退到幕布后面去，我先带哈里参观。

"好，哈里，现在跟我来，情绪要好。让您情绪好起来，教您笑，这是这次活动的目的。我希望，您会配合，不会让我感到为难的。您感觉良好吧？嗯？不感到害怕吧？那好，很好。按这里的习惯，您现在通过假自杀，就会毫不害怕、衷心喜悦地进入我们的虚假世界。"

他又取出那面小镜儿，举到我的面前。哈里又瞧着我，有一只零乱的、模糊的、争斗着的狼的形象不断往哈里身里挤。这是我非常熟悉的、确确实实令人喜爱的画面，把它毁了一点不会使我忧虑。

"亲爱的朋友，现在请您去掉这幅已经变得多余的镜画，您不必做更多的事。如果您的情绪允许的话，您只要真诚地大笑着观看这幅画就行了。现在您在幽默的学校里，您应该学会笑。一旦人们不再严肃认真地对待自己，一切更高级的幽默就开始了。"

我直勾勾地瞧着小镜子，瞧着手中的小镜子。镜子里，哈里狼在颤抖着，抽搐着。有一会儿，我内心深处也抽搐了一下，轻轻地，然而痛苦地，像回忆，像乡思，像悔恨。然后，一种新的感觉取代了这轻微的压抑感。这种感觉类似人们从用可卡因麻醉的口腔中拔出一颗牙时的感觉；人们既感到轻松，深深地吸了一口气，同时又感到惊讶，怎么一点不疼呀。同时，我又感到非常兴高采烈，很想笑，我终于忍俊不禁，解脱似地大笑起来。

模糊的小镜画跳动了一下不见了，小小的圆形镜面突然像被焚毁一样，变得灰暗、粗糙、不透明了。帕勃罗大笑着扔掉碎裂的镜子，镜子向前滚去，在长长的不见尽头的走廊的地板上消失了。

"笑得很好，哈里，"帕勃罗嚷道，"你要继续像不朽者那样学笑。现在，你终于杀死了荒原狼。用刮脸刀可不行。你要注意，不能让他活过来！很快你就能离开愚蠢的现实。以后一有机会，我们就结拜为兄弟。亲爱的，你从来没有像今天这样让我喜欢过。如果你认为很重要，那我们可以讨论哲学问题，可以互相争论，谈论莫扎特、格鲁克①、柏拉图和歌德，来个尽兴畅谈。现在你会理解，以前为什么不行。但愿你成功，祝你今天就能摆脱荒原狼。因为，你的自杀当然不是彻底的；我们是在魔剧院里，这里只有图画，而没有现实。请你找出优美有趣的图画，表明你真的不再迷恋你那可疑的人格！如果你渴望重新得到这种人格，那只要往镜子里瞧一眼就够了，我马上可以把镜子举到你面前。不过你知道那句给人智慧的老话：手里的一面小镜比墙上的两面大镜还好。哈哈哈！（他又笑得那么美、那么可怕。）——好了，现在只需举行一下有趣的小小仪式。你已经扔掉了你的人格眼镜，来，现在对着一面真正的镜子瞧一瞧！它会让你高兴的。"

---

① 格鲁克(1714—1787)，德国作曲家，在革新歌剧方面作出了重要贡献。

他大笑着，对我做了几个可笑的表示亲昵的小动作，把我转过身。这时，我面对的是一堵墙，墙上挂着一面大镜子。我在镜子里看着我自己。

在那短暂的一瞬，我看见了我如此熟悉的哈里，看见他那张明朗的脸，他情绪异常好，爽朗地笑着。可是，我刚认出他，他就四散分开了，从他身上化出第二个哈里，接着又化出第三个，第十个，第二十个，那面巨大的镜子里全是哈里或哈里的化身，里面的哈里不计其数，每个哈里我都只看见闪电似的一瞬，我一认出他，又出来一个。这数不胜数的哈里中，有的年纪跟我一样大，有的比我还大，有的已经老态龙钟，有的却又很年轻，还是个小伙子，小学生，孩子。五十岁和二十岁的哈里在一起乱跑，三十岁的和五岁的，严肃的和活泼有趣的，严肃的和滑稽可笑的，衣冠楚楚的和衣衫褴褛的以及赤身裸体的，光头的和长发的，都搅在一起乱跑，他们每个人都是我，每个人我都只看见闪电似的一瞬，我一认出他，他就消失了，他们向各个方向跑开，有的向左，有的向右，有的向镜子深处跑，有的从镜子中跑出来。有一个穿着雅致的年轻小伙子哈哈笑着跑到帕勃罗胸前，拥抱他，跟他一起跑开了。一个十六七岁的英俊少年使我特别喜欢，他像一道闪电似的飞快跑进走廊，急切地看着所有门上的牌儿。我跟他跑过去。在一扇门前他停住了脚步，我看到上面写着：

可爱的少年一跃而入,头朝前,跳进投钱口,在门后消失了。

帕勃罗也不见了,镜子也消失了,那不计其数的哈里形象都无影无踪。我觉得,现在就只剩我自己和剧院,任我随意观看了。我好奇地走到每扇门前,挨个儿地观看,在每一扇门上我都看见一块牌儿,上面写的都是引诱或许诺的字样。

一扇门上写着:

这几个字引诱了我,我打开窄窄的小门走进去。

我一下进入了一个嘈杂繁忙的世界。公路上汽车(其中一部分是装甲汽车)在奔驰,在追逐行人,把他们碾为肉酱,把他们逼到房子的墙上压死。我立刻明白了: 这是一场人与机器的搏斗,这是一场期待已久、早有准备、人们早就为之担忧的搏斗,现在终于爆发了。横七竖八地到处躺着死人,躺着被压得缺胳膊少腿的人，到处都是撞坏的、扭曲的、烧毁的汽车，混乱的战场上空飞机在盘旋，到处都有人从房顶上和窗户里用猎枪和机关枪向飞机射击。所有的墙上都贴着粗犷的、五颜六色的、刺眼的标语牌，巨大的字母鲜红鲜红的，像燃烧的火炬。这些标语号召全国站在人一边，奔赴反对机器的战场，去打死脑满肠肥、穿罗着缎、散发出香气的富人，砸毁他们那些咳嗽似地排着废气、魔鬼般地嗷嗷乱叫的大汽车，这些富人借助机器榨干了别人身上的每滴油。标语牌号召全国去点火烧毁工厂，清理出些许受尽折磨的土地，减少人口，让土地长出青草，让落满尘垢的水泥世界又变成森林、草地、荒原、溪流和沼泽。相反，另外一些标语牌画得非常漂亮，非常优美，色彩柔和，文字非常巧妙和风趣，这些标语颇为动人地警告所有有产者和深思熟虑的人要注意迫在眉睫的无政府主义的混乱，非常引人入胜地描绘了秩序、劳动、财产、文化、法律的好处，赞扬机器是人的最高和最近的发明，有了这项发明，人将变成神。我沉思地、赞赏地读着这些红红绿绿的标语，标语的言词像火一般灼热，非常雄辩，逻辑严密，我觉得妙极了，坚信这些话都是对的。我时而在这幅标语前站一会儿，时而又在那一幅标语前逗留片刻，当然周围激烈的射击声始终在打搅我。好，我们回到正题上，主要的事情是清楚的：这是战争，一场激烈的、火红的、非常令人同情的战争，人们不是为皇帝、共和国或国界而战，不是为某党某派、某种信仰而战，不是为诸如此类更多的带有装饰性和戏剧性的东西而战，归根结底不是为什么卑鄙勾当而战。在这场战争中，每一个因空间窄小而感到窒息的人，每一个觉得生活索然无味的人，用这样激烈的方式表达他们的厌恶，力求全面破坏虚假文明的世界。我看见，他们一个个的眼睛里都明亮、真诚地露出杀机，露出破坏一切的乐趣，我自己的两只眼睛也像血红的野花，开得又红又大，我也和他们一样大笑起来。我兴高采烈地参与了战斗。

然而一切之中最妙的是，我的中学时期的同学古斯塔夫突然出现在我的身旁。他是我童年时代的朋友中最调皮、最结实、最有生活乐趣的朋友之一，几十年来，我一点不知道他的踪影。当我看见他眨着浅蓝色的眼睛向我示意时，我顿然心花怒放起来。他招呼我，我立刻高兴地向他走过去。

"啊，天哪，古斯塔夫，"我欣喜地喊道，"又见到你了！你现在当了什么了？"

他生气地笑起来，完全跟小时候一样。

"畜生，难道一见面就得问这个，就得说废话？我当了神学教授，好了，你现在知道我干什么了，可是幸好现在不搞神学，而是在打仗。好吧，来！"

一辆小汽车喘着粗气向我们开过来，他一枪把开车的人打下车，像猴子那样敏捷地跳上汽车，把车停下，让我上车。接着，我们像魔鬼那样飞快地穿过枪林弹雨，穿过毁坏的汽车向前驶去，向城外开去。

"你站在工厂主一边？"我问我的朋友。

"啊，什么，这是个无关紧要的问题，我们到城外再考虑。不，等一会儿，我当然要选择另一方，虽然从根本上说都一样。我是个神学家，我的祖师爷路德①当时曾帮助贵族和富人对付农民，现在我们要把这一点纠正一下。这是辆老爷车，但愿它还能坚持几公里。"

我们像载满了上帝所赐的风，飞速向前行驶，开进一片静谧的地带，这里绿草如茵，林木茂盛，有几英里宽，然后穿过一大片平坦的地带，慢慢开上一座峻峭的山。我们在光滑、闪烁的公路上停下，公路一边是陡峭的岩壁，一边是矮矮的护墙，弯弯曲曲向上盘旋，弯儿拐得很急，越盘越高。公路下面有一池碧蓝的湖水闪着粼粼的波光。

"这地方真美，"我说。

"太漂亮了。我们可以把这条路叫作车轴路，据说有不少各种不同的车轴在这里被扭断了，小哈里，注意！"

路旁有一棵巨大的五针松，树上用木板搭了一个小棚子，这是个瞭望哨和猎台。古斯塔夫冲我爽朗地笑了笑，狡诈地眨了眨蓝眼睛，我们急忙下车，顺着树干爬了上去，隐蔽在瞭望哨里，深深地吸了口气。我们很喜欢这个瞭望哨。在里面，我们找到了猎枪、手枪和子弹箱。我们刚凉快了一会儿，做好打

① 路德（1483—1546），德国宗教改革家，德国新教创始人。

猎的姿势，就听到最近的拐弯处响起一辆高级轿车的喇叭声，喇叭声嘶哑高傲，汽车在闪光的山路上吼叫着，高速开过来。我们已经端好了枪。紧张极了。

"瞄准司机！"古斯塔夫马上下令说道，汽车正好从我们下面开过。我对准司机的蓝帽扣了扳机。那人应声而倒，汽车仍在向前驶着，结果撞到岩壁上又弹了回来，像一只大野蜂似的又重又惨地撞到矮矮的护墙上，车翻了个底朝天，砰地一声翻过护墙掉下了悬崖。

"干掉了！"古斯塔夫笑道。"下一辆我来。"

又有一辆车开来，三四个乘客坐在软软的车座上，一位妇女的头上包着一块高高飘起的纱巾，我真为这块纱巾惋惜，谁知道，在这块纱巾下面，也许是天下最漂亮的女人在欢笑。天哪，假若我们扮演强盗，最好也效法那些伟大的榜样，不要把我们杀人的狂热扩及到漂亮的女人身上。可是古斯塔夫已经开枪了。司机抽搐了一下，倒在车里，汽车撞到刀削似的岩石上，飞向高空，四轮朝天，砰地一声又掉到公路上。我们等着，车上没有一点动静，那些人像被捕鼠器捕获的耗子那样毫无声响，躺在车下。车子还在震响，车轮在空中可笑地转动，突然发出一声可怕的爆炸声，车子顿时着了火。

"这是一辆福特车，"古斯塔夫说。"我们得下去清扫道路。"

我们从树上下来，看着还在燃烧的汽车残骸。车很快就烧完了，我们折断小树做成撬杆，把烧坏的汽车撬到路边，翻过矮墙，推下悬崖，山下的灌木被打断，噼噼啪啪响了好一阵。翻动汽车时，两个死者从车中掉了出来，躺在地上，衣服烧坏了一些。有一人的衣服还算完好，我检查他的口袋，看看能否找到点什么，表明他是干什么的。我掏出一个皮夹子，里面装的是名片。我拿起一张，上面写着："Tat twam as！"①

"真有趣，"古斯塔夫说。"话说回来，我们杀死的人管它叫什么名字，都无所谓。他们跟我们一样，是些可怜鬼，名字无关紧要。这个世界肯定要毁灭，我们跟着一起毁灭。把他们按在水里十分钟，这是最无痛苦的解决办法。好了，开始工作！"

我们把死者也扔下悬崖。又有一辆车嘟嘟地开近。我们干脆就从路上向它射击，打中了。车子像个醉汉那样又向前踉跄了一段，然后翻倒，呼哧呼哧地停住了。一个乘客一动不动地坐在车里，一位年轻的漂亮姑娘却没有受伤，她脸色苍白，浑身发抖，从车子里走出来。我们亲切地向她问候，说愿为她效劳。她非常吃惊，说不出一句话，神经错乱似地盯了我们一会儿。

"好，我们先去看看那位老先生，"古斯塔夫说完就向那位乘客走去。他靠在死了的司机后面的座位上，灰白头发短短

① 梵语："这就是你!"婆罗门教关于世界万物皆统一于"婆罗贺摩"（意译梵天）的信条，婆罗门教认为世界皆由梵天所生。

的，睁着一双聪慧的浅灰色眼睛。看来他伤得很厉害，嘴巴流着鲜血，发僵的脖子歪斜着。

"老先生，恕我冒昧，我叫古斯塔夫。我们斗胆，打死了您的司机。请问尊姓大名！"

老者那双小灰眼睛冷冷地、悲伤地看着我们。

"我是检察官罗林，"他慢慢地说。"你们不仅杀死了我可怜的司机，还杀死了我，我觉得我不行了。你们为什么要向我们开枪？"

"您的车速太快了。"

"我们开得不快，是正常速度。"

"昨天正常的，今天就不正常了，检察官先生。今天，我们认为不管什么车，速度都太快。我们现在毁坏汽车，毁坏一切汽车以及所有其他机器。"

"也毁坏你们的猎枪？"

"是的，假如我们有时间，就会轮到猎枪。估计到明天或后天，我们大家就都完了。您知道，我们这个地方人口太多了。瞧，现在需要的是空气。"

"难道你们毫无选择地向每个人开枪？"

"当然。对某些人无疑是十分惋惜的。比如说这位漂亮的女士就使我们很难受。她是您的女儿吗？"

"不是，是我的速记员。"

"那就更好。现在请您下车，或者我们把您拉出来？我们要把车毁掉。"

"我宁可与汽车同归于尽。"

"随您的便。请允许我再提一个问题。您是检察官。我始终不理解，一个人为什么能成为检察官。您控告别的人，您判他们的刑，他们大部分是穷鬼。您就靠这个生活。是吗？"

"是这样。我履行我的职责。这是我的责任。正像刽子手的工作是杀死被我判以死刑的人一样。你们现在不也在做类似的事吗？你们也在杀人。"

"我们是在杀人。不过，我们不是为了履行职责，而是为了娱乐，或者干脆说是出于不满，出于对世界的绝望。因此，杀人给我们带来一丝快意。杀人从来没有使您快乐？"

"你们太无聊了。请你们行个好，快结束你们的工作吧。假如你们根本不知道职责这个概念……"

他打住了话头，动了一下嘴唇，像要吐痰。但吐出来的只是一点血，粘在他的下巴上。

"请您等一会儿，"古斯塔夫很有礼貌地说。"职责这个概念我是不知道，现在不懂了。以前，我的职业经常与这个概念打交道，我以前是神学教授。我还当过士兵，在前线打过仗。我觉得，凡是职责，凡是权威和上司命令我做的事情，压根儿都不是好事儿，我宁可反其道而行之。但虽说我不知道职责这个概念，我却知道罪责这个概念，也许这两者就是同一样东西。母亲生了我，我就有罪了，我就注定要生活，我就注定要属于一个国家，要去当兵杀人，为购买炮火而纳税。现在，就在此刻，像以前在打仗时一样，生活之罪又使我不得不杀人。而这次杀人，我心里毫无反感，我已经屈服于罪责。把这个人口拥挤的愚蠢世界打个粉碎，我一点不反对，我很愿意帮助毁灭世界，我自己也很愿意一同毁灭。"

检察官极力要在那沾着血污的嘴上露出一丝微笑。虽然他没有完全成功，但可以看出他的这个好意。

"这很好，"他说，"那么说，我们是同事。请履行你的职责，同事先生。"

这期间，那漂亮的姑娘在路边倒下，昏过去了。

这时，又有一辆车嘟嘟响着喇叭全速开上来。我们把姑娘稍许拉到一边，靠到岩壁上，让新来的车开到前一辆车的残骸前。那辆车来了个急刹车，车头翘到了半空中，却完好无损地停住了。我们赶紧端起枪，瞄准新来的人。

"下车！"古斯塔夫命令道。"举起手！"

从车上下来三个男人，乖乖地举起双手。

"你们当中有医生吗？"古斯塔夫问道。

他们说没有。

"那就请你们行个好，小心地把这位先生从座位上抬出来，他受了重伤。你们带上他，把他送到最近的城市。向前走，把他抬下来！"

那位老先生很快就在另一辆车上安置好了，古斯塔夫下命令让他们开走了。

那位女速记员清醒过来，看见了这一切。我们抓获了这么漂亮的战利品，我很高兴。

"小姐，"古斯塔夫说，"您失去了您的雇主。但愿在其他方面，那位老先生和您并没有特别亲近的关系。您被我雇用了，请好好地做我们的伙计吧！好了，稍许快一点。一会儿，这里就会有麻烦的。您能爬树吗，小姐？能？那好，我们两人把您夹在中间，可以帮您一下。"

我们三人以最快的速度爬到树上的哨棚里。姑娘在上面感到不舒服，想吐。她喝了点法国白兰地，很快就恢复过来了。她看见优美的湖光山色，非常赞赏，并且告诉我们她叫多拉。

这时，下面又开来一辆汽车，车没有停，小心谨慎地绕过倒在那里的汽车，继而又马上加大了油门。

"想溜跑！"古斯塔夫哈哈笑起来，开枪射中了司机，汽车乱跳了一会儿，一下子撞到护墙上，车身撞瘪了，斜挂在悬崖上。

"多拉，"我说，"您会用猎枪吗？"

她不会，她向我们学习装子弹。起先，她笨手笨脚，撞破了手指，流了血，起了泡，向我们要膏药。可是古斯塔夫告诉她，现在是战争，要她拿出勇气，表明她是听话的勇敢姑娘。这一说就行。

"但是，我们会有什么作为？"她接着问。

"我不知道，"古斯塔夫说，"我的朋友哈里喜欢漂亮的女人，他会成为您的朋友。"

"可是，他们会带着警察和军队到这里来把我们打死的。"

"警察等等都没有了。我们可以选择，多拉。我们可以安安静静地留在这里，打坏所有经过这里的汽车；我们也可以自己开上一辆车，让别人向我们开枪。选择哪一种都一样。我主张留在这里。"

下面又来了一辆车，清脆的喇叭嘟嘟鸣叫着。这辆车很快就给摞倒了，四轮朝天躺在路上。

"射击能使人这么快活，真可笑，"我说。"以前我还反对战争呢!"

古斯塔夫微微一笑。"是呀，现在看来世界上人口太多了。以前没有注意到这一点。现在，每个人不仅要呼吸空气，还要有一辆汽车，这就发现人太多了。我们这里做的当然并不理智，这是一场儿戏，战争就是一场大儿戏。以后，人类肯定会学会用理智的手段控制人口的增长。眼下，我们对这无法忍受的状况的反应是相当不理智的，可是从根本上说，我们做的是正确的：我们在减少人口。"

"是的，"我说，"我们做的也许是疯事，然而这也许是有益的、必要的。人类动脑筋过分，想借助于理智之力把并不是理智所能达到的事情安排得井井有条，这不好。这样就会产生两种理想：美国人的理想和布尔什维克的理想，这两种理想都是非常明智的，但是由于两者都非常天真地把事情简单化，它们就可怕地歪曲生活，使人无法生活。原先把人看作是崇高的理想，可是现在对人的看法正在开始变成千篇一律的模式。我们这些疯子也许能使它重新高尚起来。"

古斯塔夫哈哈一笑，接过话茬答道："老弟，你讲得妙极了，领教你这口智慧之井的泉涌之声真是一种快乐，受益匪浅。也许你讲的话也有对的地方。不过，劳驾你，现在还是先装子弹吧，我觉得你梦想太多了一点。随时都会有小鹿跑上来，我们用哲学可打不死它们，枪膛里必须老有子弹才行。"

开来一辆汽车，马上就被打中了，公路被堵住了。一位红头发壮汉幸免于死，在破车旁挥手跺脚，向四周探望。他发现了我们隐蔽的地方，吼叫着跑过来，举起手枪向我们开了几枪。

"您快走开，要不，我就开枪了，"古斯塔夫冲下面喊道。那汉子瞄准他又开了一枪。于是我们也开了两枪，把他打倒了。

后来又开上来两辆车，我们一一把它们击毁了。这以后，路上空空的，寂静无声，这一段路很危险的消息大概传开了。我们从容地观察前面的美景。山脚下，湖的彼岸是一座小城，城的上空冒着烟，我们看见房子一幢接一幢地起了火，我们也听见枪声。多拉小声地哭了起来，我抚摸她那沾满泪水的脸颊。

"难道我们大家都得死吗？"她问。没有人回答。这时，从下面上来一位步行的人，他看见路上堆着许多破汽车，围着车东闻西看，然后弯身进了一辆汽车，不一会儿从里面拿出一把花阳伞，一个女式手提皮包和一瓶酒。他心境平和地坐到墙上，嘴巴对着瓶口喝着酒，一边从提包里拿出锡纸包着的东西吃了起来。他把那瓶酒喝了个精光，用胳膊夹着阳伞，快活地继续往前走了。他悠闲自得地走着。我对古斯塔夫说："现在你能向这位讨人喜欢的汉子开枪，把他的脑袋穿个窟窿吗？天晓得，我可做不到。"

"也没有人要求这样做，"我的朋友嘟哝了一句。他的心里也觉得不好受起来。我们没有再看那个人。他表现得那样善良、平和和天真，一身清白无辜，我们突然觉得，那些曾认为非常值得赞许、非常必要的行为是多么的愚蠢和厌恶。见鬼去吧，所有这些鲜血！我们感到羞愧。不过，据说在战争中，甚至将军们有时也有过这种感觉。

"我们不能继续在这里待下去了，"多拉诉苦道，"我们该下去，在车子里肯定能找到点吃的东西。你们这些布尔什维克难道不饿？"

山下，在烟火弥漫的城里响起了教堂的钟声，那钟声听起来既令人激动又令人害怕。我们准备下树。当我帮助多拉跨过哨棚的栏杆时，我吻了她的大腿。她爽朗地笑了。正在这时，树枝折断了，我们两人跌下万丈深渊……

我现在又回到了圆形走廊里，由于刚才猎捕汽车的冒险活动，心情还很不平静。数不胜数的门上都有一块牌子，一一引诱我入内：

> ### 变　形　室
> **任意变为各种动植物**

> ### 卡玛苏特拉姆[①]
> **教授古印度的爱情技巧**
> **初级班：教授四十二种情爱方法**

> ### 非常快活的自杀
> **大笑而死**

> ### 您想变成神仙吗?
> **东方智慧**

---

① 《卡玛苏特拉姆》，古印度讲授爱情的书名。

噢，但愿我有一千只舌头！
只许男子入内

西方的毁灭
减价入场　空前奇观

总　体　艺　术
音乐把时间转为空间

笑　的　眼　泪
幽　默　室

隐　士　游　戏
各种社交活动的等价代用品

牌子无穷无尽。有一扇门上写着：

人 物 结 构 指 导
保 证 成 功

我觉得这个值得注意，于是走进门去。

这是一间幽暗而安静的房间，没有东方式的椅子，一个男人席地而坐，面前放着类似大棋盘的东西。乍一看，他好像是我的朋友帕勃罗，至少，他也穿着类似的彩色绸衣，同样有一双炯炯有神的黑眼睛。

"您是帕勃罗吗？"我问。

"我谁也不是，"他友好地解释。"我们这里没有名字，在这里，我们不是人。我是个棋手。您希望上一堂人物结构课吗？"

"是的，请赐教。"

"那就请您给我提供几十个您的形象。"

"我的形象……"

"您曾看见您的所谓人物分解为许多形象，我要的就是这个。没有形象我不能弈棋。"

他把一面镜子递到我面前。我又看见我这个人的统一体分解为许多我，数目好像还增加了。不过，现在这些形象都很小，跟棋子一般大，棋手不慌不忙地用手指拿出几十个，把它们放在棋盘边的地上。同时，他语气单调地说，就像一个人重复他已经做过的演说或讲课那样：

"人是永恒的整体这个观点是错误的，它会给人带来不幸，这您是知道的。您也知道，人由许多灵魂、由无数个'我'构成。把人的虚假的统一分解为这许多形象，被看作疯话，为此，科学还发明了'精神分裂症'这个名字。当然，没有主次，没有一定的秩序和安排，这种多样性就无法统制。在这个意义上，科学是对的。但另一方面，科学认为，这许多局部自我只能处在唯一的、互相制约的、持续一辈子的体系中，这就不对了。科学界的这个错误带来某些恶果，它的价值仅仅在于国家雇用的教员和教养员发现他们的工作简化了，无需思考和实验了。由于这个错误，许多本来难以治愈的疯人被看作是'正常的'，是对社会很有用的人。相反，有些天才却被看作疯子。因此，我们要用一个新概念补充科学界的漏洞百出的心理学，这个概念叫结构艺术。我们表演给经历过自我解体的人看，他随时都可以任意重新组合分解开的部件，从而达到生活之剧的多样性。像作家用少数几个角色创造剧本那样，我们用分解了的自我的众多形象不断地建立新的组合，这些组合不断表演新戏，不断更换新的情景，使戏始终具有新的引人入胜的紧张情节。请您观看！"

他毫无声响地用聪慧的手指抓住我的形象，抓住所有老头、小伙子、儿童、女人，抓住所有活泼愉快的和愁容满面的、强壮有力的和弱不禁风的、敏捷的和笨拙的小人，迅速地把他们放到他的棋盘上，安排成一场游戏。他很快地把他们组成集团和家庭，让他们比赛和厮杀，让他们相互间友好，相互间敌对，构成一个小小的世界。我快活地看着，他当着我的面，让这个生气勃勃而又井井有条的小世界活动起来，让他们比赛、厮杀、结盟、打仗，让他们互相求婚、结婚、生儿育女；这真是一出角色众多、生动紧张的戏剧。

接着，他露出快活的神情，用手在棋盘上一抹，轻轻地把棋子抹倒，堆成一堆，像挑剔的艺术家那样，沉思地用同一些形象安排一场新的游戏，把他们重新组合，使他们结成新的错综复杂的关系。第二场游戏与第一场很相似，这是用同一种材料建立的同一个世界，不过色彩变了，速度变了，强调的主题不同，情景不同。

就这样，聪明的建设者用同一些形象组成一场又一场游戏，这些形象每一个都是我的一部分。这些游戏从远处看很相像，很明显地属于同一个世界，出自同一个来源，然而，每场戏都是完全新的。

"这是生活艺术，"他讲授道。"将来，您自己可以随意继续塑造您的生活游戏，使它具有生气，使它纷乱繁杂，使它丰富多彩，这是您的事。在更高一层意义上说，一切智慧始于疯癫，那么，我们也可以说，一切艺术、一切想象始于精神分裂症。甚至有的学者也稍微认识到了这一点，例如，在《王子的神奇号角》这本非常有趣的书里就能读到。这本书描写了一位学者辛苦勤奋的工作，是由于许多疯癫的、关在疯人院里的艺术家的天才合作才变得高贵起来的。——好，就这样，请您收起您的角色，这种游戏今后还会经常使您快乐。今天十分放肆、变成不可容忍的妖怪、败坏了您的兴致的角色，明天您可以把他贬为无关紧要的配角。一时似乎注定要倒霉、成为晦星的又可怜又可爱的角色，下一次您可以让她成为公主。祝您快活，我的先生。"

我感激地向天才的棋手深深一鞠躬，把小棋子装到口袋里，从狭窄的门中退了出来。

本来我想，我回到走廊里就坐到地上，用这些小角色玩它几个钟头，永远玩下去。但是，我刚回到明亮的圆形走廊里，新的强大潮流就把我带走了。一幅标语在我面前闪着耀眼的光。

荒原狼训练者的奇迹

看到这块牌子，我百感交集；各种各样的恐惧和害怕又从我以往的生活、从遗忘了的现实中涌出，使我揪心。我用颤抖的手把门打开，走进新年集市似的房间。我看见里面安了一道铁栏杆，把我和舞台隔开。舞台上站着一位驯兽者，这位先生装模作样，外表有点像市场上叫卖生意的商人。他留着宽大的上须，上臂肌肉发达，穿着花哨的马戏服。尽管如此，他却又很像我，像得阴险讨厌。这位强壮的汉子像牵一条狗那样，用绳子牵着一只又大又漂亮、瘦得可怕、眼神卑怯的狼，这光景真惨啊！观看残忍的驯兽人让这只高贵而又卑微听话的猛兽表演一系列花招和引起轰动的节目，让人既感到恶心又感到紧张，既感到可憎可恶又感到神秘有趣。

这位汉子是分身镜从我身上分出来的该死的孪生兄弟，他把狼驯得服服帖帖。那只狼非常注意地听从每一个命令，对每一声呼唤、每一声鞭响，都作出低三下四的反应，它双膝跪倒，装死，用两条后腿站立，乖乖地用嘴巴衔面包、鸡蛋、肉、小筐子，它甚至用嘴巴捡起驯兽人扔下的鞭子，给他送过去，一边还卑躬屈膝地摇着尾巴。一只兔子被送到狼的面前，接着又上来一只白色小羊羔，狼张大嘴巴露出牙齿，馋得浑身发抖，直流口水，但是它没有去碰兔子和羊羔的一根毫毛。兔子和羊羔浑身打颤，蜷缩着身子蹲在地上，狼按照命令以优美的姿势从它们身上一跃而过，它甚至在兔子和小羊羔之间坐下，用前爪拥抱它们，和它们组成一幅动人的家庭景象。这时，它从人手里舔吃一块巧克力。狼学会了否认自己的本性已经到了何等程度啊！看到这些，我感到这是一种折磨，是受罪，不禁毛骨悚然起来。

不过，在节目的第二部分，激动的观众和狼一起，为上述折磨而得到报偿。上述精美的驯兽节目表演完了，驯兽者为狼羊组合而感到骄傲，露出甜甜的微笑向观众鞠躬致谢，然后对换了角色。外貌酷似哈里的驯兽者突然深深一鞠躬，把鞭子放到狼的面前，跟先前的狼一样瑟缩发抖，样子非常可怜。狼却哈哈笑起来，舔了舔嘴巴，原先那种痉挛和虚伪的样子一扫而光，它的眼睛射出凶光，整个身体结实有力，它又获得了野性，精神抖擞起来。

现在是狼下命令，人听从狼了。人按照命令，双膝跪地，装成狼的样子，伸出舌头，用补过的牙齿撕碎身上的衣服。他按照驯人者的命令忽而用两条腿走路，忽而又用四肢爬行，他像动物那样坐立，装死，让狼骑在身上，给它送去鞭子。任何侮辱性的、反常的事情，他都低三下四地接受，做得非常出色，充满了幻想。一位漂亮的姑娘走上舞台，靠近被驯的男子，抚摸他的下巴，把脸颊挨近他的脸蹭着，但他却依然四肢着地，继续当畜生，摇摇头，开始向美女龇牙咧嘴，最后像狼那样露出一副凶相威胁她，把她吓跑了。给他递去巧克力，他轻蔑地闻了闻，把它推开。最后又让小白羊和又肥又嫩的小花兔上了舞台，容易训练的人表演最后一招：装狼。他觉得这是一种乐趣。他用手指和牙齿抓住惊叫的小动物，从它们身上撕下一块块皮和肉，狞笑着吞噬生肉，美滋滋地闭起双眼，津津有味地喝那冒着热气的鲜血。

我恐惧地赶紧逃出门来。我看见，这个魔剧院并不是圣洁的天堂，在它那漂亮的外表下全是地狱。噢，上帝，难道这里也不是解脱超生之所?

我害怕地来回乱跑,感到嘴巴里既有血腥味,又有巧克力味,两种味道都很可恶。我强烈地希望离开这个混浊的世界,热切地企图在自己身上回忆起更容易忍受、稍许友好一点的图景。我心中响起"噢,朋友,不要这种声调!"我恐惧地回想起战争期间有时看到的关于前线的可怕照片,想起那一堆堆横七竖八地堆在一起的尸体,这些尸体的头上戴着防毒面具,一张张脸都变成了狞笑的鬼脸。当时,我怀着对人类友好的感情,反对战争,看到这些图片非常惊骇。回想起来,这是多么愚蠢、多么天真可笑啊!现在我知道了,不管是驯兽者、部长、将军,还是疯子,他们头脑中的思想和图画也同样潜藏在我身上,它们是同样的可憎、野蛮、凶恶、粗野、愚蠢。

我舒了一口气,回忆起剧院走廊起点的一块牌子。先前,我看见那个漂亮的小伙子急不可待地钻进那扇门去。牌上写着:

> 所有的姑娘都是你的

我觉得,总而言之一句话,最值得追求的莫过于此了。我为又能逃脱该死的狼的世界而高兴,从门口走了进去。

我觉得里面像传说的那样朦胧遥远,同时又那样熟悉,不禁打了个寒噤。一股我青年时代的气息、我少年时代的气息向我飘过来，真是奇特，我心脏里也仿佛流动起当时的血液。刚才我的所作所为，我想的事情，一下子忘了个精光，我又变得年轻了。一小时以前，片刻以前，我还以为我非常清楚地知道，什么是爱，什么是追求，什么是渴望，然而这是一个老年人的爱和渴望。现在我又年轻了，我现在心中感到的——这炽热地流动的火、这强烈地牵动人的渴望、这像三月和煦的春风能使一切溶化的热情——是年轻的、新鲜的、真实的。噢，被遗忘的火又燃烧起来，以往的声音又深沉地越响越大，血液在沸腾，灵魂在欢呼歌唱！我是个十五六岁的孩子，我的脑海里全是拉丁文、希腊文，能背诵许多优美的诗行，我的思想充满追求和功名心，我的想象充满艺术家的梦想。但是，在我心中比所有这些熊熊烈火燃烧得更深沉、更强烈、更可怕的是爱情之火，对异性的渴念，对性欢乐的折磨人的预感。

我站在一座岩石小丘上，山脚下是我的家乡小城。春风和煦，飘来一阵早春的紫罗兰的清香，流经小城的河流闪闪发光，老家的窗户也似乎在向我仰视，所有这一切的目光、声音、气味都是那样使人陶醉地充实，那样清新，让人沉浸到创造中，一切都射出深沉的光彩，一切都在春风中神游飘忽。以前，在刚进入青春期的充实的、诗意般的岁月中，我所看到的世界就是这样的。我站在山丘上，春风抚弄着我长长的头发！我沉浸在梦幻般的爱情的渴望之中，用迷惑的手从刚刚发绿的灌木上摘下一张半开的嫩芽，把它举到眼前，闻它(闻到这种叶香，以往的一切又都清晰地涌现在我的眼前)，接着，我用嘴唇含住这个小绿芽玩味着，咀嚼起来，我的嘴唇至今还没有吻过一位姑娘呢。尝到这种又酸又苦的味道，我突然很确切地知道我目前的处境了，一切又都回来了。我又在经历儿童时代的最后一年的一个镜头，这是早春的一个星期天的下午；这一天，我在独自散步时碰到了罗莎·克赖斯勒，羞答答地向她打招呼，如痴如呆地爱上了她。

那是我第一次看见这位美丽的姑娘。她独自一人，梦幻似地走上山来，并没有看见我。我战战兢兢地看着她上山。她的头发梳成两条粗辫子，两边的脸颊上垂下一绺绺散发，在微风中飘动。我有生以来第一次看见这么美丽的姑娘，她那随风飘动的发丝是多么优美潇洒，她穿着薄薄的蓝色长裙，裙子的下摆从腿上垂下，多么优美，多么引人遐想。正像我咀嚼的嫩芽发出又苦又香的味道，我看见春天就在面前，产生了一种不安而又甜蜜的欢乐和害怕的感情，看见这位姑娘，我全身心都充满了一种对爱情的致命的预感，对女性的预感。我预感到巨大的可能和各种允诺，预感到无名的欢乐、不可想象的迷乱、害怕和痛苦，预感到最深切的解救和最深重的罪责。噢，春天的苦味把我舌头烧灼！噢，戏耍的春风将她红通通的两颊边的散乱头发吹拂！然后她向我走近，抬起头来认出了我，脸上微微泛出红晕，转过脸看着别处；我摘下受坚信礼的青年帽，向她致意，罗莎很快就镇静下来了，她微微一笑，文静地还了礼，昂起头，缓慢、稳重、高傲地向前走去，我目送着她，向她投去千百种相思、要求和敬意。

这是三十五年前一个星期天的事。此刻，当时的情景又一一出现在我的眼前：山丘和城市，三月的春风和嫩芽的气息，罗莎和她棕色的头发，越来越强烈的渴望和甜蜜而使人窒息的害怕心情。一切都跟当时一样，我仿佛觉得，我一生中从来没有像爱罗莎那样爱过别人。这次，我想以不同的方式接待她。我看见，她认出我时脸上一下子泛起了红晕，竭力掩饰自己的羞涩，我立即明白，她喜欢我；这次重逢意味着什么，对她和我都是相同的。我不再像上次那样摘下帽子，那样庄重地站着让她从身边走过。这次，我克制了害怕和困窘，听从我的感情的命令，高声喊道："罗莎！你来了，啊，美丽漂亮的姑娘，感谢上帝！我多么爱你。"这也许不是此刻可说的最聪明的话，只是这里不需要才智，这几句话完全足够了。罗莎没有摆出一副贵妇人的样子，继续向前走去，她停住脚步，看了看我，脸色更红了。她说："你好，哈里，你真的喜欢我？"她健壮的脸上那双棕色眼睛熠熠有神，发出一种光彩。我感到，自从那个星期天让罗莎从身边跑掉那一刻起，我以往的整个生活和爱情都是错误的、混乱的，充满了愚蠢的不幸。现在，错误得到了更正，一切都不同了，一切又都变好了。

我们伸出手，紧紧握着，手拉手地慢慢向前走去，感到无比的幸福。我们都很窘，不知道该说点什么，于是就加快脚步跑起来，一直跑到喘不过气来才停下。我们始终没有松手。我们两人还是孩子，不知道互相之间该怎么做，那个星期天，尽管我们没有亲吻一下，但我们都觉得无比的幸福。我们面对面站着，喘了一会儿气，在草地上坐下，我抚摸她的手，她用另一只手羞答答地抚弄我的头发，我们又站起身，比试谁身体高，我比她高一指，但我不承认，说我们完全一般高，上帝决定了我们是一对，我们以后要结婚。这时罗莎说，她闻到了紫罗兰的花香，我们跪在春天矮矮的草地上找紫罗兰，我们找到了几支短柄紫罗兰，每个人都把自己找到的紫罗兰送给对方。天渐渐凉了，阳光斜照在岩石上，罗莎说，她该回家了，我们两人都有凄楚的感觉，因为我不能陪她回去，可是我们心里都有一个秘密，这秘密是我们所占有的最可爱的东西。我仍站在上面的岩石上，闻着罗莎送给我的紫罗兰。我脸对着山下，在一块陡峭的岩石上躺下，看着下面的城市等待着，终于看见山岩下她那可爱的小小的身影出现了，看着她经过水井，走过小桥。我知道，现在她回到了家里，穿过各个房间，而我躺在这上面，离她远远的，但是有一条带子把我们连在一起，有一条河流从我这里通到她身旁，有一个秘密从我身上向她飘去。

整整一个春天，我们常常见面，时而在这里，时而在那里，有时在山上，有时在园子篱笆旁。丁香花开始开花时，我们羞怯地第一次接了吻。我们这些孩子能够给予对方的东西不多，我们只是轻轻地吻了一下，还缺乏激情烈火，我只敢轻轻地抚弄她耳边松软的头发。但是这一切都是我们的，都是我们在爱情和欢乐方面所能做的。我们小心地接触一次，说一句幼稚的情话，不安地互相等待一次，我们就学到一种新的幸福，我们就在爱情的阶梯上又攀登了一级。

就这样，我从罗莎和紫罗兰开始，在更幸福的星光下，又一次经历我的全部爱情生活。罗莎不见了，代之而来的是伊姆加特，阳光越来越炽热，星星更加欢乐，而罗莎和伊姆加特都不属于我，我必须一级一级地往上攀登，去经历各种各样的事情，多多地学习，我只好又失去伊姆加特，失去安娜。我又一次爱上我青年时代爱过的每一个姑娘，我能引起她们每一个姑娘的爱情，给她们每个人一点什么，也从每个姑娘那里得到一点礼物。以往只在我的想象中存在过的愿望、梦想和可能现在变成了现实，让我亲身经历了。噢，你们这些美丽的鲜花，伊达和罗勒，所有我曾经爱过一个夏天、一个月或者一天的姑娘！

我明白了，我就是先前看到的那位向爱情之门冲过去的、漂亮赤忱的小青年，我现在尽情享受我的这一小部分，充其量只不过是我的整个人和生活的十分之一或千分之一的这一小部分，让它成长，让它丝毫不受我的所有其他形象的拖累，不受思想家的干扰，不受荒原狼的折磨，不受诗人、幻想家、道德家的奚落。不，我现在只是情人，其他什么也不是，我呼吸的只有爱情的幸福和痛苦。伊姆加特教会了我跳舞，伊达教会了我接吻，最漂亮的伊玛是第一个——那是秋天的一个傍晚，我们在树叶婆娑的榆树下——让我亲吻她淡棕色的乳房，让我喝那欢愉之酒的姑娘。

在帕勃罗的小剧院里，我经历了许多许多，这些经历很难用语言表达，哪怕是其中的千分之一。所有我爱过的姑娘现在都是我的，每个姑娘都给我一点只有她才能给我的东西，我也给每个姑娘一点只有她才懂得取用的东西。我饱尝了爱、幸福、欢乐、迷惑和痛苦，在这梦幻的时刻，我生活中所有延误的爱情又都在我的花园里开出灿烂的花朵，有的洁白娇嫩，有的耀眼炽热，有的黯然失色，有的已经凋谢枯萎了，它们一个个象征着炽烈的欢乐，热切的梦幻，火热的忧伤，充满恐惧的死亡和光华四射的新生。我遇见各种各样的女人，有的只能匆匆地、通过冲锋陷阵似的追求才能得到，有的只能长期地谨慎地向她追求，而这种追求是一种幸福；我生活中的每一个阴暗的角落又都出现在我的眼前，在这阴暗的角落，哪怕只有一分钟的时间，异性的声音也曾向我呼唤过，女人的一瞥曾激起过我的情火，姑娘们白皙光泽的皮肤曾引诱过我，一切被耽误的都补回来了。每个姑娘都以各自的方式被我所热爱。长一双奇特的深棕色眼睛、头发浅黄的女人出现了，我曾经在一列快车过道的窗户边跟她一起站了一刻钟，后来，她曾多次在我的梦中出现，她不说一句话，但是她教我预料不到的、使人骇怕的、致命的爱情技巧。那位马赛港的中国女人，皮肤光滑，性格文静，露出呆板的微笑，黑色头发梳得光光的，一双眼睛游移不定，她也知道一些闻所未闻的事情。每个姑娘都有她的秘密，都有一股自己家乡的乡土气息，以各自的方式接吻欢笑，以各自特殊的方式感到羞耻，又以各自特殊的方式表现出不害羞。她们来而复去，洪流把她们带到我身边，把我冲到她们身边，又把我从她们身边冲走，这是在性爱的河中天真幼稚的游泳戏耍，充满魅力，充满危险，充满意外。我惊异地看到，我的生活中——表面上如此贫穷、如此缺乏爱情的荒原狼的生活——充满着爱情、机遇和诱惑。我几乎都把它们耽误了。我避开它们，我对它们熟视无睹，我很快把它们遗忘。可是，她们却成百成百的保存在这里，一个不缺。现在我看见她们，跟她们周旋，对她们毫无保留，沉沦到她们那闪着粉红色微光的阴暗的地府中。帕勃罗提供给我的诱惑也回来了，其他更早一些的诱惑，当时我不甚理解的奇妙的三人或四人游戏把我也吸收进了它们的轮舞。发生了许多事情，玩了许多游戏，所有这一切都是无法用语言描述的。

我安详地、默默地又从这充满诱惑、罪孽、纠葛的没有尽头的河流中漂浮上来。我已做好了准备，填满了知识，我博学老练，我成熟了，该轮到赫尔米娜出场了。她——赫尔米娜——果真在我那形象众多的神话中作为最后一个形象出现了，她的名字在这无穷无尽的行列中最后出现了。但与此同时，我恢复了知觉，结束了爱情童话，因为我不愿在魔镜的微光中与她相遇，属于她的不是我的棋局中的一个棋子，而是整个哈里。噢，我要改变我的形象游戏，使一切都围绕着她，最后如愿以偿地占有她。

洪流把我冲到岸边，我又站在剧院的沉默不语的包厢走廊里。现在做什么呢？我伸手到口袋里摸那些棋子，然而，这种摆棋子的欲望很快又淡漠消失了。我周围是无穷无尽的门、牌子、魔镜的世界。我漫不经心地看了一下离我最近的一块牌子，不禁打了个寒颤，上面赫然写着：

怎样由爱而杀人

我脑海中闪出一幅记忆中的图画，图画飞速地抖动着，瞬间即逝：赫尔米娜坐在一家饭馆的桌旁，突然停下刀叉，滔滔不绝地谈起来。她眼睛里闪着严肃得可怕的神情，对我说，她只有让我亲手杀死才能使我爱她。一个恐惧与黑暗的巨浪向我心头袭来，突然，一切又在我眼前涌现，蓦地，我内心深处又感到痛苦和茫然。我绝望地把手伸进口袋，想取出棋子，变点魔法，改变一下我棋盘的摆法。可是，口袋里已经没有一个棋子，我掏出来的是一把刀。我吓得要死，在走廊里跑起来，经过一道门，突然来到大镜子前，向镜子里看去。镜子里是一只漂亮的大狼，跟我一样高，安静地站着，一双不安的眼睛射出羞怯的目光。它那熠熠有神的眼睛看着我，咧嘴一笑，露出血红的舌头。

帕勃罗在哪里？赫尔米娜在哪里？那位对人物的结构讲得头头是道的聪明人到哪里去了？

我又朝镜子里看了一眼。我刚才是疯了。高大的镜子里根本没有狼在吐舌头。镜子里映出的是我，是哈里，脸是灰色的，被一切游戏所遗弃，被所有的罪孽折磨得精疲力竭，脸色苍白得可怕，然而终究还是个人，是可以与之说话的人。

"哈里，"我说，"你在这里做什么？"

"不做什么，"镜子里的那位说，"我只是等待而已。我在等死。"

"死在哪里？"

"它来了，"那一位说。这时，我听见从剧院内部的空房间里传来乐声，这音乐既优美又可怕，这是《唐璜》中为石头客人的登场而伴奏的音乐。那冰冷的声音来自彼岸，来自不朽者，它可怕地透过幽暗的房子传了过来。

"莫扎特！"我想道，用这喊声呼唤出我内心生活中最可爱最高尚的图画。

这时，在我身后响起一阵笑声，一阵爽朗而又冷冰冰的笑声。这笑声来自人不知道的彼岸，来自受苦受难的、充满神圣幽默的彼岸。听见这笑声，我全身都凉透了，同时又感到幸福。我转过身，莫扎特向我走来，他笑着从我身旁走过，慢悠悠地走向一道包厢门，他神态自若，打开门走进去。我急切地跟他走过去，他是我青年时代崇拜的神，我一辈子追求的爱与崇敬的目标。音乐还在响。莫扎特站在包厢栏杆旁，广大无垠的大厅很黑，什么也看不见。

"您看见了吧，"莫扎特说，"没有萨克斯管也行的。虽然我肯定不想贬低这优美的乐器。"

"我们在哪里？"我问。

"我们在看《唐璜》的最后一幕，莱波列罗已经双膝跪下。非常出色的一幕，音乐也还可以听听。虽然音乐里还有各种各样非常人性的东西，但是仍能感觉到彼岸的味道，您听那笑声——对吧？"

"这是人们谱写下的最后一支伟大的乐曲，"我像教员那样庄重地说。"当然，后来还有舒伯特，胡戈·沃尔夫①，当然不能忘了贫困而可爱的肖邦。您皱眉头了，音乐大师？噢，当然还有贝多芬，他也妙极了。但是，这一切尽管很美，却已经含有裂隙，含有解体的因素，自从《唐璜》问世以来，人类再也没有创造出天衣无缝的杰作。"

"您别太操心了，"莫扎特哈哈笑起来，讥嘲地说。"您自己大概也是音乐家？再说，我已经放弃了我的职业，在安享晚年呢。只是为了取乐，我才偶尔去瞧一瞧这类玩意儿。"

---

① 胡戈·沃尔夫（1860—1903），德国作曲家，歌曲大师，曾为歌德、艾兴多尔夫等人的很多诗歌谱曲。

他仿佛指挥似地举起手，于是一轮明月在什么地方冉冉升起，也许那是另外的某颗银白的星体，我从栏杆上向底下深不可测的空间望去，那里云雾缭绕，山岭和海岸隐约可见，在我们底下，一块荒漠似的平原广大无垠，向远方延伸。我们看见在平地上有一位相貌庄严的老者，留着长须，脸色忧伤，带领着一支由几千名身穿黑衣的男子组成的浩浩荡荡的队伍。他的样子非常忧伤绝望。莫扎特说："您看，这是勃拉姆斯[①]。他在追求超脱，不过，这还得等很长时间。"

我听说，这几千名穿黑衣的人都是他的歌曲和乐曲的演员、演奏家，按照神的裁决，他们在他的总乐谱中是多余的。

"曲子谱得太臃肿，材料浪费得太多了，"莫扎特点头说。

接着，我们又看见理查德·瓦格纳[②]在带领另一支浩浩荡荡的队伍行进，我们感觉到那几千名疲乏的人怎样拉住他，把他吸收进队伍；我们看到他也迈着疲乏的步伐缓慢地走着。

"在我年轻的时候，"我伤心地说，"这两位音乐家是可想象的两个最伟大的极端。"

莫扎特笑了。

"是的，向来如此。从远处看，这一类对立物通常都越来越相似。况且臃肿也不是瓦格纳和勃拉姆斯个人的错误，那是他

---

① 勃拉姆斯（1833—1897），德国著名作曲家，作品有交响乐、室内乐、钢琴曲、歌曲等。
② 理查德·瓦格纳（1813—1883），德国作曲家，著有《尼伯龙根指环》四联剧、《帕西发尔》、《特里斯坦与伊索尔德》等歌剧。

们那个时代的错误。"

"怎么说？难道他们要为此而付出如此深重的代价？"我指责似地喊道。

"当然，这是法律程序。只有他们付清了他们那个时代欠下的债务，那么才能看清他们个人的债务还剩多少，是否值得结算。"

"可是，对此，他们两人都是无能为力的!"

"他们当然无能为力。亚当吃了禁果，他们有什么办法，然而却不得不为此而赎罪。"

"这太可怕了。"

"不错，生活向来是可怕的。我们对此无能为力，却要为此而负责。人一生下来就有罪了。这一点您都不知道，看来您上的宗教课与众不同。"

我觉得很凄惨，心里十分难受。我看见我自己变成一个疲乏不堪的朝圣者，行走在彼岸的荒漠上，我肩负着许多自己所写的多余的书籍，背着所有自己写的文章，所有的小品文，后面跟着长长一支队伍，那是些不得不为我排字的工人和不得不吞下我的文字的读者。我的上帝！此外，亚当和禁果以及全部其他祖传的罪孽都还在。所有这一切都要忏悔赎罪，真是炼狱无边啊！这些罪孽都赎完了才提出这个问题：是否还存在个人的、自己的东西，我的行为及其后果是否只是海洋上空洞的泡沫，只是历史长河中毫无意义的游戏。

莫扎特看见我沮丧的脸，大笑起来。他笑得在空中翻起筋斗，用脚打出颤音。同时，他对我喊道："嗨，我的年轻人，难道舌头在咬你，肺在拧你？你在想你的读者、狼吞虎咽的人，可怜的大吃大喝的人，想你的排字工人，异教徒，该死的教唆犯、霍霍磨刀的人？这真可笑，你这条龙，使人大笑，让人笑破肚子，笑得尿裤子！噢，你这颗虔诚的心，你满身涂上黑油墨，充满心灵的痛苦，我捐给你一支蜡烛，让你开心。唧唧喳喳，唠唠叨叨，骚骚扰扰，闹闹恶作剧，摇摇尾巴，别犹豫，快向前。再见，魔鬼会来抓你，就为你写的东西揍你、打你，你写的东西都是剽窃来的。"

这可太过分了，我怒发冲冠，不能再忧伤了。我抓住莫扎特的辫子，他逃走了，辫子越来越长，仿佛像扫帚星的尾巴，我挂在这尾巴的尽头，绕着世界飞快地旋转着。见鬼，这世界真冷！这些不朽者能忍受非常稀薄的冰冷的空气。不过，冰冷的空气使人愉快，这是我在失去知觉前的瞬间的感受。一种又苦又辣的欢乐传遍我的全身，我觉得浑身冰冷，眼前有什么东西在闪烁发光，我很想像莫扎特那样爽朗地、神秘地狂笑。正在这时，我停止了呼吸，失去了知觉。

我迷迷糊糊地醒过来，骨架子都要散了似的。光滑的地板上照射着走廊里白色的光。我没有跻身于不朽者之中，还没有。我仍然在充满谜语、痛苦、荒原狼和折磨人的错综关系的此岸。我找不到好地方，找不到能让人忍受的地方。这点必须结束了。

在那面大镜子里，哈里面对我站着。他的样子不怎么好，跟那次拜访教授、到黑老鹰酒馆跳舞回来后的夜里的样子差不多。不过，这是很久以前的事了，好多年了，几百年了；哈里变老了，他学会了跳舞，看了魔剧院，听见了莫扎特的笑声，他不再怕跳舞，不再怕女人，不再怕刀。他本是天资平平的人，他经历了几百年，成熟了。我看了好一会儿镜子里的哈里：我还认得他，他仍然有些像十五岁的哈里，年轻的哈里在三月里的一个星期天在山丘上遇见罗莎，在她面前摘下受坚信礼时戴的帽子。然而，从那以后，他老了几百岁。他搞了音乐和哲学，而后又对音乐和哲学厌烦起来。他在"钢盔"酒馆大吃大喝，和诚实的学者讨论讫哩什那。他爱过埃里卡和玛丽亚，成了赫尔米娜的朋友。他射毁过汽车，和皮肤细嫩的中国女子睡过觉。他遇见了歌德和莫扎特。他在罩在他身上的时间和虚假现实的网上撕破了许多各种各样的窟窿。他遗失了那些漂亮的棋子，但是口袋里有了一把诚实的刀。向前，老哈里，又老又黑的家伙！

真见鬼，生活是多么苦啊！我向镜子里的哈里啐了一口，一脚把它踢个粉碎。我慢慢地在响着回音的走廊里走着，很专注地观看包厢的门，每扇门都曾答应过，里面能让人经历许多美妙的事情，现在门上的牌子都不见了。我缓慢地从魔剧院的几百扇门前走过。今天，我是否参加了化装舞会？从那时以来已经过了几百年了。很快就不会再有年代日月了。还得做点什么。赫尔米娜还在等我。婚礼大概会十分奇特。我在混水浊浪中游过去，我这个奴隶、荒原狼。见鬼去吧！

在最后一扇门旁我站住了。混浊的波浪把我冲到这里。噢，罗莎，噢，遥远的青年时代，噢，歌德和莫扎特！

我打开门。我看见一张简单而美丽的画。我看见地毯上赤身裸体躺着两个人，一个是美丽的赫尔米娜，一个是英俊的帕勃罗。他俩贴着身子躺在一起，睡得又香又甜。两人都由于相亲相爱地闹了半天而精疲力竭，那相亲相爱的闹剧似乎永远玩不够似的，实际上却很快就让人腻味。这是两个美人，俊美的体型，美妙的镜头。赫尔米娜右边乳房下面有一颗新的圆痣，颜色发暗，这是帕勃罗美丽洁白的牙齿留下的爱痕。我把刀从这里捅进赫尔米娜的身体，一把刀扎到了头，殷红的鲜血从赫尔米娜又白又嫩的皮肤上流出。换个情况，我会把鲜血吻干。我现在不吻了；我只是看着血怎样流出来，看见她的眼睛痛苦地睁开了一会儿，显得非常惊奇。"她为什么惊奇？"我想。接着，我想起该把她的眼睛合上。但不等我去动，她的眼睛自己就闭上了。她把头稍许转到一边，我看见从胳肢窝到胸脯有一丝又细又柔和的暗影在微微跳动，似乎在提醒我回忆起什么。忘记了！然后她就一动不动地躺在地上了。

我看了她许久。终于，我一阵颤抖，醒了过来。我想离开那里。这时，我看见帕勃罗动了动身体，睁开眼睛，活动了一下四肢。我看见他俯在美丽的死者身上，嘴上露出微笑。我想，他这个人永远不会严肃起来，什么事情都会使他微笑。帕勃罗轻轻地翻起地毯的一个角，把赫尔米娜胸脯以下的部位盖住，伤口看不见了。接着，他悄没声儿地走出了包厢。他到哪里去？大家都扔下我一个人不管了？我一个人留在半盖着身体的死者旁边，我爱她，羡慕她。她那苍白的前额上挂着男孩子般的卷发，没有血色的脸上嘴巴微微张开，闪着红光；她的头发散发出柔和的香气，优美的贝壳形小耳朵熠熠生辉。

她的愿望实现了。我的情人还没有全部属于我，我就把她杀死了。我做出了想象不到的事情，我双膝跪倒，呆呆地凝视着，我不知道这个行为意味着什么，我甚至不知道，这件事做得是好是对还是恰恰相反。聪明的棋手和帕勃罗会对她说什么？我什么也不知道，我不会思考了。死者的脸已经没有一点生气，涂抹着口红的嘴则显得越发红了。我的整整一生正是这样，我的那一点点幸福和爱情正像这僵硬的嘴巴：画在死人脸上的一点点红色。

从那张僵死的脸上，从那僵死的白色肩膀和胳膊上慢慢地、无声息地发出一阵冷气，冬天的荒漠和孤独在渐渐扩大，房间里慢慢地变得越来越冷，我的手和嘴唇开始冻僵了。我熄灭了太阳？我杀死了一切生命的心脏？宇宙的严寒已经降临？

我浑身发抖，凝视着僵化的前额，凝视着僵硬的卷发，凝视着耳廓上那凄冷闪动的微光。从她身上发出的冷气既可怕又优美：它发出优美的声音，在空中振荡，它是音乐！

我难道以前不是早已有过这种既害怕又幸福的感觉吗？我难道不是已经听见过这种音乐？是的，在莫扎特那里，在不朽者那里。

我想起了我以前在什么地方找到的诗：

晶莹透亮的上苍之冰，
是我们居住的地方，
我们不懂有日夜时光，
我们没有性别、没有长幼。
…………
冷漠，永不变化，
　　我们永恒的存在；
冷漠，像星星那样明亮，
　　我们永恒的欢笑。

这时包厢门开了，走进一个人来。我看了他一会儿才认出是莫扎特，他不梳辫子，不穿带扣鞋，穿得很时髦。他紧挨着我坐下，我几乎要碰他一下，拦住他，免得他沾上从赫尔米娜胸膛流到地上的血，把衣服弄脏。房间里凌乱地放着一些小机器和小器具。莫扎特坐下后就一心一意地忙着摆弄这些玩意儿。他显得很认真，这儿拧一拧，那儿动一动，我非常赞赏地看着他灵巧敏捷的手指，我是多么想看他用这双手弹奏钢琴啊！我若有所思地看着他，也许更确切地说，是梦幻般地看着他，让他的漂亮而聪颖的手给迷住了。他挨着我，我感到既温暖又有点害怕。他到底在做什么，拧什么，我根本没有注意。

他装好了一架收音机，接上扩音器，开机以后说："现在听到的是慕尼黑，亨德尔的 F 大调协奏曲。"

那魔鬼似的铁皮喇叭桶真的立即发出了声音，我的诧异与惧怕简直无法用语言表达。它吐出的是黏痰和嚼碎的橡皮的混合物，留声机的主人和收听广播的人一致把它叫做音乐；像厚厚的尘垢下面隐藏着一幅古老珍贵的图画一样，透过这浓浊的黏痰和嘶叫还真的能隐约听出那圣乐优美和谐的结构，听得出结构庄严，节奏缓慢舒展，弦乐器的声音圆润宽厚。

"我的天哪！"我惊惧地喊道，"您这是干什么，莫扎特？您真的要用这种乱七八糟的东西来折磨我、折磨您自己？您当真要让这可恶的机器——我们时代的胜利，我们时代在摧毁艺术的斗争中最后的得胜武器——向我们进攻？非得这样吗，莫扎特？"

噢，这位神秘人是怎样地笑啊！他笑得多么冰冷怪诞！他的笑没有声音，却能摧毁一切！他心满意足地看着我痛苦的样子，转了转该死的旋钮，动了动铁皮喇叭桶。他笑着，让那歪曲的、失去原有精神的、有毒的音乐继续在房间里回响。他笑着回答道：

　　"邻居先生，请不要激动！再说，您没有注意到这缓慢的音乐？这是即兴之作，是不是？好了，您这位不耐烦的先生，您听一听这节奏缓慢的音乐的情调。您听见低音了吗？他们像神那样在行进，请您让老亨德尔的这个想法进入您的心灵，安慰那不安的心灵！您这个小矮人，请不要激动，不要讥讽，要冷静地让那圣乐的遥远的形象，在这可笑的机器中，在这确确实实是非常痴愚的帷幕后面通过！请注意，其中不乏可学的东西。请注意，这个疯子似的音管表面上在做世界上最愚蠢、最无用、最该禁止的事情，毫无选择地，愚蠢、粗暴、可悲地歪曲在某个地方演奏的音乐，并把它塞进陌生的、并不属于它的房间，然而它却不能破坏音乐的固有精神，反而只能证明技术的无能，证明它所做的事情毫无思想内容。您好好听听，小矮人，您很需要听听这个。好了，竖起耳朵！对，您现在不仅听到被电台歪曲了的亨德尔，即便在这最可怕的表现形式中他也仍然是神圣的、尊敬的先生，您还能耳闻目睹整个生活非常贴切的比喻。如果您听收音机，那么您就对思想与现象、永恒与时间、神圣的与人性的之间古老的斗争了如指掌。我亲爱的朋友，收音机把世界上最美妙的音乐毫无选择地扔进各种各样的房间达十分钟之久，扔进资产阶级的沙龙，扔进阁楼，扔到闲扯的、大吃大喝、张着嘴巴打哈欠、呼呼睡觉的听众中间，它夺走了音乐的感官美，败坏了音乐，抓破它，给它涂上了黏液，然而却不能毁坏音乐的精神；与此相同，生活——即所谓的现实——毫不吝惜美妙的图画游戏，紧接着是亨德尔音乐会，音乐会上举行了报告会，介绍在中等企业中如何隐瞒账目的技巧，它把美妙的交响乐变成令人厌恶的声音，到处都把它的技术、它那忙忙碌碌、粗野冲动和虚荣心横插到思想和现实、交响乐和耳朵之间。整个生活就是这样，我的孩子，我们只能听之任之，如果我们不是笨驴，就付之一笑。像您这一类人根本无权批评收音机或生活。您还是先学习洗耳恭听！您先学会认真对待值得认真对待的东西，别去讥笑别的东西！难道您自己就比别人做得更好，比别人更高尚、更聪明、更雅致？当然不是的，哈里先生，您不是这样的。您把您的一生变成了一部可怕的病史，把您的才智变成了不幸。而且我看见，您对一个这样漂亮、这样可爱的年轻姑娘，除了捅她一刀把她杀死以外，不知道怎样使用她。您认为这是正确的吗？"

"正确？噢，不是的！"我绝望地喊道。"我的上帝，一切都是错的，又愚蠢又糟糕！我是畜生，莫扎特，我是愚蠢凶恶的畜生，我病魔缠身，已经不可救药，您说得一千个对。不过，就这个姑娘而论，她是自己要死的，我不过是实现了她的愿望而已。"

莫扎特默默地笑了，然而他还是好心地关掉了收音机。

刚才我还天真地相信我的辩解言之成理，但一说出口，我就觉得自己的辩解非常愚蠢。我突然想起，赫尔米娜谈起时间和永恒的时候，我马上就把她的思想看作我自己的思想的映象。而她要让我杀死的思想完全是她自己的想法和愿望，丝毫未受我的影响，这一点我却认为是不言而喻的。可是，我当时为什么不仅接受并相信这个可怕的、不合情理的想法，而且还预先猜到了呢？这也许说明，这是我自己的想法？为什么正好在我看见她裸体躺在另一个人的怀抱里的时候，我把她杀死了呢？莫扎特无声的笑听起来似乎充满嘲讽，无所不知。

"哈里，"他说，"您真是个滑稽可笑的人。难道这位漂亮的姑娘除了让您捅一刀以外，对您真的就没有别的愿望？这您只能骗别人！好了，至少您刺得很好，可怜的孩子马上死了。现在，您也许该想一想，搞清楚您对这个女人的豪侠行为的后果了。难道您要逃避这件事的后果？"

"不，"我吼叫起来。"难道您一点不懂？我要逃避后果？我渴求的不是别的，正是接受惩罚，惩罚，惩罚，把脑袋放到断头台上，让人惩罚我，把我消灭。"

莫扎特看着我，那嘲讽的神情简直使人受不了。

"您总是这样慷慨激昂。但是，您还会学到幽默的，哈里。幽默总是绞刑架下的幽默①，必要时您还真的会在绞刑架下学到幽默。您是否准备这样做？愿意？那好，那就到检察官那里去，接受毫无幽默的一整套法律机器对您的摆布，直至一天清

---

① 绞刑架下的幽默，指在逆境中或面临可怕的事情时聊以自慰的幽默。

晨，您在监狱里被砍下脑袋。您愿意这样做?"

突然，一块牌子闪出亮光，映入我的眼帘:

哈里的绞刑

我点头表示同意。四堵墙围着一个凄凉的院子，墙上的小窗户钉着铁栅，院子里摆着一个干干净净的断头台，站着十几个穿着法衣和礼服的先生。我站在院子中央，在清晨灰暗的天气中冻得发抖，我感到揪心似的痛苦和害怕，但是我心甘情愿。我按照命令向前跨出一步，按照命令跪下。检察官摘下帽子，清了清嗓子，其他先生也都清了清嗓子。他展开一份正式的文件，举到眼前。他宣读:

"先生们，站在你们面前的是哈里·哈勒尔，经查证，被告有意滥用我们的魔剧院。哈勒尔不仅亵渎了高尚的艺术，把我们美丽的画厅和所谓的现实混为一谈，用一把刀子的映象杀死了一个姑娘的映象，而且他还表明了他企图毫无幽默地利用我们的魔剧院作为自杀的器械。因此，我们判处哈勒尔以终生不死的惩罚，剥夺他十二小时不准进入我们的剧院的权利。他也不能赦免被取笑一次的惩罚。先生们，大家一起来: 一、二、三!"

数到三，全体在场的人无可指责地一齐发出一阵哄堂大笑，这是大家一起高声大笑，可怕的、令人忍受不了的彼岸的笑声。

我恢复了知觉的时候，莫扎特还像先前一样坐在我旁边，拍拍我的肩膀说："您听见了对您的判决。您还得养成习惯，继续听生活的广播音乐。您会觉得舒服的。您的智力太差了，亲爱的笨蛋，不过，您大概会慢慢明白对您的要求是什么。您应该学会笑，这是对您的要求。您应该理解生活的幽默，生活的绞刑架下的幽默。然而，您准备做世界上的任何事情，唯独不愿做人们要求您做的事情！您准备刺死姑娘，您愿意庄严地被处死，您也肯定愿意受一百年的清苦，受一百年的鞭笞。对吧？"

"噢，是的，真心愿意，"我在这种可怜的处境中喊道。

"当然！任何一项愚蠢的、枯燥乏味的、激情的活动，您都能到场，您真是个慷慨大方的先生，我可请不去，我不会为您的这些罗曼蒂克的赎罪活动给您丝毫奖赏。您想被处死，您愿意被砍下脑袋，您这个亡命之徒！您为这愚蠢的理想还会再杀十次人。您这胆小鬼想死，不想活。真是活见鬼！可是您正应该活着！如果您被判处最重的惩罚，也是一点不冤。"

"噢，最重的惩罚是什么呢？"

"比如说，我们可以让那个姑娘复活，让您和她结婚。"

"不，这一点我不愿意。那将是不幸。"

"难道您惹下的不幸还不够多吗？但是，激情和杀人现在该结束了。您还是理智一点！您应该活着，您应该学会笑。您应该学会听该死的生活的广播音乐，应该尊重这种音乐后面的精神，学会取笑音乐中可笑的、毫无价值的东西。完了，要求您做的无非就是这一点。"

我从牙缝中轻轻挤出一个问题："假如我拒绝呢？莫扎特先生，假如我不让您有权支使荒原狼，不给您权力去干预他的命运呢？"

莫扎特平静地说："那么我建议您再抽一支我的好烟。"他一边说，一边从背心口袋里变出一支烟递给我。与此同时，他突然变了样子，不再是莫扎特了，他变成了我的好朋友帕勃罗，他那异国的黑眼睛热情地看着我，他很像教我玩棋的那个人，跟那人长得一模一样，像孪生兄弟。

"帕勃罗，"我心头不由抽搐了一下，喊道。"帕勃罗，我们现在在哪儿？"

帕勃罗递给我香烟和火柴。

他微微一笑，说道："我们在我的魔剧院里，倘若你想学探戈舞，当将军，和亚历山大大帝谈话，下一次一切都听候你的吩咐。不过，我不得不说，哈里，你有点让我失望。你完全忘了自己，你戳破了我的小剧院的幽默，做了蠢事，你用刀刺人，使漂亮的图画世界溅上了现实的污点。你这可做得不好。但愿你看见赫尔米娜和我躺着时，至少是由于忌妒才做出那种事情。可惜你不懂得怎样演好这个角色。我相信，你会更好地学会这个游戏的。好了，下次可以改正。"

赫尔米娜在他的手里立刻缩小，变成了棋盘上的一个小人棋子，他拿起她，放进原先他拿出香烟的背心口袋。

又甜又浓的香烟使人舒服，我觉得我的身体好像都掏空了似的，准备睡它整整一年。

噢，我一切都懂了，我理解了帕勃罗先生，理解了莫扎特，在身后什么地方听见他可怕的笑声。我知道我口袋里装着成千上百个生活游戏的棋子，震惊地预感到这场游戏的意义，我准备再次开始这场游戏，再尝一次它的痛苦，再一次为它的荒谬无稽而战栗，再次并且不断地游历我内心的地狱。

我总有一天会更好地学会玩这人生游戏。我总有一天会学会笑。帕勃罗在等着我，莫扎特在等着我。

图书在版编目(CIP)数据

荒原狼／(德)黑塞(Hesse,H.)著;赵登荣,倪
诚恩译.—上海:上海译文出版社,2010.8(2025.4重印)
(译文经典)
书名原文:Der Steppenwolf
ISBN 978－7－5327－5148－8

Ⅰ.①荒⋯　Ⅱ.①黑⋯②赵⋯③倪⋯　Ⅲ.①长篇小
说-德国-现代　Ⅳ.①I516.45

中国版本图书馆 CIP 数据核字(2010)第 133005 号

Hermann Hesse
DER STEPPENWOLF
本书中文简体版由 Suhrkamp 出版社授权
Copyright 1955 by Hermann Hesse. All Rights
reserved by Suhrkamp Verlag, Frankfurt am Main

图字:09－1996－025 号

荒原狼
[德]　赫尔曼·黑塞　著　赵登荣　倪诚恩　译
责任编辑／裴胜利　装帧设计／张志全

上海译文出版社有限公司出版、发行
网址:www.yiwen.com.cn
201101　上海市闵行区号景路159弄B座
山东韵杰文化科技有限公司印刷

开本787×1092　1/32　印张8　插页5　字数136,000
2010年8月第1版　2025年4月第26次印刷
印数:155,401－163,400册

ISBN 978－7－5327－5148－8
定价:48.00元